U0500830

河祭

韦一

郭怡然 著

四川人民出版社

图书在版编目（CIP）数据

河祭／韦一，郭怡然著. --成都：四川人民出版
社，2023.4
ISBN 978-7-220-13118-9

Ⅰ.①河… Ⅱ.①韦… ②郭… Ⅲ.①中篇小说-小
说集-中国-当代②短篇小说-小说集-中国-当代
Ⅳ.①I247.7

中国国家版本馆 CIP 数据核字（2023）第 032716 号

HEJI
河祭

韦一　郭怡然　著

责任编辑	王其进　姚慧鸿
封面设计	李其飞
版式设计	李秋烨
责任印制	祝健

出版发行	四川人民出版社（成都市三色路 238 号）
网　　址	http://www.scpph.com
E-mail	scrmcbs@sina.com
新浪微博	@四川人民出版社
微博公众号	四川人民出版社
发行部业务电话	(028)86361653　86361656
防盗版举报电话	(028)86361653
排　　版	四川看熊猫杂志有限公司
印　　刷	四川华龙印务有限公司
成品尺寸	145 mm×210 mm
印　　张	10
字　　数	245 千
版　　次	2023 年 4 月第 1 版
印　　次	2023 年 4 月第 1 次印刷
书　　号	ISBN 978-7-220-13118-9
定　　价	68.00 元

目录

CONTENTS

中篇小说

河　祭

一

“咣……咣咣……”

震耳欲聋的锣声如锐利的长剑突然间划破了古老凋敝的两河镇的死寂，把冷蛇一般蜷缩的镇子从昏睡中震醒。

“祭河啰……啰……”

长声吆吆，高亢悲凉的声音如歌如号，在镇子阴沉沉的上空飘荡，漫过幽幽河谷，一直传到三十里外的凉风寨。

两河镇陡然躁动了，难耐的死寂早已使面临灭顶之灾的镇子痛不欲生，从镇民们惊慌失措而又无可奈何听天由命的情绪中，可看到举行一次旷世罕见的仪式，使岌岌可危的古镇再次存在下去的焦灼渴望。

听到锣声，镇民们迅速从低矮晦暗，散发着霉气的瓦屋里跑出来，聚集街头，那过度疲惫且布满血丝的眼睛，死死地盯着镇中罗家大祠堂，焦急地期待即将发生的一切。

罗家大祠堂，这座两河镇权力和道德象征的建筑，在镇中赫然矗立着，显示出不同凡响的傲岸。祠堂建于何年何月已无人知晓。然而，单就那走马转角楼式的建筑格局，和那飞檐斗拱、雕梁画栋的戏台，以及门口那两匹风化得斑驳陆离却仍不失百兽之王威风的大石狮，就足以证明它在几百年前就矗立在小镇上了。几百年间，这里面到底发生了多少惊心动魄的事情，已无可稽考。镇民们每每提到罗家大祠堂，话语中总带着几分敬意几分畏惧，那神情，让人想起古刹中小鬼立于阎罗王面前的神态。

　　小镇远离县城，处于大山腹地，刚刚建立不久的中华民国政权的威力，在这里显得异常的微不足道。乡长、保长、甲长一类的地方官员形同虚设，镇民们决不会以他们的号令和言论作为自己的行动准则。相反，镇上的一切大事，皆由罗家大祠堂决定，族长是祠堂中的最高首脑，操着两河镇的生死大权和昌盛衰败。这就是从中国古代文化号称正统的孔孟学说中，派生出来的足以与政权抗衡并可轻易取代政权的宗法道德体系。

　　此刻的罗家大祠堂，几个面带凶相的汉子肃立朱红大门两侧，那神态竟和祠堂门神同出一辙，使本已阴森的祠堂更显出神秘和威严，并隐约浸出一股血腥味儿的肃杀，直逼退无数双想靠近祠堂探寻究竟的眼睛。

　　此刻，镇民们已顾不得那要命的洪水在镇子边凶狠地发泄淫威了。他们一律沉默着，焦急等待着，所有的眼睛都盯着祠堂大门，心脏和血液都随着锣声颤动。

　　"咣……咣咣……"一声紧似一声，声声催人心紧。

　　一个女人听到锣声，也从屋里走到街口，好奇地随着人们盯着的方向望了望，不知道要发生什么事。

　　这是一个二十五六岁的年轻女人，长得还算漂亮，尤其是那双顾盼流离的大眼睛和白净脸蛋儿十分耐看。丰满的胸脯加上柔韧的腰肢，显出年轻女人特有的魅力，犹如一朵绽放的桃花盛开在古镇的沧桑上。

　　很巧，这个女人就名桃花，一个前不久死了男人的小寡妇。

这时，一些在街头等着看热闹的男人的眼睛，立刻变得贼亮贼亮的，贪婪地在桃花的胸脯上溜来溜去，尽量发挥想象力把衣服下的东西具体化，让幸福的意淫随意流淌。在缺少富于刺激性娱乐活动的小镇上，这倒是男人们常常喜欢从事而又不犯族规的活动。

一个男人实在忍不住了，涎着瓦刀脸凑到桃花面前："桃花妹子，脸上擦啥子了，咋这么香？"

桃花瞥了他一眼，厌恶地转过身，不搭理。

"呃，嘟个不理人呢，哥子哪里得罪你啦？"

桃花看也不看这人一眼。

男人继续涎着脸："二狗墩走了，一个人晚上怕不怕哟？要不要哥子来陪陪你？"

"滚，陪你姐儿妹子去吧！"桃花一折身回屋里去了。

周围人哄堂大笑，顿时把催人心紧的锣声盖住了。

桃花回到屋里，搬出一个木盆，放在屋中间。灶台上，已烧好一锅水。她将水一瓢一瓢舀到木盆里，又兑些冷水，用手试试水温，然后慢慢地脱去衣裳，露出好看的胴体，准备洗澡。现在，她要把自己洗得干干净净白白漂漂的，好在夜色阑珊时迎接一个人的到来。

这段时间，每当夜深人静时，这个人都会悄悄地潜入她家，桃花会以最热烈最赤裸的方式，迎接他的到来，两个人干柴烈火，久旱甘霖地激情一夜。第二天天不亮时，这人又会悄无声息地离开。两人做得天衣无缝，滴水不漏，只把全镇人瞒了个贼死。

就在准备坐进木盆时，她又犹豫地停住了，总觉得外面的事有些蹊跷，出现得太突兀、太诡异了，让她有些心神不宁，就像每晚等待他到来之前，心跳得快要蹦出来似的。

　　愣了一阵，忽地，她快速地穿上衣服，重新开门，走了
出去。

　　就在这时，罗家祠堂大门轰然洞开了，如一头睡醒了狮子打
着哈欠张开了骇人的大嘴，喷出了一口令小镇为之颤抖的长气。

　　一群精勾子细娃狗撵似的跑向祠堂：

　　"出来了！出来了！"

　　人们精神一振，翘首望去，也惊呼起来："出来了，真的出
来了！"

　　最先出现于人们眼里的是镇上的更夫，人称"夜游神"的罗
瘸子。"咣咣"的声音就来自他手上提的那面金灿灿的，能映出
人影儿来的大锣。

　　这面大锣，是光绪皇帝搞维新运动那年，罗家祠堂第十任族
长，也就是现任族长罗五爷的爷爷请铜匠锻造的，据说光生铜就
用了三十斤。造好后就用这面锣召集全族人会集祠堂，按族规将
一个从京城逃回两河镇的维新派人物斩首示众了。据目击者说，
当时剑子手一刀下去，维新派人物的头就骨碌碌地滚向一边，腔
子里的血"呼啦"一声，直冲那面大锣喷去，生生地将金灿灿的
锣面变成了一枚血红的太阳。这是族长用心良苦安排的祭锣仪
式。这面锣平时高悬于祠堂神龛左侧墙壁上，像一只金光闪闪的
太阳肆意地辉映着两河镇，每遇杀罚大事，"咣……"大锣一响，
几千人的镇子旮旯角落都听见了，人们便会立即向祠堂集中，反
应异乎寻常的快速，生怕晚点祸事就降临在自己头上。从这面锣
的铸造和运用，便可看出第十任族长非凡的治镇才能。镇民们知
晓了锣的用场，久而久之，便有句口头禅："不怕凉风寨打枪，
就怕祠堂里锣响！"

凉风寨距两河镇三十里水路，是巴陵河边凉风山上一座四壁悬崖易守难攻的古寨。传说明末清初八大王张献忠入川时，看好凉风山的地形险峻，便在此山建了一座寨子，用来屯兵集粮，抗击明军。后来八大王杀到成都做了大西国王，丢下一座空寨。从此，凉风寨便成了绿林好汉们打家劫舍的据点。如今匪首三毛牛纠集了一伙地痞、滚龙占山为王，干尽了烧杀抢掠的勾当。国民政府县衙里的团总们率兵清剿了几次都丢盔弃甲落荒而逃，奈何不得后只得任其恣意下去。

尽管三毛牛等人视生灵如草芥，杀人如麻，却信守历届匪酋定下的规矩"兔子不吃窝边草"，对两河镇秋毫无犯。有时镇民们在梦中听得马蹄急促穿镇而过，远处枪声紧密，知道三毛牛又在率匪们洗劫某地了，并不惊骇，依然一觉睡到大天白亮。相反，罗家祠堂上的大锣敲响时，不是征粮纳税，便是杀罚断事，常惊得两河镇人心惊肉跳、提心吊胆。

紧随罗瘸子的是八个衣衫褴褛的吹鼓手，持唢呐吹着《二嫂回门》的调儿，惊炸炸的唢呐声在青石板街上一路滚过。这是小镇上最优秀的乐队。但凡逢年过节婚丧嫁娶，必有他们出场亮相。一阵惊风火扯五音不全的演奏后，不仅能落下几个小钱，更重要的是能吃点油荤，使干滋滋的肠胃得到些许润滑，这是他们当吹鼓手的强大动力。惹得镇上的细娃儿常追着他们屁股唱：

吹鼓手命穷，嘴巴里夹个吹火筒，好吃人家油大，屁眼胀得飞红。

吹鼓手们对这些奇耻大辱的戏谑表现出了惊人的宽容，一笑了之后继续照吹照吃，并说，管他屁眼不屁眼，不吃白不吃，龟儿子才不吃哩！这种极富地方特色的民间艺术，在两河镇还有一个重要功能，就是在某种重大仪式上，充当鼓乐手，以壮声威，一如今天的仪式。

在八名鼓乐手之后，是一队抬着祭品的队伍，都是镇民们平日里难得见到的荤菜，鸡、鸭、鹅、兔子、羊，加上馓子、蒸馍、油豆腐等食品。四个汉子用板子扛着一只已褪尽黑毛，露出一身凝脂般白肉的肥猪，在祭品中异常光亮，让镇民们垂涎欲滴。说也奇怪，平日里小气吝啬的两河镇，遇到这种危及生存的紧要关头，倒显得出奇大方和古道热肠，要啥给啥，毫无保留。

与抬猪的汉子们相隔丈许，是八个汉子抬着一块巨大的门板，门板上放着一把太师椅，上面高坐着一个年约二十六七岁，长得精壮黑瘦的年轻汉子，两旁护卫的是四男四女的巫师神婆。那汉子被庞大的祭祀队伍簇拥着，如一位凯旋的将军，即将走进得胜门一般。

在祭祀队伍的最后面，出现了该镇最高首脑——族长罗五大爷。

罗五爷年过花甲，清癯的脸上有两条银髯从嘴角边飘然垂下，在微风中轻轻晃荡，看上去大有仙风道骨之气韵。他手拄一根三尺来长白铜打成的叶子烟杆，着一袭青绸长衫，在祠堂两位管事左右侍卫，和镇上数十位德高望重的耆老簇拥下，走得来抑扬顿挫，步步都透着他对这古老小镇的生死拥有主宰大权的凛然气派。

罗五爷这不同凡响的气派，固然与他族长的地位有直接关联，也与他祖上三代都为本族族长有深厚的历史渊源，更与他举世惊叹的无私壮举密切关系着。如今古镇人讲起那事，都不由得热泪长流，恨不得俯首伏地，三拜九叩啊。

那是在两河镇老族长，他的七旬老父仙逝之后，族里刚刚推举"福源"商号的罗老板为新族长，适逢天大旱，两河镇方圆百里，禾稻枯焦，颗粒无收，饿殍遍野。幸得两河镇背靠大山，面临巴陵河，有水运优势，以桐油、药材、木耳、香菇等山货，从嘉陵江下游那些富庶的平坝地区换来糊口之物。虽然不多，镇民们也常饥肠辘辘，但还不像邻近山村的人们饱受饥馑之苦。

忽然有一天，一匹快马风驰电掣地闯进镇来，直到祠堂门口，马上汉子手一扬，对空"叭叭"两枪，一把飞刀"啪"的一声，扎到大门上，紧接着掉转马头，绝尘而去。镇上人大惊，走近一看，那刀上扎了一张纸。祠堂管事小心翼翼取下来一看，倒吸一口凉气，原来凉风寨传下话来，要两河镇筹谷二百石，三日内送上山，违者，血洗两河镇！

要命呀！此时的两河镇，莫说二百石谷子，就是二十石也难凑齐。这事吓坏了全镇父老乡亲，那位新上任的族长罗老板也如热锅上的蚂蚁，急得团团转，焦头烂额。

眼见三日已过，土匪们一声呼哨飞马而来，把两河镇围了个水泄不通，全镇男女老少全被赶进祠堂，几挺机关枪压在四方屋顶。匪首独眼狼在喽啰们的簇拥下来到祠堂，"唰"地拔出短枪，看都不看，一枪就打断了祠堂中间悬挂"罗"字族徽的细麻绳，那个全镇顶礼膜拜的图腾般的族徽"哗啦"一下跌得粉碎。独眼狼若无其事地吹吹枪口，大拇指一抢，枪在手指上转了几圈，鄙夷地瞟了一眼堂下吓得诚惶诚恐、战战兢兢的镇民："族长呢？把那老东西给老子带上来！"

一个土匪赶紧报告："族长已经把自己吊死在后院里了。"

独眼狼一听七窍生烟，"啪"的一脚蹬翻了太师椅："死了，这事就了了？啊！给老子搜、抢、杀！"

话音刚落，只见罗五爷不卑不亢快步走上祠堂，向独眼狼拱手抱拳："且慢，请寨主到后院一叙。"

独眼狼见他步履庄重，从容不迫，气度不凡，甚觉蹊跷，便跟着他来到后院。

在厢房里，罗五爷已摆下一桌丰盛的酒宴。

独眼狼一看，大喜："妈拉巴子，你这摆的是鸿门宴吗?"

罗五爷恭敬地："岂敢，岂敢，如今全镇人的性命都在寨主的枪口下，鄙人就是有项羽的胆，也无项庄的剑呀。请入席。"

独眼狼哈哈一笑："你他妈就是摆的鸿门宴，老子也要吃，吃了再向你要二百石谷子!"一边说，一边动手大吃大喝。

酒过三巡，独眼狼眼前一亮，恍惚中，一个美人儿来到面前，对他含笑相视，眉目传情。独眼狼哪见过这阵仗，顿时魂儿都化成一股气从屁眼里放跑了。他醉眼蒙眬乜着眼问："哪来的这位美人?"

罗五爷赔笑着："这是鄙人的干女儿，让她专门陪寨主饮酒来了。"

独眼狼大喜，将那小女人拉过来，坐在自己腿上，一手揽腰，一手端杯。那女子聪明伶俐，趋势一边倒酒，一边劝酒，直灌得独眼狼腾云驾雾，飘飘欲仙，那长满黑毛的手便不住地在女人胸脯上乱走。走着走着，独眼狼浑身如火焰燃烧，按捺不住亢奋的情欲，便要拥着女子去卧房干事。

不料罗五爷伸手拦住："鄙人愿将小女奉送给寨主为妻，但有三件事须依我，否则，鄙人与小女立刻死于寨主面前。"

独眼狼猴急难耐："快说快说，莫说三件事，就是十件八件老子都依你。"

"一是请弟兄们马上放了全镇的父老乡亲……"

"放，放，马上放!"独眼狼朝卫兵挥挥手，那卫兵便一溜烟地跑出去传达命令。

"二是今年大旱，颗粒无收，这二百石谷子，小镇实在筹措不齐……"

":免了，免了!"那手已迫不及待地伸进了女人的衣服下了。

"三是凉风寨子既与两河镇结为姻亲，就当以礼相待，日后和睦相处，再不得搅扰我两河镇的父老乡亲!"

"这好办! 卫兵，传我的话，队伍马上撤出镇子。从今以后，若有哪个龟儿子做了对不起两河镇的事，老子把他的鸡巴割下来下酒!"一边说，一边拥着女子往后厢房走去。

独眼狼说话算数，从此以后，凉风寨对两河镇秋毫无犯，即使后来山寨发生火并，三毛牛打死了独眼狼，坐了第一把交椅，凉风寨仍然一如既往地对待两河镇。天长日久，两方倒真成了和平共处的友好邻邦。

镇民们经此一难，对罗五爷十二万分的感恩戴德，认为罗五爷舍亲救镇的壮举简直是前无古人，后无来者，足可惊天地，泣鬼神，这样的人才是罗氏家族的中流砥柱啊! 于是一致推举他做了罗家祠堂的族长。罗五爷在两河镇的地位从此确立，牢不可破，成了一言九鼎的显赫人物。

但是，竟没一个人深思，三天前还是罗五爷家的一个丫鬟，咋就在瞬间成了罗五爷的干女儿? 况且，这所谓的干女儿竟心甘情愿地去当压寨夫人。

其实，这事只有罗五爷的正房夫人知晓内情。那丫头聪明伶俐，常常暗中和罗五爷勾搭，有一次被正房夫人撞见了，罗夫人盛怒之下，莫法奈何罗五爷，却有法打整小丫头，暗中打算将其卖到县城妓院去，没料到撞到土匪围镇这档事，罗五爷觉得与其当个只要给钱就人见人上的妓女，不如当个压寨夫人划算。便私下给了那丫头一些钱财，劝她不如跟了独眼狼，至少能吃香喝辣不受人欺辱嘛。那丫头思来想去，只得打落门牙往肚里吞，应允了。

祭河的队伍随着罗五爷脚下的节奏，缓缓地向镇东头走去，像一股黑色的洪流，游弋在两河镇狭窄的褶皱里。

桃花第一眼看见高抬于门板上的汉子时，便如五雷轰顶般惊呆了。

这意想不到的情景使她的心剧烈地震荡，她怎么也不相信这盛大的万人空巷的仪式就是为他而举行的，更不敢相信，上面坐的就是给她欢乐，给她愉悦，给她希望，让她品尝到做一个女人真正滋味的男人。望望四周，潮水般的人群，如看猴戏一样争先恐后地簇拥着门板上的汉子，一张张面带菜色的脸此刻竟有了红晕，眼睛里放出惊喜和期盼的光彩，使终日不辨黑白的瞳仁终于有了明确的生动。

桃花心里悲切地呼喊：

"天啦！他们终于没有放过他呀！"

二

他，是谁？

为什么桃花这么悲切呼喊？

两河镇人家几乎都姓罗，据说在唐朝"安史之乱"时，中原一罗姓人家为避战乱而逃往巴蜀，途中见此地山明水秀，阡陌平畴，便定居于此，历经沧海桑田，繁衍成了一个大镇，故两河镇又叫罗家镇。

猫子也是罗氏家族的一员，大号罗生贵，是镇上一名船工。父母早亡，孤身一人，虽然二十六七了，却家徒四壁，形影相吊。当地有民谣：有女不嫁船拐子，冷锅冷灶冷锤子。猫子虽然日子过得窘迫，却有别人无可比拟的自由自在，一人吃饱，全家不饿，天马行空，独往独来，落得个无羁无绊，干净利索。猫子长得黝黑精壮，生性憨直大胆。长年在河上走，练就了一身好水性。人家踩水能露出两乳就不得了了，他却能露出肚脐；人家钻进水里两三分钟就憋得一张脸如猴子屁股，赶紧冒出水面换气，他却能在水底泡上一袋烟的工夫，出来时还抓条大鱼，且面不改色心不跳。这举世绝技常令两河镇人惊叹不已，说猫子不是龙王爷的虾兵蟹将投的胎，就他妈的是鲤鱼精变的。

有一次族长带着小妾进城，过渡时那婆娘不小心把一个羊脂玉镯掉到河里去了。几个船工试了几次，都不行，一致说非猫子不能捞起来。当时，猫子正在舵筒子船上干活，听说后二话没说一头扎进水底，一会儿钻出水面，手中举着的正是那个玉镯。喜得罗五爷连连夸赞："真是个浪里白条！"猫子不识字，读不了《水浒传》，不晓得"浪里白条"是何物，但从族长的脸上读到了对自己水性的赞许，一时忘形，白屁股一翻，又钻进水里，不一会儿复出，手举一条大鲤鱼，扔到族长脚下说："送给五爷下酒。"族长更是欢喜："生贵娃水性了得，如水猫子（即水獭）一般也。"于是，水猫子便成了他的外号。镇上人为叫着上口，干脆叫他猫子，久而久之，倒把他本名给忘了。

正是这水性十分了得又不知天高地厚，胆大包天的水猫子，给小镇带来了巨大的灾难。两河镇人都这么异口同声地说："就是这狗日的惹的祸！"

两河镇因桃花、山溪二河绕镇流过而得名。

古镇建在一个水流冲积而成的半岛上，半岛平坦，连接后山的镇西头是稻田麦地，地势低洼，稍一涨水，洼地便连通两河，将古镇隔成一个孤岛。两条河在镇子东头汇合成巴陵河，两河交汇处形成一个巨大的回水沱，当地人叫它千丈沱。这沱究竟有多深，没人探过底。传说镇上曾有三个好事之徒，企图潜下去探个究竟，其中两个下去就再没起来，另一个虽然拼死从水里钻了出来，却全身发紫，浑身筛糠般发抖，神志恍惚，不能说话，看见沱中那绿得发黑的水就惊得哇哇大叫。两个月后的一个早上，人们在沱边发现他的尸体。镇民大惧，从此几十年中，竟无一人敢再去水底探幽。

千丈沱平日里水波不兴，平滑如镜，一遇涨水，沱中浊浪滔天，倒海翻江，几丈长的大船在沱中莫名其妙地被卷得无影无踪。数百年来，不知有多少船和人葬身沱中。镇民们异口同声地说，千丈沱中有水怪。有人甚至说夜深人静时常听得哗哗水响，如蛟龙过海。待看时，却是风平浪静。又有人说，有船夜半泊沱时，船工将耳贴船底，听见水底传来隐隐的凄厉嘶叫，如龙吟虎啸，猿啼鹰唳，令人毛骨悚然。然而这水怪究竟何物？谁也没有亲眼见过，人们只是在一个流传了一百多年的传说中和祠堂里那块石碑上的只言片语里，进行水怪各种各样的形象思维。

传说有一年发大水，桃花河、山溪河的洪水飞流直下，在千丈沱汇成狂涛巨浪，直扑两河镇。镇西头洼地两河水已相连了，镇东码头上九九八十一步石梯淹得只剩下最后一步了，眼见得就要翻过堤坝，涌进镇里。全镇人惊惶失措，不知往何处逃命。百般无奈，镇上那些上了年纪的人便焚香燃纸，跪于堤坝，对着咆哮的洪水磕头作揖，求河神发发慈悲，让全镇父老乡亲免为鱼虾。

当时大雨如注，千丈沱一片汪洋，氤氲中突然浪平如镜，浑浊的洪水旋起一个巨大的水涡，一个圆桌般大小的东西涌出水面。那家伙乌黑的背上长满绿毛，两只眼睛光焰闪闪。有人失声叫道："王八精！"话未落音，"哗"的一个巨浪打上堤岸，这人一下被卷到沱中，连"救命"二字都未喊出便被吞进水里了。

一时间，电闪雷鸣，狂风呼啸，浊浪滔天。镇民们惊惶不已，齐整整跪在河堤上，捣蒜似的磕头哀祈。当时的族长不愧有胆有魄，惊慌中断然决定不惜一切代价祭河，以谢神鳖。急乱中，将一个据说是违背族规伤风败俗的乱伦女人投进了千丈沱，又将若干猪、羊、雄鸡和果品一股脑地往沱中扔。沱中漩涡无声息地吞没了那活人和一应祭品。说也奇怪，那长满绿毛的乌黑家伙立刻不见了。随后，渐渐风平浪静，水也很快退下去了，两河镇安然无恙。

这件事，两河镇方圆百里都传遍了，人们凭着想象力随意发挥，大胆进行创造性加工，使这传说更富有神秘感，乃至于说那鳖在水底修道千年，成了正果，是玉帝派于这一带的河神。又说那鳖有碾盘大，乃当年渡唐僧过通天河的神鳖，因打湿了经书，被如来佛罚到千丈沱思过。也有人不苟同这说法，认为那鳖本是东海龙王帐下的一个鳖将，偷看了龙女沐浴，龙颜震怒，将其锁在千丈沱受难，每隔七日，便派蟹兵虾将将其鞭笞百余，故水底常听见龙吟虎啸猿啼鹰唳之声。又说那一日，那鳖困得烦躁，一怒之下，挣断了铁链，游到水上透气，大水便由此发生。有人甚至说，亲眼见那鳖爪子上还拖着半截铁链。后来那鳖看到全镇生灵可怜，不忍加害，又怕龙王爷知道了罪加一等，这才享受了活人和祭品回到水底去的。

神秘的传说，在两河镇口碑相传，历经一代又一代，尽管巴陵河流走了大清王朝，流走了北洋政府，流来了民国政权，却没有流走这传说。在对神秘传说的膜拜和渲染中，两河镇一代又一代地繁衍变迁，古老小镇在神秘力量支配下，表现出强大的生命力和极其脆弱的意志。

猫子当然不可能赶上那神奇壮观令人惊心动魄的年代，可他却是在这个传说的熏陶中长成一条汉子的。小时候听老船工讲起，觉得异常神奇，常常在幼幼的心灵中把那可怕的王八精赋予呼风唤雨吞云吐雾的巨大本领，后来长大了，在两河上走得多了，再听这传说，便很有些不以为然了，表现出大不恭敬的怀疑，认为老人们说得过于玄乎。

有一次，他于夜半时分将船划到沱心，俯耳船底，并没听到半点声响。大失所望，干脆让船泊住，一觉睡到太阳晒屁股，醒来后对码头边满脸惊诧的船工说："日怪得很，这沱底下屁动静也没有啊！"如此而来，更坚定了他的看法，那水底断不会有什么河神、水怪。退一步说，即便是有，也不过是一只活了几百年的老鳖而已，完全用不着一提起它来就惶恐不安，吓得尿尿嘛。

"球！老子才不信这个邪，怕个锤子！"猫子对人说，"总有一天，老子要把它弄出来让你们开开眼界。"

两河镇的人以为猫子在说疯话，只鄙夷地对他哂笑。

视小人物如草芥，视其说话如放屁的传统心理，使得小镇人并未将猫子的重大宣言，听进耳里，放在心里，这种不可饶恕的疏忽使他们犯下了一个致命的错误。

这是后话。

三

祭河的队伍缓慢庄重地流过古老的青石板街。

猫子在太师椅上坐得颇有些情绪了。

他看见成百上千的人都在为他而奔走，便激动不已，觉得自己今天活得还像个人样。试想，猫子的祖父辈们哪一个能像他这样引起两河镇的瞩目？这般隆重地受到全镇人抬举？他们不过如猪狗一样在这里泡了一辈子，又如猪狗一样毫无意义无声无息地从这里消失。而自己则一反祖辈们的低贱平庸，创造出空前未有的自豪和荣耀，这是多么值得骄傲的事呵。

想着想着，那原本呆滞的目光便活泛起来，在千百颗攒动的人头上溜来溜去。他看那些人头，活像一个个滚动的西瓜，觉得简直该拿刀来砍开看看熟了没有。又觉得这些滚动的人群像一股饿极了的蝼蚁，络绎不绝地涌在一起，啃一根被人遗弃了的骨头。他忽然为自己居然也曾是这蝼蚁中的一员而感到万分悲哀，觉得自己真正是枉到世上走了一遭，白披了张人皮。忽又觉得自己毕竟还经历了今天这般气派，这般出人头地的辉煌，这般盛大场面和隆重，又感到刚才自己的想法太滑稽可笑，于是马上又变得心平气和起来。

猫子就这样在上面居高临下地看着想着，突然一道闪亮的光直射进他的眼里，猫子的心陡然热烈起来，呆滞的目光忽然间燃起了两把火炬，烧得他身上无限欢悦。人群中，有一双他熟悉的眼睛，那道光亮就是从这眼里射出来的。猫子全身战栗，一股不可名状的快感从心里陡然升起，他差点就要仰天大笑了：老子总算没有白活一场，虽然没有结个婆娘，却知道女人是啥味道哟！

可惜，说好今晚去她家过夜，搞球不成了！猫子多少有些遗憾地想。

他极勇敢地迎着这道光亮望去。

那个女人在人群中一边走一边拭泪，却又不敢发出悲泣之声。她如一粒浮萍，被人浪无情地裹挟着，随祭河的队伍向前漂浮。

"是来给我送行吗？"

"是来看热闹的吗？"

"难道老子会死吗？哭啥呀！"

"你哭的样子也好看。"

"女人，女人，女……"

猫子在一连串的遐想中禁不住发出幸福的梦呓。

他的眼前一片灿烂，一片银白。耳边似乎响起了女人快乐的呻吟。那可是世上最美妙最动听最刺激的声音呵。在这美妙的呻吟中，猫子成了一个真正的男人，一个有血有肉顶天立地的男人。猫子只觉得女人那雪一样白，蛇一样滑腻的身子在他眼前扭动，在他眼前放出异彩。他觉得自己乘在一团云雾之上，飘呀飞呀，一切都是那么光彩绚烂，瑰丽堂皇……

想起自己笨手笨脚的憨样，想起女人称自己是条牯牛，想起自己那按捺不住的强烈欲望，那火山喷发要把一切烧毁的激情，猫子禁不住幸福地笑了，嘴唇口舌立刻产生出愉悦且痛不欲生的快感。

"没有女人的男人就他妈的白球活了！"他想。

毋庸置疑，生活在两河镇最底层的船拐子猫子堕入了他人生最神秘、最美好的情网了。由此可以证明，女人所产生出来的力量，是能够改变世上最伟大或最渺小的男人的形象的。

祭河的队伍还在庄严地缓缓流过青石板街。

猫子突然从无限幸福的遐想中清醒来，要命的现实立刻残酷地摆在他面前。他或许将马上告别这座小镇，结束他屈辱卑下但却有辉煌历史的一生，从此后，他将再也听不到女人那快乐的呻吟了，再也看不到女人那双燃烧着火焰的眼睛了……倏然间，无尽的悲哀如一阵寒风荡去了他身上所有的热情和快感，那幸福的充满欲望和欢悦的笑意在瞬间定格。

"狗日的罗五爷，遭天杀的，要老子死，月亮坝里耍刀，明砍嘛，干啥来这一手！老狗日的！"

猫子心里陡然升起一股怒气，在自豪与荣耀的美好缝隙中，他终于触摸到一种被人算计了的感觉。

他记起了几个月前自己干的那件大事。

千丈沱如一面巨大的镜子镶嵌在群山之间，倒映着四周起伏叠嶂的山峦，倒映着码头边九十九步石梯和那棵巨大如伞的黄葛树，从峡谷中流浪过来的阵阵河风，煽情着深蓝的河面，河水在阳光下闪着快乐神秘的光芒，呈现出诗情画意般的柔美恬静。倘若没有领略过千丈沱淫威的人见了此景，决不会相信这水中隐藏着令人心惊胆战的神秘之物，反而会讥笑两河镇人的天方夜谭。

的确，此刻的千丈沱是美丽的。

沱边码头停着十几只木船，那些装船的，卸船的，都在为糊口忙碌，谁也没有注意到猫子的行动。

别看猫子憨直实在，可有时他也活动着心眼。他早就看中了这块连渔船都不敢在此下网或放鱼老鸹、水猫子打鱼的幽深水域，一个大胆的计划早在他心中形成。

他要干一件让两河镇吓得哆嗦的大事。

"轰"的一声闷响，似乎从地心传来雷鸣，震得两岸山崩地裂。

河两岸的人们吓了一大跳，抬头望去，只见"哗啦"一声，沱中蹿起一股巨大的水柱，冲天而起，在半空中开出一朵硕大的水花，又"呼啦"地落下，如倾盆大雨。河边的船被突然涌来的浪打得直摇晃，有人赫然怪叫："妈耶，王八精来了！"扔下家伙就跑，却见一叶扁舟在沱中间滴溜溜地打转。猫子坐在船头，惬意而轻蔑地"嘿嘿"直笑。那神态，大有藐视满河坝的老少爷们个个胆小如鼠之势。这一下，倒使那些要逃命的人停下了脚步。他们来不及理会猫子的藐视，睁大牛卵似的眼睛，紧盯了沱中，只等那水怪"嗖"的一声跳出来，拿猫子当点心，一如《西游记》通天河中的鲤鱼精吞食小孩一样。

呃，日怪得很，河面平静如初，预料中的水怪并未跳出来，却接二连三浮了好些鱼起来，或二三尺长的，或尺把长的，或五六寸的，大大小小的鲤鱼、鲫鱼、鲇鱼、江团、乌棒……一条条翻着白肚皮，把沱中铺了个一片银白。

猫子撑着小船转了一圈，三两下扒下裤头，赤条条栽进水里，把那些被震昏死过去的鱼往船上扔。

岸上的人被眼前意想不到的奇妙景象弄得目瞪口呆："胆大包天的狗东西使了啥子手段，竟然把沱中这么多鱼弄到水面上来摆起？"

"天啦！那东西，在糠菜度日的两河镇可是美味佳肴呀！王八成了精，未必然这些没成精的鱼就不能进肚皮吗？猫子这狗日的贼精贼精啊！"

猫子在沱中欢快地捉鱼，白晃晃银闪闪一条条往船上扔，每扔上一条，岸上的人都为之怦然心动。看着看着，有人终于忍不住了。大凡人们想做而又不敢做的事，只要有人带头，便会一哄而起，群起响应。譬如饥民造反，农民起义。两河镇人历代都是循规蹈矩忠孝仁义的好老百姓，绝不会去干那灭绝九族的惊天壮举，但是除了满门抄斩和与三纲五常相悖之事不干，其他的事也是可以尝试的。譬如此时，就有人大喊了一声："捞鱼哟！"立刻就有无数人赤条条地"扑通扑通"跳进河里，去抢那些被猫子弄得昏死过去的鱼。

一批闻声而来的老年镇民在岸上跺脚，仰天长号："造孽哟！得罪了神灵，要遭大难的呀！"

河里的人却无暇理会那些痛心疾首的长号，他们捞起一条条大鱼，如同捡到了白花花的银子。河面上欢呼雀跃，惊叫声此起彼伏，如赛龙舟撵鸭子一般热闹。

罗五爷闻讯急匆匆来了，全乱了往日让人肃然起敬的方步。他远远地伫立在河堤上那棵枝叶如华盖的黄葛树下，提着那根哭丧棒似的白铜烟杆，鹰一样的眼里显出惶恐不安的悲切神色，半晌无语，最后抬起脚，在鞋底上磕掉烟灰，转身进到镇里。

这棵黄葛树有些年龄了，传说是明末清初时，罗家祠堂第一任族长带领大家修建千丈沱码头时栽下的。码头石梯长且陡峭，从沱边呈 S 形蜿蜒至镇东头，船拐子、背老二（背工）上下货物很费劲，夏天赤日炎炎下更是辛劳。这棵黄葛树栽下后，随着岁月的推移，渐次长大，如一个巨人站在河堤上，华盖一样的枝叶伸向码头，遮天蔽日，给上下码头的人们带来片刻阴凉。从水路来的船只，只要看到黄葛树的冠顶，就知道两河镇到了。几百年中，这棵印浸着两河镇沧海桑田的黄葛树已成为码头上的标志，与罗家祠堂一样，享受着人们的敬畏。

此刻，一阵寒风掠过，这棵黄葛树苍老的虬枝发出一阵"窸窸窣窣"的哆嗦。

这天傍晚，两河镇上飏起的炊烟里满含着浓烈的鱼香味。镇民们脸上放着光，一家家把小桌子挪到门外街沿边，大人小孩尽情享受从河中捞起来的美味。二两烧酒下肚，有些人便晕晕乎乎，话也多了起来。

"说实话，今天要不是猫子，我们也开不了油荤哟。"话里有一种充分肯定猫子功劳的鱼肉味儿。

"猫子这狗日的，还真他妈的邪门，硬是个天不怕、地不怕的家伙！"

"你们晓得啵，听说猫子捉了整整一担鱼，卖了三块半大洋呢！"

"这个龟儿子早就在打千丈沱的主意了。你们想想，那沱深不见底，老子从小长大就没见过哪个敢在沱里下网，放鱼老鸹，天知道那沱里藏了多少鱼呀?!"

"晓得哦?听说猫子炸沱那东西，是拿五斤烧酒跟二狗墩换的。"有人神秘兮兮地说。

"难怪那东西这么厉害!"

"二狗墩这龟儿子也是个匪精，听说他从凉风寨回来时，三毛牛送了他一百个大洋呢。"

"嘟怪不得，你看他婆娘那模样，那腰身，细皮嫩肉的，就晓得二狗墩腰杆里揣了多少洋钱了。"

镇民们一边喝酒吃鱼，一边说猫子，议二狗墩，说着说着，便看见二狗墩的婆娘惊慌失措，满街唤魂似的唤二狗墩，几趟来去后便号丧般地哭起来。

人们问她号啥子?

"二狗墩不见了!"女人说。

立刻有人赌咒发誓，说亲眼看见二狗墩第一个跳进水里，还抓住了一条三尺来长的大鲇鱼。有人又补充说，在他抓住鱼的一瞬间，那鱼又活了，尾巴掀起几尺高的浪，和二狗墩在水里搅成一团。

"八成是被那鱼拖到水下去了。二狗墩水性不好，只会狗刨。"有人冷静地下了判断。

"咦!是不是拉到水底去见王八精了!"

一语未了，所有吃得红光满面的人立刻变得煞白，连醉眼蒙眬的人也不例外。怎么忘了这茬事呢?!人们惊慌失措，暗暗叫苦，对自己下午在沱中胆大妄为的行径颇为追悔，并立刻觉得那桌上残剩的鱼肉已不是美味佳肴，而是不可侵犯不可亵渎的神物。有人慌忙地将桌上喷香的鱼肴收起来，有的甚至小心翼翼地供到自家堂屋那挂着"天地君亲师"的神龛上。

这情绪立刻像瘟疫一样传遍了全镇旮旮角角。

突然，"咣咣……"锣声响了。

人们陡然一惊，静下来细听，暮霭沉沉的夜空中，传来"夜游神"罗瘸子高亢苍凉的长声吆吆——

"传罗贵生到祠堂听话……"

猫子此时还坐在自己阴暗潮湿的破瓦屋里，吃得满嘴喷油。听到锣声，愣了一下，并未在意，以为在叫别人，仍一门心思啃鱼头。

隔壁一个汉子探头进来："猫子，你个狗日的还在胀饭，没听见祠堂叫你呀?!"

"啊!"猫子一惊，这才记起自己的大号，赶紧抹抹嘴巴，一溜小跑来到祠堂。

罗五大爷正端坐在太师椅上"吧嗒吧嗒"吃烟，猫子见了心里发虚，怯怯地喊了声："五爷，我来了，你老有何吩咐?"

罗五爷被烟雾笼住，如一团朦胧的混沌在猫子眼前旋转，两道寒光透过烟雾直射到猫子脸上："到沱里去给我把二狗墩找回来。"

猫子点着火把，来到沱边。此时夕阳西堕，暮雾浓重，千丈沱黑气弥漫，从峡谷里荡过来的夜风掀起阵阵波浪，水中隐隐约约透出一股杀气，令人不寒而栗。

猫子乘着酒意，不管三七二十一，"扑通"一声跳下去，一袋烟工夫，从沱里钻出来，手里拖着的，正是二狗墩。

此时的二狗墩正紧抓着一条三尺来长的鲇鱼，一只手抠进鱼眼里，一只手被鲇鱼死死咬住，脖子上有一道清晰的，不知是什么东西划开的口子，那神态和架势，足以证明二狗墩在水下和那条凶狠的鲇鱼，进行了他人生最壮观最惨烈的殊死搏斗，其结果便是眼前这种令两河镇心惊肉跳惨不忍睹的情景。

人们震惊了。

族长罗五爷终于震怒了。派人把猫子抓到了祠堂，剥去上衣，鞭笞三十。

猫子强辩道："他水性孬，被鱼咬死，关我啥事?!"

罗五爷一声断喝："还敢狡辩，没你炸沱，那有二狗墩的死!"

这三十鞭，打得猫子呼天喊地，伏地求饶。

打毕，罗五爷围着猫子仔细察看他背上的条条鞭痕，手抚银髯，满意地吐了口气，然后按族规罚猫子披麻戴孝，送二狗墩上路，一应开销，全由猫子负担，并赔偿二狗子婆娘大洋十块。事毕，还要猫子为二狗墩守坟三月，每天祭祀，免得冤魂出来骚扰全镇不得安宁。

猫子鞭痕在背，痛入骨彻，不敢不从命。他一身披麻戴孝，在二狗墩婆娘凄凄惨惨的抽泣声中，把二狗墩送到镇后山上乱坟堆里，尔后在旁边搭了一个草棚，狗一般蜗居其中，干起了给死人看坟的勾当。

全镇人异口同声地说猫子活该，罪有应得。

"那王八精都是好惹的吗? 龟儿子硬是肉皮子瘙痒了，茅厕里打灯笼——找死!"有人恨恨地说。

"好戏还在后头呢!"阴森森的话不知从哪个角落冷冷地射出，在人们心里画上了一道阴影。

两河镇从此在沉重的忧患和无边的恐惧中提心吊胆地过着苍白寡淡的日子。

只有猫子很奇怪，二狗墩的婆娘，自始至终都没有一句责备猫子的话，也没向猫子讨那十块大洋。

四

猫子的眼睛依然在焦急地寻找，那双熟悉的动人的眼睛已被人群挤到后面去了。猫子想转过头去看，但没成功，那张太师椅可恶的靠背，断然阻止了他的企图。

"多亏了族长明断哟，倘若没有守坟的事，老子还遇不到这么好的女人呢！"高高在上的猫子又一次满足地笑了。

中国的先哲老子曾说："祸兮福所倚，福兮祸所伏。"

猫子不曾读过老子的书，但老子并不因为读不了自己的书而鄙夷地放弃他，这句名言的哲学意蕴在猫子身上公正无私地体现出来，鲜明而充分，使他在大祸中尝到了大福的滋味。

二狗墩的婆娘就是桃花，是桃花河上游桃花湾的人，嫁到两河镇时才十八九岁。桃花名如其人，每每从镇上走过时，一些汉子便要生些烦恼。

"咋这女人不是我的婆娘呢?!"

"能跟她睡一觉啊，老子这一辈啥都不想了。"

于是便抱怨老天爷不公，不该让俊俏的女人属了别人，继而对自己的黄脸婆生出许许多多的厌恶感。

桃花是二狗墩从凉风寨"退役"回来，花了五十块大洋娶来的婆娘。

两河镇常有汉子活得不耐烦了，跑到凉风寨子去当一阵子绿林好汉，杀人放火，打家劫舍，拦路抢劫，弄几个钱后又跑回来安家立业。凉风寨不大追究这些"退役者"，反而认为这样的吐故纳新会使山寨充满活力。既然山寨不过问，与山寨有姻亲关系的两河镇就更不敢追究这些人离经叛道的行径，更不敢拿族规来匡正他们的所作所为。相反，还得和颜悦色地对待他们，免得这些好汉们在一时气恼中剪了自己的径，做了同镇人手下的冤大头。

这些好汉们回来时大都偷偷带回些武器。那年头，手里有"硬火"，腰板子都要硬扎得多。奇怪的是，二狗墩是被三毛牛亲自送下山的，还像煞有介事地传话给罗五爷，好生看待我这兄弟，不能让他受丁点委屈，否则，别怪我手里的家伙不认人。

据镇民们传说，二狗墩是在那次三毛牛和独眼狼的火并中负了伤而"退役"的。镇民们仔细观察，他并不缺胳膊少腿，浑身上下也没留下个疤痕，吃喝拉撒一切功能也很正常，晚上照样把婆娘日弄得惊叫唤，令镇上的一些汉子馋得直咽唾沫。这狗日的，干吗要金盆洗手不干了呢？

当二狗墩把桃花娶到镇上时，人们都说："呀！一朵鲜花插在牛粪上了。""妈的，好汉无好妻，丑汉娶娇妻。"二狗墩听到这话，顾不得当新郎官的面子，气急败坏掏出枪来，骂道："哪个龟儿子再敢放屁，谨防老子给他身上添个窟窿眼。"吓得镇民们立即缄口，任凭这坨牛粪去日弄他的鲜花。

猫子先前在桃花河上行船时见过二狗墩的婆娘。

那时桃花还是个姑娘，常和村里的一帮女人在河边洗衣裳。山里的女人也是有野性的，她们一边洗，一边有意无意地唱起逗引男人的情歌：

> 这山没得那山高哎，
> 那边山上种高粱哎，
> 好吃不过高粱酒哟，
> 好看不过少年郎哎。

猫子他们的船这时正从湾上划过来，船工们一边慢悠悠地搬桡片，一边吼着号子，那号子的词儿是接着女人们情歌临时编的，具有明目张胆赤裸裸的挑逗性：

一桡搬起哟两河浪，嘿嗨，
哥看妹儿哟洗衣裳，嘿嗨，
白天看妹心里痒哟，嘿嗨，
晚上等妹哟来上床，哦起佐，哦起佐。

猫子们唱得情绪激荡快活无比。这种情绪，很容易引得桃花和那些女人们心里骚动，嘴上却是恶狠狠地骂：

"遭天杀的船拐子，变了水打棒莫人给你收尸！"猫子们此刻的创作灵感空前活跃，不假思索便是令才思敏捷的文人们自叹弗如的妙词儿：

就等妹儿来收尸哟，嘿嗨，
一收收个哟驸马郎，哦起佐。

桃花们便向船上扔卵石，终因力气太小全扔在水里。猫子们在船上乐得哈哈大笑，一边笑一边不忘拿眼睛下死劲盯住女人们的胸脯，焦渴的嗓门直咽口水，倘若不是隔着一段水面，这些涎着脸皮的船拐子们大概就会扑过去的。

那时在猫子眼里，桃花是浣女中长得最好看的姑娘，像一根能掐得出水的粉嫩葱白。但他知道自己船拐子的卑微身份，从未想过要和这个女人有什么瓜葛。

桃花那时对猫子也并不熟悉，只觉得这个长得精壮的年轻汉子，不像其他船工那么放肆、骚气十足，只静静地拄着篙竿，站在船头，望着自己傻笑。

"哎呀——"突然，桃花尖叫起来，女人们和船工的打情骂俏戛然而止，满是惊异地齐刷刷盯住桃花，不知道发生了什么事。

"衣裳，衣裳。"大伙儿顺着桃花手指的方向望去，原来桃花只顾看猫子，一件衣裳已顺水向河中漂去了。桃花急得直跺脚。要知道，农家的一件衣裳，哪怕是旧的，也顶半年粮啊，爹妈晓得了，还不把自己骂个半死呀?! 可惜女人们都不会水，只能替桃花干着急。

这时，船头上一个人箭一般地射向河中，倏忽没了踪影，正在大家惊异时，那人已从水中冒出头来，伸手捞住了衣裳，几个大把就游到了桃花脚下，一声"给你"，扔下衣裳，又是一阵大把，水淋淋地爬上了船。桃花看到，这人正是猫子。

女人们正要开口调笑，船上突然齐声吼唱起来：

妹儿衣裳漂河上，
哥子看见哟心发慌。
裤儿不脱跳下水，
遮住勾子哟帮干忙。哦起佐，哦起佐。

船上、河边的男人女人都一齐大笑起来，只有桃花羞红了脸，拿着衣裳站在岸边不知所措。

女人们正想接着调唱，那船已随着号子声漂出很远了。

"连'谢'字都没说一个，该死！"桃花望着远去的船，不知怎么地，心里忽然漾起一种异样的感觉。

奇怪的是，桃花死了男人，并没有显出悲伤，倒有一种被解脱后的轻松愉快。

罗家祠堂有明文族规，丈夫早逝，妻子为其终身守节的，要记入祠堂烈女册；倘若要改嫁，须待死者入土九年后才可另择夫婿。这对正值英年的寡妇来说无异于枷锁铁镣，紧紧地桎梏着她们的生理需要和欲望。死了男人的桃花极力想摆脱这种万恶的桎梏，因为她是个有七情六欲，功能正常的女人。

猫子发现，自己在二狗墩的坟头上守了三日，桃花就来了六次，虽也戴孝，却不跪也不磕头，那本应哭唱的丧歌也没听见。每次来了，看也不看坟头，却有一句没一句地和猫子搭讪。

"不怨你。"桃花盯着脚下的野花说，"死鬼活该！"

猫子没吭声。

"我晓得，是死鬼怂恿你去炸沱的。他也想弄鱼卖钱哩。"

猫子一惊，抬头看看四周，见山野荒冢十分冷寂，鬼都莫一个，才知道女人是在跟自己说话。他盯了女人一眼，见她眼里有些异样的神色，便想，这鬼婆娘咋啦，死了男人不痛心？

想着，忍不住又盯了一眼。

人说女人"要想俏，一身孝"。猫子见女人穿一身素白的孝服，白白的脸，白白的脖子，白白的两条莲藕似的胳膊，像一团白云在自己面前晃悠。心里一阵躁动，又想，那脖子下两团肉不知道怎样的白呢?！

"死鬼不是个男人。"女人又说，眼里的怨恨中有一丝火焰在不可名状地闪耀。

猫子仍不吭声，拿眼扫二狗子的坟头，心里想：这婆娘日怪得很，不是男人未必是个女人呀？这鬼婆娘到底想说啥？

一边在肚里寻思，一边又禁不住看女人，见女人脸上爬了些许红晕，眼里的火焰跳跃得更猛烈，模样儿也突然生动起来，紧盯他不转眼。猫子顿时觉得世界委实有些异样了，异样得他心怦怦直跳。一股热血直冲脑门，使他如一只膨胀的气球，快要爆炸了。

猫子赶紧起身，转到坟后边的茅草丛里蹲着，一动也不动了。

女人以为他是去方便，也就没将那火继续跳跃过去，又待了一会儿，见猫子毫无起身的样子，郁郁地叹了口气，站起来一款一摆地回镇上去了。

一只老鸹"哇"叫了一声，箭一般地从乱坟中蹿起，绕山飞了一圈，停在一棵枯树上，贼绿绿的眼睛紧盯了猫子。

半个月后的一天夜里，猫子喝了一通烧酒。

那酒是桃花几天前拿来放在二狗墩坟头上的，临走时还扯着嗓子号了几声："这可是好酒呀，喝呀，莫糟蹋了哟!"边说边拿眼睛瞟了猫子。

等桃花走了，猫子过去拿起瓦坛，拔了塞子一闻，酒香扑鼻，沁人肺腑。四周看看没人，便拿到草棚里去了："死都死球了，喝球啥呢?! 老子为啥不享用呢? 喝!""咕嘟咕嘟"几口下肚，半晌，打了个酒嗝，满山坳都飘起了酒香。

半夜里，猫子在棚子里睡得憨死。他梦见一只巨大的苍鹰向他扑来，抓住他在半空中滑翔，下面是万丈深渊。自己正向那黑暗中坠去。他仿佛又觉得自己被一条奇丽的大花蟒缠住了脖子，吐着细舌的嘴不断在自己脸上戳来戳去，头已伸进自己的身体内，正贪婪地吮吸他身上的血和精髓。猫子大汗淋漓拼命挣扎，却怎么也摆不脱大花蟒的缠绕，越缠越紧，让他窒息。

猫子大叫一声，奋力一蹬，醒了。立即发现一个东西压在自己身上，但绝不是万恶的大花蟒，那是一团白色的云霓，充满了肉体滑腻的香味。朦胧中，展现在他眼前的是一个从来没见过的神秘图像，那炫耀在眼前的两个皎白如玉结实饱满的东西，恍若两轮浑圆的太阳，照耀得四周一片灿烂，夜暗中的火焰炙烤得全身亢奋骚动不已，下腹鼓胀起一片片潮汐，脑子还没完全清醒，身上那东西已迫不及待地蓬勃起来了……

猫子干瘪瘪地活了二十八个春秋，到今夜才知道，世上还有另一个令人心醉神迷、水灵光鲜的世界。他如征战的将军，闻鼙鼓而起，以昂扬雄壮的姿态，迎接对方给予他的激动人心欲死欲活的冲击。他觉得已不能左右自己的躯壳了，灵魂儿正被一阵高过一阵的热浪融化，他在浪尖高高地抛起，又优美地落下，起伏跌宕，一瞬间，鲜红如血的烈焰似霓霞喷薄而出，辉映着这绚丽的一切。

夜色阑珊，万籁俱寂，桃花河上传来如泣如诉的流水声。

"这是要遭族人骂死的，弄不好就要被沉河的。"猫子担心地说。

"怕啥？不让他们晓得就是了。"桃花说。

猫子揽过女人，抱在怀里，心一横说："管球他的，大不了就是个死嘛。"

女人用嘴堵住猫子的话头："不准说死，好日子才开头哩。"

猫子说："妈的，这狗日的族规只管我们这些穷人，是不管他们的。罗五爷上个月还把一个丫头收上房，许他们三妻四妾，就不让我们快活快活，这是他妈的啥卵子族规?!"

"听说那丫头肚子里已经有了，是罗五爷的，快要遮不住了。"桃花说。

"真的?"

"真的！罗五爷老不正经得很，镇上好看的女人他都要打人家的主意，喊到祠堂讲啥子'圣谕'，背地里就把人家糟蹋了。

前段时间，罗幺爹家的媳妇秋梅，不就是因为到河边洗衣服，把煮饭耽误了一哈儿，她公爹就把她一顿乱骂。秋梅气不过，还了几句嘴，就被罗五爷传到祠堂去讲'圣谕'，说是要好好给秋梅讲啥子"三纲五常"，背地里就把人家给糟蹋了，秋梅回家来哭了半宿，还不敢声张，天麻麻亮时，找了根绳子把自己吊死了。"

猫子大惊："镇上人不是说，秋梅是她公爹逼死的吗?"

桃花说："那是罗五爷那老狗编的。他不这样说，罗幺爹晓得了，还不把他皮臊够呀! 听说那老狗拿了五块大洋给罗幺爹，说是族里给秋梅的上山费，把他嘴堵住，这才把事情按平了。二狗墩在时，他就打我的主意，经常对我动手动脚的。他晓得二狗墩有枪，凉风寨又打了招呼的，没敢来硬的。二狗墩走了，这不，前几天还差人到我家来送了两袋米，几斤肉，说是补偿劳慰我。还让我到祠堂去，有话要问我。我没要，让他手下人拿了回去。他打的啥主意，我晓得!"

猫子搂着女人说："这条老狗，敢对你下手，我就把他卵子割下来。"

"嗯，我信。"女人如小猫一样依偎在他宽厚的胸膛上，满足、顺从地闭上了眼睛。

夜暗里，两颗苦难的心叠在一起，随着对新生活渴求的节奏一起欢愉地跳动。

"为啥找我? 一个穷得叮当响的船拐子。"

"你好! 像个男人!"

"二狗墩也是男人呀!"

"他呀，才不是个男人呢，他是畜生，是禽兽。他那男人的东西，早被枪子儿打坏了，只会使牙咬，用手掐。"女人咬牙切齿愤怒地说。

"啊! 真的呀?"

"骗你是王八。他在山上时，那一回土匪火并，为了救三毛牛，他带几个兄弟和独眼狼打起来了，没想到被枪子儿打坏了那东西，就因为这样，三毛牛才给他一些钱让他下山的。"

女人让猫子摸她身子，猫子感到女人身上到处都有伤痕，他生平第一次感到心疼了。

"难怪你和他成亲这么些年了，也没生出个儿子来。"

"我给你生个儿子，生个小猫子！"

猫子看着女人夜暗中发亮的眼睛，犹如饥饿的小野兽，现出渴求中的骚动和期冀，心里一热，紧紧搂过女人，一翻身，又爬了上去……

一弯冷月悬在深蓝的夜空中，几颗星星眨着诡异的眼睛，古镇冷蛇一般蜷缩在两河之间，不时发出令人恐怖的梦呓。

一对情人，在黑沉沉的苍穹下，肆无忌惮地向神圣的两河镇祠堂发出挑战般的欢乐呻吟。

小镇盲目骄横的宗法专制和层层叠叠的道德风范，在这响彻亘古的呻吟中坍塌了，道貌岸然的虚伪中终于有了真诚热烈的喧嚣。

五

这年八月，两河镇遭到有史以来最大洪水的袭击。

倾盆大雨在大山里不歇脚地下了三天三夜，每一条山沟都"呼隆隆"地往桃花河、山溪河里宣泄愤怒。一夜之间，两河水涨了两三丈。滔滔洪水，浊浪翻卷，肆意吞噬着沿河岸边的一切，田地里的庄稼在洪水的放肆中一无所有了，码头的九九八十一步石梯全部没入水中。两条河的洪水在镇东头千丈沱汇集，张牙舞爪咆哮着试图扑进镇里，临河的一些吊脚楼已经进水了，楼子在洪水的冲击下，不堪重负，摇摇欲坠，不时传来"轰隆隆"的倒塌声。唯有河堤上那棵黄葛树，在洪水的肆虐中，依然显出岿然不动的傲慢姿态。

镇民们被眼前的情景吓呆了，慌七忙八毫无组织地将鸡、鸭、蒸馍、麻花往河中抛，千丈沱打着漩涡愉快地接受了这些贡品，依然不断呼啸着往堤上涌浪。镇外数十户建在低洼之处的人家已经没入泽国之中，眼看着繁衍生息了千百年的两河镇就要毁于一旦了。

惊慌失措的镇民们涌进罗家祠堂，围住罗五爷：

"五爷呀，你可要拿主意啊！不能让全族都毁在水里呀！"

一片悲泣，声泪俱下。

在这时候，罗家祠堂是唯一支撑小镇的机构，如大厦之柱。

罗五爷默默肃立于祠堂戏台下左墙前，凝视着墙前立着的一块石碑，似乎沉浸在遥远的回忆里。丧魂落魄的镇民们被族长的镇定所慑，静若寒蝉，禁不住随族长目光望去。

那面石碑约五尺高，三尺阔，上面镌刻着两河镇两次祭河的历史——

巴陵河源于米仓山腹地，水发于上，洪患于下。两河镇建于河岸，有桃花、山溪二河相夹，数百年间备受洪患之苦。据传，大水乃镇东堤下千丈沱中水鳖兴风作浪所致。每有洪水漫镇，当以牺牲祭之，洪水方退。清同治十年，洪水泛滥，镇中进水二尺有五，久祭不退，乃以人祭之，水方退。清光绪三十年如是。兹立碑为鉴，以告后世。

良久，罗五爷缓缓转过身，望着他的族人们，低沉而清晰地吐出两字：

"祭河！"

"啊——祭河！"人们惊呼。

"此乃最后的办法了。除此，别无良策。"罗五爷说，"光绪三十年发的水比现在要大得多，街上已进水三尺，倘若不是家父力排众议，用乱伦的罗二拐子家的孙媳妇祭河，两河镇早就不复存在了。祖宗们早已这样做了，我后辈之人有何不可效法？用一人换全镇几千人的平安，这叫舍小不仁而保大义，神灵会饶恕我们的。"

罗五爷的决定显然是经过深思熟虑的，死一个人和摧毁一个镇子，死更多的人，孰重孰轻是显而易见的。两河镇中稍有思维的人都觉得罗五爷的决定无比英明正确。

"对！祭河，祭河！"人群中呼喊着。

"那，用哪个去祭河呢？"有人怯怯地问。

"带几个人去，把猫子请来。"族长罗五爷对身边立着的管事说道。

"猫子？对呀，咋就把这狗日的忘了哩！要不是他炸沱弄鱼，哪会惹得河神动怒呢?!"

镇民们恍然大悟，醍醐灌顶："五爷英明，五爷英明！"

一个镇民小声嘀咕："是该拿猫子是问了，不然还会闹出伤风败俗的大事呢！"

罗五爷眼睛猛然转向嘀咕的人："你说啥子？"

"没说啥，没说啥，让猫子祭河，五爷英明！"嘀咕的人蜷缩到人群中去了。

此刻，猫子正光着身子，亮出一身黝黑的精肉，仅穿一条火窑裤儿，持一根长长的竹竿钩子，在河边打捞被洪水冲下来的浮财，每捞上一件漂浮物，就兴奋得大喊大叫，忘乎所以。他盘算着，在洪水退了后，将这些浮财卖了，给桃花添件花衣裳。突然间，猫子被管事和几个五大三粗的汉子恭敬但不由分说地请到了祠堂。

猫子一看到祠堂上那块"荫庇吾族"的大匾就心惊肉跳。据说那就是同治十年遭大水时，族中一位德高望重的长者，自愿献出有悖孝道的孙媳妇用以祭河，洪水退去后，全体族人捐资镌刻，以纪念长者于古镇宏大功德的。

一身水淋淋的猫子站在祠堂中，面对正襟危坐的族长和分坐两边的族中耆老，立刻感到惊惧惶惑，一种强烈的将要发生什么大事的预感瞬间笼罩着全身。

难耐的沉默。只听得罗五爷把叶子烟杆叭得山响，每吐一口烟，猫子的心便要战抖一下。

终于有了声音，而且是亲切慈祥的：

"猫子兄弟——"

猫子大吃一惊，惶惑地看着罗五爷，不知自己啥时高了辈分，和族长平起平坐，兄弟相称了。顿时觉得心里平添了许多暖意。

"猫子兄弟，你从河边来，一定知道洪水涨了多高了。当全镇父老兄弟姐妹遭此大难，即将成为鱼鳖时，为拯救全镇生灵，经族里同仁一致决定，祭河！"

"祭河！"猫子一惊，他没见过祭河，但常听老人们讲起。他知道，那是一个将活人扔进千丈沱，以谢河神，祈求退水的极盛大热烈又悲壮残酷的仪式。

"祭就祭呗。关我啥事？"猫子十二分赞成又十分不解。

"对！"罗五爷温和的眼光突然变和冷峻锐利，如鹰一般直射猫子，"就因为你得罪了河神，神灵才降灾于两河镇。这事，解铃还须系铃人啊！"

"不，不！"猫子惊慌了，"我没有得罪河神呀？"

"没有？千丈沱是你炸的吧？"

"那是二狗墩的主意，炸沱的东西也是他从山寨子里拿回的，是他怂恿我去做的。说炸出鱼捞起来卖了钱平分。"猫子赶紧解释。

罗五爷狠狠地说："可惜，二狗墩死了！"

猫子鼓起勇气怯怯道："再说，那河里未必真有河神呀?!"

"住口！河神来无影去无踪，无形无迹，岂是你肉眼凡胎所能看见的。大难当头，唯有祭河，满足河神要求，才能拯救全镇生灵免遭涂炭。"

"那不关我的事，你们另找别人吧。"猫子转身欲走。

"猫子兄弟，"族长急忙离座，拦在他面前，"难道在全族遭遇灭顶之灾时，你这个罗姓人丝毫无动于衷吗？就能不见死不救吗？猫子兄弟，你不是我罗氏家族中堂堂正正的子孙吗?"声色俱厉，但，一片赤诚。

猫子犹豫了。

两河涨水的惨状他是知道的，原本未引起他的重视，相反还有点兴奋，因为每次洪水，猫子都可以打捞一些财物，换几个酒钱。再说，即使全镇被淹了，凭他的水性，逃个活命根本就小菜一碟，完全用不着惊慌失措。可族长的话提醒了他，全镇数千口人，并非个个都是猫子，尤其是那些老人、娃娃、妇人，一旦大水涌进，定死无疑。自己无父无母，亦不在乎生死，倒是这种祭河的形式使自己难于接受，太窝囊太糟践了。他没文化，不知道古文里有"周处杀蛟"的壮举，此刻他倒是愿意拔剑而起，到河中去翻江倒海，与王八精作一番男儿血性的拼杀，纵死，也落个痛快淋漓。

就在猫子犹豫的这一瞬间，罗五爷突然呼号起来："猫子兄弟，老朽代表全族求你救救两河镇吧，救救罗氏家族，救救几千口父老乡亲吧！"声泪俱下，满脸悲怆，踉踉跄跄地来到猫子身边，一撩长衫，"啪"的一声，跪在他的面前。

猫子大惊失色，正不知如何办才好，却见族里的管事、耆老、豪户、商绅，一应头面人物，纷纷离座，整整齐齐地跪在猫子面前，齐声呼唤：

"猫子兄弟，救救两河镇吧！"

猫子从没见过这种阵仗，立刻觉得心里发热，鼻眼发酸，那泪水眼见得就要流下来了。要知道，在两河镇上，罗五爷乃一族之长，历来只有家族的人向他下跪，而绝无他向族人下跪的先例。今天，真真是开天辟地，乾坤颠倒。猫子呀猫子，你他娘的算个什么屌人，值得罗五爷那至高无上的双膝为你弯曲？猫子呀猫子，你这个混球！

猫子芒刺在背，他惊慌地欲扶罗五爷，却突然听见背后传来呼天抢地山崩地裂的悲号：

"猫子兄弟，救救两河镇吧！"

"救救我们妻儿老小吧，猫子兄弟！"

猫子猛一回头，见镇上数百口男女老少齐齐整整黑压压地跪在祠堂下，一片哀求和唏嘘。那场面，即便是块顽石，也不能不为之动容。

猫子浑身如火燃烧，一股热血直冲脑门：

天啦！我猫子从小长大，孤儿一个，猪狗不如，谁看得起？今天，全族父老兄弟竟齐刷刷地跪在我脚下。老天爷呀，就凭这一跪，我猫子还有啥不能舍弃的？

猫子两腿一软，不由自主地"扑通"一声也跪了下去，泪水长流：

"既然两河镇的父老乡亲还看得起我这条贱命，我猫子感激不尽了。各位大爷大叔伯母婶子兄弟姐妹们，猫子来世再回两河镇给你们当牛做马!"

"祭河啰……"全镇一片欢呼雀跃。

峰回路转,柳暗花明,两河镇上空开始放晴,一缕欢乐的阳光竟从阴霾里费力地挤出来,照射在冷蛇一般蜷缩的镇子上。

六

洪水把猫子塑造成了一个英雄,一个济世救难舍生取义的英雄。他的族人们抬着他们的英雄,极其隆重悲壮地走完了古镇的青石板街,来到镇东头千丈沱码头边。

苍老傲岸的黄葛树下,祭河的队伍停了下来,在这里,两河镇将把这种古老的祭河仪式推向高潮。

一阵震耳欲聋的鞭炮声中,几个女巫将长幡围成一个方形阵势,戴着天罡冠的男巫披头散发手持宝剑,迈着七星步,口中念念有词地唱着鬼歌巫咒,在祭坛前翩跹起舞,那样子,使人想起喝得二麻二麻醉鬼的步态。猫子终于被八个大汉谦恭地请下太师椅,一端公领他走进方形阵中,祭坛旁边,摆着一只大木桶,一个酒坛,三只大碗。

两河镇万人空巷,成百上千的人拥挤在河堤上,目睹这最后的庄严奇特的仪式。

"咣——"一声锣响。管事高叫:"画符。"

一个男巫疯疯癫癫过来,围着猫子蹦蹦跳跳一番,然后用手在碗里蘸点水,弹到猫子身上,再把一张上面画了些莫名其妙红黑道道的黄纸贴在猫子额上,又将一块太极布片挂在胸前。这是规矩,据说这是祛除祭品中的邪气,河神是忌讳有邪之物的。

"净身。"管事又叫道。

一个汉子走过来,不容分说地扒掉猫子身上的衣裤,只剩下一条火窑短裤，拎起那只大木桶，对准猫子，劈头盖脸淋下。这也是规矩，河神是不食不干不净的祭品的。

"上送行酒！"

又一汉子拎起酒坛，"哗哗哗"倒出三大碗酒，用木盘恭敬地捧到猫子而前。

"请。"罗五爷一撩长衫，快步走到猫子面前，低沉的声音不失威严。

猫子端起碗，两手却不由自主地在发抖。在祠堂中燃起的火焰已渐渐熄灭，心里一片空落。桃花的出现激醒了他脑的灵性和心中的情愫，浇灭了他的伟大自豪和灿烂荣耀。他终于有了一些犹豫：

"难道真的就这样走了吗？我的桃花咋办？还有我的孩子。昨晚私会欢娱的时候桃花不是说好像她有了吗?！我的女人、孩子……"

猫子环顾四周，没看见桃花的影子，只见黑压压的人群包围着自己，麻木的脸上显出难耐的焦急。码头上，洪水依然在愤怒地拍打堤岸，浪尖已漫过堤坝，浸淫着黄葛树的根部，准备开始向镇里进发了。此刻的两河镇早已成了一座孤岛，无法逃，也无路可逃，唯一的希望只能放在祭河上了。

人群越挤越多，一些大人细娃干脆爬上那棵巨大苍老的黄葛树，居高临下，希望看得更真切，更仔细，也更痛快些。

有些人等不及了，小声嘀咕：

"日妈怪得很，水都要进屋了，还讲究这些穷规矩干啥？甩下去不就得了！"

有人回应说："你懂个锤子，做过场就要做像嘛！不然，猫子会心甘情愿地去吗?！"

猫子端着碗还在犹豫。

"请！猫子兄弟，大丈夫一言既出，驷马难追，全镇的性命都维系于你一身呀！"罗五爷再次催促。那话里，乞求中又带有威慑。

猫子心一横，一仰脖子，把酒"咕嘟咕嘟"倒进肚里，手一扔，"啪"一声，碗摔得粉碎，一连三次。这宏大的气魄，立即博得一片喝彩声："好！好！狗日的猫子，是条汉子！"

祭品已按先后顺序抛下河了，作为最重要的祭品，猫子放在最后一道程序上，就如唱戏的压轴戏，宴席的压轴菜一样。

罗五爷一使眼色，几个汉子持一根牛鼻绳捆住了猫子的手脚。这并非既定的规矩，有历史记载的前两次祭河人都是女性，没有会水的，是直接抛下去的。但罗五爷深知猫子水性了得，必须周全谋划方能圆满成功地完成祭河仪式，为此，他暗中已打了招呼，准备好了绳索，捆住猫子的手脚，再将一块石磨缚在他背上，把他沉下水去。

猫子被蒙在鼓里了。

他原想，祭就祭吧，沉下水后，凭自己的本事，潜个一二里水，然后爬上岸，藏起来，等水退了，瞅着夜深人静的机会，悄悄溜回镇里，带上桃花远走高飞。他根本没料到罗五爷们会来这一手。

狗日的罗五爷，歹毒啊！

猫子突然大骇。

这时他才真正意识到生命最后一刻已经降临。恐惧立刻从四面八方包围了他，他奋力挣扎，大叫大嚷："不！不！"拔腿要跑，谁知汉子们早已料到，相当默契地八人一围，把猫子封了个贼死，刚才的恭敬已变为狰狞，狠狠地盯着猫子。此刻，他上天无路，入地无门，插翅也难飞了。

"咣咣咣"，三声锣响盖过了洪水的喧嚣，唢呐子重新惊风火扯地叫唤起来，数十挂鞭炮也同时炸响，那爆开的纸屑如雪花片儿纷纷扬扬落在水中，岸上无数双眼睛紧盯了族长，时而掠过兴奋，时而掠过惊惶。

"祭河！"罗五爷果断地下了指令。

"猫子……"就在猫子即将被抛下河的刹那间，人群中传出一个女人撕心裂肺的叫声。

紧接着，桃花风一般地从人群中冲出来。一下扑倒在猫子面前，"猫子，猫子，你不，不能去啊！"她哭叫着，抱住猫子。

猫子悲怆地："桃花，桃花！"可惜两手已被捆死。

两人跪地，紧紧地拥在一起。

罗五爷惊呼一声："桃花，你干啥？猫子是你仇人呀！"

桃花哭喊着："不！不！他是我男人，我的男人！求求你们放过他。"

两河镇在这骤然间出现的一幕中，又一次震惊了。人们万万没想到这个曾因猫子的胆大妄为而失去男人，本应守节至少九年的小寡妇，竟如此快速地和不共戴天的仇家搞到一起了。这是几百年来世风淳厚的古镇罕见的丑恶行径呀！惜乎哀哉，悲乎哀哉！两河镇几百年来的良美形象，一刹那间被这两个千刀万剐的孽种扭曲了，羞辱了，玷污了。

两河镇沉沦了，两河镇堕落了，两河镇腐朽了。

突然，沉沦、堕落、腐朽的两河镇愤怒了：

"打死他们，打死他们！"

人群中发出的怒吼，盖过了滔滔洪水。

族长罗五爷气急败坏，第一次显出了赤裸裸的凶残本质。他急得直跳脚，两手颤动，浑身发抖，脸色铁青地盯着桃花和猫子，看着这羞辱他神圣权力、崇高道德的情景不知所措。突然，他那根长年端在手上的白铜烟杆派上了用场——桃花只觉得头上一震，天旋地转，如一具僵尸，颓然倒下，什么也不知晓了。

绝望中的猫子愤怒使出唯一锐利武器：

"日你族长的先人板板，编着圈圈害人的老狗!"

"你这害人的老狗要断子绝孙!"

"祭河，祭河，祭你妈的卵河，把你那十八岁的小老婆弄来祭河呀!"

"老子变了鬼也要索你老狗的命!"

劈头盖脸，跳着两脚，一阵痛快淋漓的怒骂。

人们目瞪口呆地看着这一切。

突然有人喊："用牛屎糊住他那臭嘴。"

猫子循声望去，突然发现这些本家族的人，原本亲切和气，哀求乞怜的面孔，瞬间变得狰狞凶恶，一个个张开巨口，恨不得一口吞掉自己，吞掉桃花。人们把昨日的善良和今天的凶残揉搓于一体，让愚昧野蛮的邪恶意识如洪水般地，在猫子身上恣肆汪洋。

猫子真真地绝望了：天啦天……

罗五爷再一次果断地下了指令："祭河!"

几个汉子不由分说地迅速抬起猫子，用尽力气，将猫子抛向空中。

猫子像一粒弹出的石子，在空中画了一个优美的弧线，轻轻地落在了沱中。

"哗"一个浪涛，盖住了猫子。

人群中有人叫了声"好!"

当猫子落水的那一瞬间，族长罗五爷已断然做出了第二个决定：既然这两个孽种已不顾罗氏家族的颜面和尊严，苟且到一起了，那就让他们在同一时辰同一地点为两河镇殉情吧。这虽然有使他们终成鬼魅眷属的嫌疑，但无疑也为祭河增添了双倍的分量。况且，镇风日下，不杀不足以匡正民风，补缺道德。未来的两河镇应是荡涤了一切男盗女娼、鸡鸣狗盗的空前绝后的驯良与纯正。

罗五爷再一次显示出他作为族长的非凡治镇才能。他在众人的目光尚未从河中收回的那一瞬间，迅速巧妙地指挥四个汉子，抬起昏昏沉沉的桃花，不要任何仪式，立即让苍白的天空中产生出第二道优美弧线。

惊骇不已的人们听到桃花在落水时发出一声撕裂心肺的叫喊："猫子呀——"

原本应到此为止的祭河仪式并没有按罗五爷们的意愿而完美结束。接下来却发生了令罗五爷和两河镇民们完全没料到的巨大悲惨的事：

就在桃花落水的瞬间，堤岸上那棵形如华盖傲慢无比的苍老黄葛树，突然发出一声惊天动地的痛苦呻吟，轰然倒下，巨大的枝丫连同树干倾向沱中，眨眼工夫，狂涛就无情地将它连根卷走。

"天啦——"岸上定格为一组惊骇的画面。

这棵树已有三百多年历史了，它虽然沧桑衰老，却一年四季用茂盛的枝叶荫庇着码头，荫庇着两河镇，荫庇着罗氏家族的子子孙孙。它是两河镇的象征，全镇人的魂魄，镇民们对它视若祖宗，敬若神明。随着它的倒下，连同爬上树看热闹的几十个大人小孩，伴着祭河的信念和希望一同葬在水里。

全镇人惊呆了。

罗五爷双膝跪地，手举苍天，悲愤难平："老天爷呀，你对两河镇的惩罚是不是太残酷了?!"

"老天爷呀，救救咱两河镇吧。"

"河神呀，饶了两河镇大逆不敬的父老乡亲吧!"

人们纷纷跪下，祈求声如惊雷滚过河面，在千丈沱上空炸响。

"天啦! 我的娃儿啊!"突然间十几个妇女异口同声地惊叫起来。

"救救娃娃呀!"

"救人啊!"

呼天抢地的声音，很快被祈祷之声淹没了。

奇异出现了。

此刻的千丈沱似乎有了某种感应，变得异常平静，不再咆哮的洪水在沱里缓缓流转，越流越快。

忽然，人们发现在沱里出现了一个巨大的漩涡，状如锅形，那些刚刚抛下去的猪、羊、鸡、鸭等随着水流飞快地旋转。一股浊水泛起，又漂起来一些烂船板和森森白骨，那些刚刚从树上落水的人也漂出来了，加入了旋转的行列。随着这一股又一股的巨大浊水的泛起，漩涡中间，若隐若现地浮起一个东西，圆桌大小，背呈黑色，四周长满绿色长毛，如裙裾一样散开，在水中忽隐忽现。

"王八精!"有人惊叫。

"河神!"又有人惊呼。

天啦! 这奇异的情景不就是和镇上口口相传了几代人的说法一模一样吗? 不正印证了石碑上记下的那些骇人听闻的史实吗? 呀! 呀! 这个神鳖到底显形了，露出庐山真面目了。这意味着是大祸临头还是灾难即将结束?

全镇人吓得心惊肉跳，脸色惨白，连气都不敢出了，跪在地上捣蒜似的磕头。更可怕的是那东西渐渐离了漩涡，缓缓向堤边漂来。人们紧张地瞪大眼睛，盯住河面，有些胆大的人已横下一条心："妈的，是祸躲不过，躲过不是祸，今天就是死也要看个明白！"

离岸约有七八丈远时，那东西忽然停住了，只听得"哗啦"一声，猫子如一只河豚从水中蹿起，直扑在那东西上面，被捆住的两手抠住那东西前缘，双脚伸开，成一个大大的"人"字。

人们"啊"地惊叫一声，"哗啦"一个大浪上来，猫子和那东西倏忽消失得无影无踪了。那沱中巨大的漩涡瞬间也变得平静如初了。

岸上的人呆若木鸡，眼睛定在沱中，好像那东西牵走了所有人的魂似的。

"救人啊——"终于有一个女人清醒过来，号丧似的哭叫起来。遗憾的是，河中早已不见了那些落水者的身影，也没有一个人敢下去舍身救人。

"咔嚓"一声，电闪雷鸣，大雨如注，千丈沱一片汪洋，大水发了疯似的从黄葛树倒下的那个缺口扑进镇子，顷刻间便涌进各家各户，开始了一场声势浩大肆无忌惮的暴虐行动。

三天以后，洪水终于如一个欲壑难填却又终于满足的母狼一样，筋疲力尽地退下去了。两河镇一片狼藉。全镇五百九十一户人家无一幸免，所有的房舍都被冲得东倒西歪，就连全镇中傲然矗立的罗家大祠堂，也在洪水的咆哮中轰然倒塌，连同罗五爷的权力和尊严一起葬在水中。倘若不是借助那根三尺长的白铜烟杆，蹚着水艰难地逃到后院的假山上，罗五爷也早已成为祠堂瓦砾下的鬼魂了。

两河镇毁了，毁在这场神秘莫测的洪水中。想要恢复昔日的气派和繁盛，是件极其艰难的事。那些残椽断柱，危墙颓垣，如一座座荒凉的古冢，生出许多晦暗和阴森。从那时起，两河镇便一蹶不起，显出凄凉颓败的态势，整个镇子终日散发出腐烂的气味，一直持续到民国政权在大陆上消亡为止。

事后，人们并未打捞到猫子和桃花的尸体，与所有落水者一样，无踪无迹。这成了很长时间人们惊叹不解的话题。

有人说，猫子是被河神接走了，理由是亲眼见他骑在王八精背上沉入水中的。

有人说，猫子骑着巨鳖时威风无比，整个沱中银光闪闪灿烂辉煌，这是鳖精附体了。

有人说，猫子本身就是个水怪，证据之一是他的水性非凡人所能；证据之二是他进出千丈沱如履平地，全然没有半点损伤；证据之三是他入水后河水暴涨，这是要报复两河镇呢，这小子心肠歹毒，记着仇哩！

也有人持完全不同的看法，说那沱中根本没有什么河神水怪，那天沱中被漩起来的，分明是一块沉在水底多年的船板，猫子是用身体把它推向岸边，想让全镇乡亲们看个明白，可惜手被捆死了，力不从心……

众说纷纭，莫衷一是。

随着时光的流逝，猫子的话题便被越来越艰难的生计问题所冲淡了。

桃花河、山溪河一如既往地在两河镇东头汇合，流向巴陵河，每隔十几年，便要发一次大水，将两河镇痛痛快快地洗劫一番。镇民们却再也看不到那宏大悲壮，令人惊心动魄荡气回肠的祭河仪式了。

若干年后，我在县志上查到有关这场洪水的记载：

民国二十年夏，巴陵河洪水泛滥，两河镇罗氏族人以古之仪式祭河，以求退水，观者数千，不幸河堤坍塌，镇民老少五十又九人罹难于水。

作为在这次河祭中的主要受害者，猫子和桃花，竟没有只言片语的涉及，这不能不使我感到异常惊诧和遗憾。

于是，我写下了以上这些文字，聊以兹记。

船拐子和他的漂亮女人

一

两河镇东头街口兀立着一栋三层小洋房，在周围陈旧灰暗的小青瓦房的陪衬下，显得很打眼。尤其是河堤边那棵大约有三百多岁的黄葛树，伸出漫天的枝叶，华盖一般荫庇着这栋小楼，更显出昂然幽雅的气派。大凡初到两河镇的人，从河边千丈沱码头下船，气喘吁吁地爬上九九八十一步石梯，还没走拢街口，抬头就看见这楼了，便会忍不住夸道："嘀哟，这家人好气派！"走过门口，有眼福的人还会看见二楼阳台上有一个长得水灵灵嫩闪闪的漂亮女人在晾晒衣物，颤悠悠的乳房饱满高挺，勾得人眼睛直往上扎。这还不说，这女人偏偏又知书达理，有人路过时常常笑意盈盈的朗声道："他二叔，从县里回来了？""他幺婶，今又去城里了？进屋来歇会儿再走呀。"银铃一样声音，甜润酥脆，喊得人心里暖暖的，十分巴适受用。

于是就有人切齿地妒骂道："妈的，龟儿子楼修得气派，婆娘也长得伸展，狗日的好福气哟！"

这楼便是船拐子罗幺娃子和他如花似玉的女人柳儿的"公馆"。

在两河镇这个拥有近万人口的大场镇，有头有脸的人物多的是，大到进省城开过会住过高级酒店的镇长，小到写得一手谁也读不懂的小诗，却在市级报刊上发表过作品的散眼子娃儿罗尔斯，都是可以进入镇志的"不朽人物"。罗幺娃子本不算个啥角色，十多年前还光着勾子在船上搬桡片，风里浪里出生入死地挣几个稀饭钱，日子过得叮当响。那时，两河镇有点眼力的人都断定这小子成不了大气候，毛毛虫一个，全然没把他放在眼里。

谁知道，这家伙前几年进城里去泡了一段时间，据说是在大南门市场倒卖那些从山里运出去的中药材，回来后便显得有些与众不同了，常常晒笑两河镇人是他妈的大傻瓜，放着满地钱不捡，却偏偏在这穷镇里端着稀饭碗日娘捣妈，怪城里人过的日子似天堂，自己过的日子如地狱，抱怨世事不平，天道不公。

有人听到他的这些话，便揶揄道：

"罗老幺，听口气你狗日的会赚钱啰，哪个不拿票儿把你那'狗窝'武装一下嘛？"

"狗窝"是罗幺娃子的栖息之处，这还是他爷爷在世时，用涨水天在河边打捞的一些木材，搭建的一爿穿斗结构的小青瓦房。他爷爷过世后传给他爹，他爹十几年前病死了又留给他。那房子又矮又小，历经几十年的风雨凌侵，早已老态龙钟，四面透风，病病歪歪地立在镇东头黄葛树下，似乎一个响屁都会把它震垮。

罗老幺听别人这样说，白了人家两眼，把一口气硬生生地咽了下去，没说话。第二天就把木船社一条半新不旧的机动船日弄到手了，还雇请了两个伙计，在巴陵河上干起了水上运输的生意。这一下，倒把两河镇的人扎扎实实吓了一跳。镇上罗三爹是巴陵河上有名的驾长，风里浪里跑了一辈子船，上到过利州，下去过渝州，见过大世面，当时便对还在两河镇当船拐子的儿子说："能在巴陵河上自己弄条船跑水，就凭这阵仗，就证明罗幺娃子不是一般的人了。你娃儿有他一半的本事，老子睡着了都要笑醒哟！"

"士别三日，当刮目相看哟，何况罗老幺还在城里泡了几年，心野得很，非池中之物了。"镇上的老人们由此提出了语重心长的警告。

有人不以为然："莫看罗老幺蹦得欢，走水这碗饭不好吃哟，单凭巴陵河那九弯十八滩，就够他娃娃喝一壶的了，弄不好，小命都会赔进去的。"

"说的是，咱们骑驴看唱本，走着瞧吧。"有人附和着说。

两河镇因发源于米仓山的两条河在镇东头汇合而得名。镇北边的一条叫桃花河，河水清粼澄碧，几里路长的桃树夹岸而生，中无杂树。二三月间，桃花盛开，那花瓣儿掉进河里，满河桃花漂漾。倘若是诗人，便会感叹些"落花有意，流水无情"，"桃花流水窅然去，别有天地非人间"的诗句。然两河镇缺少诗人，虽然罗尔斯自认为是个现代诗人，但他不屑于那些意境飘逸、平仄拘谨的古体诗，他要写的是谁也看不懂的后现代派诗。故此，两河镇不会有人去发那些莫名其妙酸不拉几的感叹，任桃花牺牲于流水，让"桃花源"似的美景空耗于山中。南边的一条叫山溪河，落差大，水流湍急，河两岸呆立着许多嶙峋怪石，黑黝黝的，龇牙咧嘴，怪吓人的。两条河在镇东头碰头后，便扭在一起，一路厮打一路号叫着奔嘉陵江而去。

这段水面叫巴陵河。每逢桃花三月后，便是汛期，一定要发两三次吓死人的洪水，不冲毁一些房舍，淹死几条性命，是绝不肯善罢甘休的。

桃花河、山溪河分别深入大山腹地，山中有数不清的木材、药材、兽皮和矿产，别的不说，单是那山里的煤炭，当年便是下游城市一天也离不得的主要能源。桃花河上游还建有几座大型水泥厂和炼焦厂，这些宝贝都需要运出大山才能产生效益。罗老幺瞄准这些货物，在交通不便的两河镇上下来来往往，一船一船地运到下游城市，换来大把大把的钞票。几年之间，一不小心就发了。在两河镇人还没回过神来的时候，他那"狗窝"就迅速变成了两河镇最漂亮的私人别墅，鹤立鸡群般地伫立于镇东头，惊得镇上乡亲们直咂舌："眼睛一眨，老母鸡变鸭。啧啧，幺娃子厉害哟！"

罗老幺的腰里究竟揣了多少钱，旁人并不了然，但见他一出手常常是千儿万儿的，和场面上那些人打麻将都是二十、五十一番的。去年镇上在千丈沱扩建码头，他一下就捐了十万，惊得镇民们目瞪口呆。有人愤愤地说："妈的，罗老幺这是开着银行呢，还是铺着人民币困觉呢？"

有一次，镇政府财政吃紧，两个月都没开出工资，憋得莫奈何的镇长便去找罗老幺打商量。

那天，罗老幺正从河边码头爬上来，镇长一见立刻把脸上肌肉调动起来，皮笑肉不笑地打招呼："老幺，回来了，吃了没有？"

罗老幺头一昂："吃个卵，才下船呢，累死了，走，到桃花饭店去喝一杯，我埋单！"

镇长连连摆手："我吃过了，吃过了。"说完又干笑，"这个，这个，有件事想求幺兄弟帮个忙哩。"

"啥子事？"罗老幺停住脚步问道。

镇长继续干笑着，笑着笑着便把借钱的事磕磕巴巴地说了。尽管他是两河镇最高行政长官，罗幺娃子是他的臣民，但也深谙"包里没钱，腰杆不硬"的真理，那语气、那眼光、那气势自然就带了几分谦卑几分乞求："救个急，不然镇政府就要停摆了。

要不要得？老幺兄弟。"

"要多少？"

镇长伸出五个手指："这个数，不好意思，有点多哈。但我晓得镇上只有你能拿得出，其他人还莫这个实力。"

"嗨，小事一桩嘛，下午我叫柳儿给你转账过去。"罗老幺漫不经心地说。

镇长便立刻握了罗老幺的手："谢了谢了，下个月我叫会计一定还你。"

罗老幺大大咧咧地："算了算了，才几个钱嘛，你不如拿去维修一下学校。你看那几间教室，破得就像叫花子穿的裤子，都快露出那玩意儿了。亏得你老婆还在里边当教书匠，也不怕丢了镇长大人的面子。"说罢，扔下镇长，扬长而去。

镇长站在街口，三分感激，三分惭愧，三分愤懑，还有一分酸楚地摇了摇头。

"妈的，两河镇的钱都被这狗日的罗幺娃子捞去了。"旁边有人愤愤不平地骂道。

"总有一天，这龟儿子要翻船。到时候看他还敢不敢这样和镇长说话。"两河镇有的是路见不平张口相助的好汉豪杰。

二

"柳儿，快点，开船啰！"

罗老幺长声吆喝，高亢粗犷号子似的吼叫，"呼啦啦"地滚过河滩码头，直扑进镇东头那栋小洋楼。

"哎，来了。"

水灵灵脆生生的声音从小楼悠悠扬扬地传出，回响在碧澄的水面，漾起一层清凌凌的涟漪。

一会儿，小楼里出来一个窈窈窕窕的女人，二十五六岁，柳眉杏眼，瓜子脸盘，白里透红，长长的乌发束成马尾巴状垂在柔韧的腰部，随着走路的节奏左右晃悠，扎发的绸花如火焰般闪耀，映得周围一片灿烂。只见她快步走下石梯，穿过河滩向码头走来，引得河边等船的乘客、撑篙的船拐子、运货的背二哥不眨眼地盯着她，生怕少看了两眼。

这是罗老幺的婆娘，镇西头康篾匠的女儿柳儿。

康篾匠家住镇西头，一家六七口人，虽然他有一手祖传的篾匠手艺，编的箩筐、背篼、竹席、簸箕这些家什，既好看又结实耐用，但在冰箱彩电已走进百姓家的时代里，却卖不了几个钱，一家人日子过得捉襟见肘艰难竭蹶。令人惊异的是，两口子在紧紧巴巴的日子里，却养出了一个如花似玉的女儿，一个偶然的契机，嫁给了镇上最有钱的罗老幺，在女婿的帮衬下，一家人的日子才终于喘了口气，过得舒心了一点儿。

"快点，耽误了时辰，这船煤炭就要等到明天上午才卸得了船哩。"罗老幺立在船头，手持篙竿催着女人说。伙计四狗子已经把柴油机发动了。

"那不正好，今晚我们就在县城住一夜，明天再回来。"柳儿笑道，脸上两个酒窝儿若隐若现，灿若桃花。

"对呀！幺哥，今晚就和嫂子到陵河宾馆开个房间，好好舒服舒服。听说那是什么席梦思床，一动就弹起尺多高。干活儿巴适得很哟。"四狗子盯着柳儿笑着说。

"闭住你那鸟嘴，一天到晚尽想那些事，胯痒了啊？把细点，好好开船，莫撞到暗石上了。让你嫂子受到惊吓，小心老子捶扁你哟。"

"放心，就凭我的本事，闭着眼睛都能开个来回。"四狗子把胸脯拍得山响。

罗老幺让柳儿在驾驶舱里坐着，三下两下便解开了缆绳，篙竿一撑，船离了岸，"轰隆隆"地驶向沱心，顺流箭一般地向下游驶去。

两河镇距县城旱路三十公里，水路四十公里，路程虽不算长，但河道弯曲，七弯八拐，要过五沱六滩。船工谣：走水行船十八难，不怕沱，就怕滩。滩窄水浅，流急浪大，最吓人的还是水底暗石，稍有不慎，撞上便是船毁人亡。即使是熟谙水道极有经验的驾长，过这几个滩都要捏把汗，从不敢疏忽大意。

罗老幺这条铁壳机动船，以一台柴油机作动力，顺风顺水，箭一般快。罗老幺精勾子时便跟着他爹在这条河上跑船，学会了看水道。这几十公里的水路，也来回几百次了，自认为闭着眼睛也能开个来回。平时，他只在船头一边抽烟一边看着水面，不时提醒四狗子一声，到过滩时才摸过篙竿，将船头拨正。今天他也是如此，在船头漫不经心地抽着烟，不时瞟一眼水道。

但是，今天驾驶舱里多了一个人，使四狗子觉得有些异样，总有一股说不出的香气不断地往他鼻眼里钻，熏得他有些心神不定。四狗子满打满算二十五岁了，在水上晃荡了七八年，还是篙杆一根光棍一条。两河镇的船工要结个婚成个家，殊为不易。虽说现在已是改革开放的年代了，但"有女不嫁船拐子，冷锅冷灶冷锤子"的风气，对四狗子仍然是个极大的障碍，娶个婆娘成个家，对他来说至今还是遥遥无期的事。女人是啥味，于四狗子更是一个谜。平时就觉得柳儿像天仙似的，恨不得多看两眼。可柳儿深居简出，成天窝在自己的小家里，难得看到一次。今天居然坐在自己身旁，近在咫尺。一路上，四狗子便不停地拿眼睛在柳儿那高高的胸脯和丰腴的小蛮腰上扫来扫去，乱七八糟的念头在脑子里痛苦着，挣扎着。

"狗日的幺哥，福气咋这么好？搂着柳儿这么漂亮的婆娘，那滋味……啧啧……"四狗子如一个饿极了的人看到一盘美餐，又吃不着一般，心慌得直往肚里咽口水。

船到鹞子滩了。

这是巴陵河上最险的一个滩。

民谣云：鹞子滩，鬼门关。鹰难飞，鬼命催。

滩里常有"水打棒"（淹死的人）卡在乱礁之中，让过往的船工纤夫们心惊胆战。即使最有经验的驾长，过这滩时都丝毫不敢走神。

四狗子驾船走过多次鹞子滩了，从来没出过事情，今天却是久走夜路，撞上鬼了！

忽然，船头不经意地摆动了几下，罗老幺抬起头，发现船竟没搭上流，偏离了主航道。正在吃惊，又感到船体发生了剧烈的晃动。河水湍急，滩口的落差，使船身整个向下坠落，然后飞快地向一股急浪冲去。罗老幺看得明白，那浪底下正是一道礁石，撞上去，后果不堪设想。他脸色唰地发白，大吼一声："四狗，左舵！"随即操起篙竿一下子戳向河底，拼命撑往竿。多亏了这一竿，船擦过礁石，向右一偏，"嚓啦"一声，搁浅了。紧接着，激浪猛烈地打向船尾，船体一歪，瞬时竟横在滩上了。

四狗"嗖"的一下，冒出一身冷汗："完了，今天祸事了！"一张脸吓得变了形。

罗老幺怒骂道："你个龟儿子在干啥子？安了心的要把大家的命除脱吗？"一边骂，一边顺过篙竿，插进石缝，企图使船头移动。但是，任凭他使尽吃奶之力，船头搁在滩里，纹丝不动。船尾却在巨浪的击打下，渐渐倾斜了。再不想办法，几分钟之后，船就要翻倾水中了。

"四狗，快快，撑篙！抵死。"罗老幺将篙竿甩给四狗，跑到驾驶舱口,抓出一酒瓶,猛喝几口,"唰唰"几下就把身上的衣裤扒个精光,露出一具结结实实的肉体来。

柳儿早已吓得脸色苍白,一见罗老幺的样子,瞬间变得绯红。虽说男人身上有些什么物件自己是知道的,但那都是在没有第三个人在场的时候呀!青天白日地在巴陵河上,除了四狗子,河滩上还有拉上水船的纤夫,岸上还有在地里劳作的农妇,自家男人就这样脱得彻底,阳性毕现,柳儿不由得又羞又惊:"老幺,你干啥?"

罗老幺横眉冷眼一声断喝:"船拐子的东西,未必没见过?怕羞,就莫命了。"说着"扑通"一声跳进水里,踩着礁石,用肩顶着右船舷,大声地:"四狗,撑篙!"两人一起拼死用力,一个撑,一个扛,说也奇怪,慢慢地,那船离了浅滩,顺流往下移动。柳儿正在暗自吐气,突然一个浪头打来,罗老幺被卷进水里了。柳儿急了:"四狗,幺哥不见了。四狗,快救人呀!"

四狗子此时紧紧地把住舵,让船驶进水道,全神贯注,丝毫不敢懈怠,根本不管柳儿如何叫喊。

柳儿急得直哭,正在不知怎么办才好时,罗老幺突然从船左边露出头来。柳儿又惊又喜,慌七忙八地拉他上船。

罗老幺赤条条地爬上船,身上已有好几处地方被河里嶙峋的乱石划得鲜血直流。他一下瘫在船头,张着嘴喘粗气,柳儿也顾不上害羞,忙用酒给他擦伤口,用毛巾擦身子。罗老幺见柳儿眼里噙满泪水,叹了口气说:"哭啥子嘛?这就是船拐子的命!"

柳儿望着滩上的滚滚浪涛,心想:这是在拿命换钱哟!

巴陵河水"哗哗"地流着,柳儿的心情也"哗哗"地翻腾着。

到县城了,罗老幺把船泊在码头上,一边招呼码头上的工人卸船，一边让柳儿自己进城买东西。他叮嘱柳儿："记着，下午四点开船回去，莫搞忘了哈。"

"咋的，幺哥，不去住那一晚上百多块的高级宾馆了？"四狗子嬉皮笑脸地问道。

"你我不是那号人，享不了那福气。金窝银窝，不如自己的狗窝。"罗老幺不屑地回答道。

"倒也是，你那小洋楼，咋说也比宾馆酒店舒服。"四狗子搭讪着，他早忘了今天鹞子滩遇险的一幕了，此刻，正盯着那些在码头边浣洗的女人们，眼睛不断在那些裸露的大腿、胳膊上乱晃。

罗老幺"卟"地吐了口唾沫，心里骂道："骚狗，迟早要栽到女人身上哩。"

三

罗老幺盯着工人们卸完船，又到公司去结账，然后随便找了点东西填肚子，回到船上，见船上一个人也没有，等了好一会儿，才见四狗子慌七忙八地从码头上跑下来。罗老幺不高兴地道："跑哪儿去了，吃个饭这么久？"

四狗子："街上转了一会儿。"

罗老幺惊讶地："转了一会儿？你娃莫转到那条街上搞空名堂去了哦？"

二狗子脸色大变："幺哥，莫涮坛子，兄弟我还没讨婆娘哟。"

罗老幺大笑："看把你娃吓得。哥子给你开个玩笑嘛。不过，说真的，那些地方去不得！想女人，回头我给你嫂子说一声，让她给你说个媳妇，你也老大不小了，该成个家了。"

四狗子不相信似的："真的呀？"

"当然真的，你嫂子认识的女娃儿多，给你说个婆娘那还不容易？"

四狗子兴奋了："谢谢幺哥，谢谢嫂子！呃，嫂子呢，还没回来？"

罗老幺说："她去城里买东西去了，说好了的，四点钟回来就开船。"

两人有一句无一句地扯着，又从下午三点等到五点，等得罗老幺鬼火冒，才见柳儿一款一摆地从县城出来走下码头，红扑扑的脸上漾满春风，像一朵水莲一样飘上了船。

"跑到哪里去疯了？让人等你这么久！"老幺黑起一张脸说。柳儿微微一笑，没有搭理他，上了船在驾驶室门边站定，转过头来望着岸上。罗老幺见柳儿有点异样，便顺着她的眼光看上去，见一个男人远远地站在河堤上向柳儿挥手。转过头去，看见柳儿也在摆手。他很奇怪，柳儿在城里又没个亲戚朋友，是谁和她招手呢？他眯起眼睛，仔细看那个男人，突然脸色大变，心跳加快，上牙和下牙不由得咬到一起，头上青筋倏地凸起。愕了片刻，怒吼一声："开船！"

四狗子启动柴油机，船缓缓地离开了繁忙的码头，向两河镇方向，溯水而上。

柳儿见船离了岸，便来到船尾，在拴缆的木桩上坐了。柳儿明显感到，只要她在驾驶舱里坐着，四狗子那眼睛就会离了水面，在自己身上瞟，船就会像醉汉一般晃晃悠悠。上午在鹞子滩的事让她后怕不已，她不愿因为自己再给老幺惹麻烦。

"该给四狗子说个对象了！"她想。

罗老幺无心欣赏两岸风光，坐在驾驶舱里，一个劲抽烟，一根烟吸两口狠狠地扔进河里，下一根抽两口，又扔进河里，一根接一根，抽得四狗子心里发毛：难道幺哥晓得我今天的事了？

上午卸完船后，四狗子趁幺哥去运输公司结账时，偷偷去了趟按摩店。按摩店在城里花市街上。这条街先前是卖花木的，后来不知怎么全开成了发廊、按摩店、洗脚房、小舞厅，屋里屋外，白天晚上都亮着很暧昧的粉红色灯光，门口一些打扮得花枝招展的年轻女人在招揽顾客，只要有男的从门口经过，便"哥呀哥呀"地叫个不停，声音甜得让人浑身快要酥了。

四狗子不笨，知道里面是干什么的。

有一次两河镇的船工大麻秆从城里回来，绘声绘色地给四狗子讲了去按摩店耍小姐的事，末了，眯着眼幸福地回味说："那滋味，你娃一辈子都没尝过。"

四狗子很好奇："啥滋味嘛？"

大麻秆白了他一眼："老子也说不上来。这么比嘛，你吸过毒没有？"

"没有！听那东西沾不得，沾上就脱不了爪爪。"四狗子害怕地说。

"老子也没吸过，莫法比。呃，酒喝得二麻二麻，腾云驾雾的味道你有过吗？"

"有过。"四狗子老实地回答道。

"比那舒服十倍！"大麻秆又接着说，"一泡尿憋得要死，好不容找到茅坑，急急地射出来，那滋味你有吧？"

"有啊。"

"比那舒服二十倍。"大麻秆拍拍四狗子的肩膀，神神秘秘地："那味道儿，从脑门到脚尖，过电一般，是一种让人爽得要死的舒服。你娃娃，这都没尝过，白球变了一回人。"

大麻秆一席话，说得四狗子脸上青一阵红一阵的，又惭愧又向往，想自己都二十五了，还没正儿八经地碰过女人，至今还是个童子娃儿，倒真是白披了张人皮，实在不划算，冤啊！后来，四狗子趁跑船的机会，进过几次城，专门去那条街走了几次，每次走过门口心都跳得像小鹿般乱蹦，很想进去看看究竟，尝试一下大麻秆说的那滋味。可一看到那些女人十二分热情地拉他时，他又吓得赶紧逃掉了。四狗子怕坏了名头，让两河镇的乡亲们知道了，在镇上抬不起头，耽误了自己找老婆的大事。

可今天不知咋的，柳儿坐了一趟船，模样儿就老在他眼前晃，晃得他心神不宁，晃得他有一股劲在身上憋着、窜着、沸腾着、燃烧着，想发泄、想毁坏、想大吼大叫。但他知道，柳儿是镇上的一朵花，名花有主，而且是他老板的婆娘，饱饱眼福可以，任何歪点子都会毁掉自己一生的。

卸货后，罗老么去公司结账，四狗子在码头上胡乱买了点东西吃，然后鬼使神差地转到了花市街，被一家叫"香馨源苑"按摩店的小姐们叫住了："哥，进来耍哈儿嘛。"嗲声嗲气，甜得四狗子都要化了，可毕竟是渴望干一件见不得人的事，四狗子心里还是虚的。他哆哆嗦嗦地站在门口，盯了门里在沙发上坐着的女人们那一排排白得晃眼睛的大腿，怯怯地问："哪门耍？"

一个脸上涂脂抹粉，嘴唇画得猩红的女人对他抛了个媚眼："哥想啷个耍就啷个耍。"

"多少钱？"

"哎呀，大哥你好俗哟，说啥钱哟。耍了再说嘛。"一边说，一边走出来把四狗子拉到店里。见四狗子虽不自在，也没有要走的意思，那手便伸过来搂住了四狗子的脖子。大热的天，猩红女人穿得很节省，大半个乳房都露到外边，一下子就肥肥地贴在四狗子身上了。四狗子想推开，伸出去的手却不听使唤地摸了一下女人的奶子，接着又很诚实地拍了拍女人的屁股。

"啷个的呢，莫得大麻秆说的那滋味嘛！"四狗子有点失望。

这时，却见女人嘻嘻一笑："哥，懂得起哟。来，到里面去，妹子让你爽个够。"一边说一边拉着四狗子往里去。

四狗子虽然心里有团火，终还是非常心虚，怕被她们算计了。他听说镇上船工大水娃子，有一次去按摩店，只和一个女人拉了下手，就被店老板讹去几大百，事情传到两河镇码头上，镇上人笑成一片，笑得大水娃子几个月都不好意思见人。这时，四狗子像是被火燎了一下，浑身发烫，吓得拔腿欲跑。忽地，一个年龄大点的女人挡在他面前："咋的，占了便宜就想溜？"

四狗子道："你谁呀？"

猩红女人在身后笑了："这是老板，收钱的！"

四狗子说："我又没干啥，收啥钱？"

老板女人脸一沉："没干啥？"指着猩红女人道，"大芹妹子，你说，他刚才对你干啥了？"

四狗子一下心虚了，语无伦次坦白道："我我，我只摸了一下嘛。"

老板女人说："女人身上的东西都是有价的，能随便乱摸？鲊腊肉要盐，吃豆腐要钱。看你娃儿老实，拿钱消灾吧。"随后对猩红女人道："摸一摸，二百多。是吧？大芹。"

猩红女人仍是笑嘻嘻地说："他还拍了我屁股的。"

老板女人："拍一拍，加一百。"

"我是个帮工，没钱。"

老板女人脸一沉："没钱你到这里来打啥秋风？吃啥豆腐？大芹，打110。"

四狗子一听，吓得一哆嗦，晓得今天遇到麻烦了，大水娃的遭遇被自己碰上了。如果警察来了，这些女人反咬一口，自己就是浑身有嘴也说不清啊，黄泥巴滚裤裆，不是屎也是屎。弄进去，不仅名声毁了，找婆娘难了，说不定跑船的活儿也干不成了。呀呀！破财消灾吧，谁让自己脑壳进水，鬼使神差地钻到这黑店来了？四狗子咬咬牙，掏出仅有的三百块钱，扔到吧台上："拿去，老子今天倒八辈子霉了，碰到鬼了！"趁女人们没反应过来，夺门而逃。

女人们一见，突然都大笑起来，猩红女人道："有贼心莫贼胆的家伙，一看就是个河边拉船的拐子。"另一个女人也笑骂道："送到嘴巴边的肉也不敢吃。傻迷日眼的。真是他妈个船拐子的命呀！"一边笑骂，一边回到店里，继续招揽生意。

四狗子听到这话，愤怒已极，真想转过身几拳给这些娘儿们打去，但是他不敢，害怕惹出大事来，罗老幺和柳儿晓得他到这些地方来了，还闹了这一出羞死先人的丑戏，把他看扁了，以后还咋在巴陵河上混呀？人活一张脸，树活一张皮。这才是最要命的。

四狗子在一伙女人鄙夷的笑骂中，落荒而逃。他得赶紧离开这鬼地方，不让任何人知道这事，尤其是不能让罗老幺和柳儿知道了。一路跑，一路把大麻秆的祖宗八代骂了个遍。

罗老幺全然没注意到四狗子的心事，仍然一个劲地抽着烟。

男人最怕戴绿帽子，尤其是老婆漂亮的男人。

"妈的，背着老子去找相好，浪哩！"

"妈的，老子供你吃，供你穿，供你两个兄弟上学，给你家盖房子，这些钱都他妈的喂狗了吗？"

"看老子回去咋个收拾你！"

火暴性子的罗老幺很想对柳儿发胀一通，因有外人在船上，不得不压下这口气。

船到两河镇时已是傍晚。河面暮霭浓重，流水在夕照下波光潋滟，一条条船儿泊在码头上，渔火水边闪烁，层层叠叠的石梯蜿蜒进镇里，袅袅炊烟已在小镇上空弥漫开来，如一缕缕飘逸的轻纱，缠绕在镇子黛青色的轮廓上。巴陵河边的两河镇显出诗情画意般的宁静与平和。

柳儿下船回家去了。罗老幺泊好船，收拾好船上的东西，便打发四狗子去安排明天装货的事，自己心急火燎地往家里走，他肚里那气堵得心口发慌。

推开门，罗老幺刚要扯起喉咙喊柳儿，却看到饭厅正中桌上已经摆了一瓶泸州老窖和几个下酒菜，花生米、腊排、卤猪耳朵和凉拌豆腐干，都是罗老幺最喜欢吃的。花生米配小酒，得妻如此，夫复何求？那满肚子火气一下子消了一半。他抓起酒瓶，仰脖子就是几口，然后才坐下来细斟慢饮。

这是罗老幺最满足最幸福的时刻。

每次罗老幺行船归来，柳儿都早早给他准备好了酒菜。在巴陵河上走水的船工纤夫们，大都没有固定的家，吃喝拉撒睡都在船上，一年四季风里来雨里去，饮露餐风，水中浪尖，出生入死，在龙王爷牙缝里刨食，极其艰难。这且不说，最难熬的是没个女人疼爱伺候，浑身的荷尔蒙得不到正常发泄。憋急了，胆大的上岸找个相好的混一夜，或到花街柳巷去发泄一通，把许多天汗水换来的银两全丢进去。胆小的浑身扒个精光，跳进河里乱游一阵，船拐子们称这叫"浸火"。像罗老幺这样有老婆、孩子、房子、钞票的委实没有几个。

"难怪四狗子说老子有福气！"罗老幺边喝边想，肚子里的气已泄了大半。

"孬狗呢？"罗老幺大声问道。

"下午他外婆从幼儿园接那边去了。"

柳儿一边回答，一边从厨房端来一碗热气腾腾的面条，上面盖着两个荷包蛋。或许是刚经过灶火的烘烤，柳儿细腻白皙的脸庞像抹了一层胭脂，显得妩媚娇嫩。罗老幺最看不得柳儿这样子，心里美得那气一下子全丢到爪哇国去了。他一把搂过柳儿，将那面团似的乳房贴在自己的脸上，像猪一样拱来拱去。忽然，忍不住拦腰抱起柳儿，冲到卧室里，三下五除二地把柳儿剥个干净，像座大山一样压了上去……

半晌，筋疲力尽心满意足的罗老幺摸出一根烟，刚要点火，柳儿娇嗔着抢了过去："说了的哈，家里不准抽烟。"看着罗老幺失望的样子，又忍不住塞在他嘴里："只许这一次哈。"

柳儿给罗老幺点上烟，等他深深地吸了一口后，才慢条斯理地说："老幺，想跟你商量个事。"

"啥事？说吧！"

"今天我跟了一趟船，怪吓人的。"

"那算个球事，船拐子的家常便饭。女人家没见过风浪。"

"虽说是家常便饭，可你是我们一家之主，我和孬娃都靠着你哪，万一有个闪失，我们娘儿母子不就成了孤儿寡母？"

罗老幺涎着脸笑道："那不正好去再找个相好，找个知书识礼的小白脸，比我这船拐子强十倍的新老公嘛！"

柳儿也笑了："真有那么一天，我就是讨口要饭的，也比当孤儿寡母强啊。"

要是往常，柳儿的笑声不啻是天籁，会令罗老幺心醉的，可今天他却在这笑声中听出点浪意。忽地，下午县城码头上的一幕又回到眼前，借着酒意，他把脸一虎："老子还没死，你就打好主意了？"

柳儿又笑道："我是在打一个主意，一个极好的主意。"

"啪"的一下，罗老幺一巴掌拍在床头柜上，又"呼"的一下翻身下床，立在柳儿面前："要打主意就月亮坝里耍刀——明砍（侃），莫以为我罗老幺是个哈儿，看不出你的把戏？"

柳儿停住笑，诧愕地说："把戏，我有什么把戏？"

"你说，你又和那个王国林干啥子好事了？莫以为老子不晓得！"说完，冲到堂屋，抓起酒瓶，"咕嘟咕嘟"倒进肚里。瞬间，那脸、那眼、那脖子都成酱紫色了。

柳儿从里屋出来，看到罗老幺这样子，赶紧说："哎呀，我正要给你说，人家国林……"

"还国林、国林的，叫得多亲热啰。莫提那家伙，听到这名字老子就鬼冒火。告诉你，我罗老幺虽是个船拐子，也是两河镇上一条硬邦邦响当当的汉子，眼里容不得沙子。那个龟儿子算个什么东西，你再跟他来往，老子就打断你的腿，让你爬着滚回娘屋去。"罗老幺眼睛血红，满嘴喷着酒气。

"人家国林是来动员你……"

"啪"罗老幺又一巴掌拍在桌子上，震得碗筷直跳："老子不爱听这名字。再说，莫怪老子坨子认不得你是我婆娘噢。哼哼，一个在岸上，一个在船上，又打手势又递眼色，那是嘟个回事，未必老子看不出来？"

"你……你……"柳儿气得浑身发抖，一转身回到屋里，眼泪如断了线的珠儿，"滴滴答答"直往下掉。

罗老幺坐下来，一杯一杯往肚里倒酒。这一通火发过之后，他反而一身通泰舒心，觉得肚里装的是惬意的喜气，而不是先前那恼人的闷气了。

国林是县城人，八年前从省财经学校毕业后，分配在县财政局工作，报到后便被下放到两河镇财政所锻炼。国林是个开放型的现代青年，在省城待过，算是见过世面的人了，又长得一表人才，高高的个子，轮廓分明的脸庞，玉树临风的风度。到两河镇后，常常引得女人们注目。国林热衷于男女交往，没事时总是在电影院、舞厅、文化站出入，屁股后面总有两三个姑娘追着，可国林对镇上这些妞儿们一个都没看上眼，却看上了柳儿。那时柳儿才十八岁，高中毕业，长得一朵花儿似的，谁见了都要惊讶：两河镇的水好着呢，养出了这么漂亮的一个女子。尽管柳儿出身寒微，父亲是个穷篾匠，母亲是家庭妇女，种几亩薄地度日，柳儿高中毕业后没考上大学，也没找到固定的工作，但国林就是喜欢柳儿，一见到这俊俏的脸蛋就魂不守舍，下了班就往柳儿家里钻，嘴像抹了蜜似的，"伯父伯母"喊得柳儿的爹妈高兴得合不拢嘴，俩老人想着要是女儿跟了国林，一辈子不缺吃少穿，那日子多美呀！

柳儿对国林也不反感。她那时正处在情窦初开阶段，对男女之间的交往懵懵懂懂的，既有异性相吸的新鲜刺激感，又有害怕上当受骗的恐惧感。挡不住国林火一般的热情，柳儿没有拒绝。那些年，改革开放才不久，镇上的文化生活十分缺乏，除了看电影就没别的。于是国林便经常请柳儿看电影。看了两三次，国林便忘了这里不是县城，是大山里的两河镇，便像在县城一样拥着女友（国林在县城谈了一个女朋友，但远水解不了近渴）看电影，有时候那手就不听使唤地在柳儿身上滑动，见柳儿并不十分反感，又去衣裳下面丈量柳儿的胸脯。柳儿虽然觉得刺激，但知道这也算女人的禁区，常常将国林的手推开，但毕竟太年轻，没有经历过，总是推不开国林那股热情和火焰，一番徒劳的挣扎后，只好昏昏然地任国林拥着，浑身不自在又新鲜刺激地看着晃动的银幕，享受着时代赋予年轻人的美好时光。

不知怎么的，这事竟惹恼了两河镇一些好事者，尤其是那些视柳儿为镇花，却难于揩到手的小青年。有一次竟串通了电影院的执勤人员，在国林拥着柳儿如痴如醉的幸福时刻，一束强烈的手电光如利箭一般直射到二人身上，抓了个现行。剧场立刻哗然，众目睽睽之下，二人被带到执勤室，说他们在公众场合搂搂抱抱，摸摸搞搞，搞流氓活动，虽无实质性深入，但也违反了影院治安管理规定，罚款 100 元。国林又惊又气，说啥年代了，影院还管这些事？人家县城早就放开了，不仅影院，就连舞厅也是黑灯瞎火的，根本不晓得男男女女在里面干啥子。但是，连二杆犟不过大巴腿，国林干不过影院保安，又害怕这事闹到财政所去，影响自己前程，只得赶紧认罚走人。柳儿则闹了个大红脸，羞愧难当，逃杀似的跑出电影院，躲在家中半年不好意思出门来。

两河镇虽是个大镇，但终属于街这头放屁，街那头就能闻着气味的乡场，这事很快在全镇传遍，一时间，竟激起公愤，所有人都一致痛骂国林不是个东西，把城里那些乌七八糟的东西带进来污染两河镇淳厚清朗的民风，真该千刀万剐。至于柳儿，人们则闭口不提，生害怕柳儿想不开走了歧路，电影院的负责人还专门登门对柳儿爹妈说："不关柳儿的事，这些人早就看国林不惯了，想整治整治他。嘿嘿，两河镇的鲜花岂能插在牛粪上了。"一语道出了好事者的动机，不过是想打击国林的不良行径，保护柳儿不受伤害罢了。

后来国林又来缠了几次，柳儿马起脸不再理他，热脸子碰到冷屁股，便自己知趣，不再来找柳儿了。不多久，国林便调回城了，据说换了一个单位上班。

其实柳儿并不讨厌国林，国林长得帅气，充满朝气和现代感，是怀春少女的偶像。但柳儿清楚国林迟早是要调回县城去的，县城里漂亮姑娘多的是，自己虽然在镇上是一朵花，放在县城就是村姑一个了。国林不过是在两河镇感到寂寞难耐，找自己开心，填补空空荡荡、清汤寡水的下派生活罢了。

这时，有人上门提亲了。

提亲的媒人是罗老幺找的。当初罗老幺做梦也没想到会娶到柳儿的。在他眼里，柳儿就是天仙，虽然家穷一点，人却清水芙蓉般明净靓丽，是船拐子出身的罗老幺可望而不可即的姑娘，有"美人如花隔云端"的距离感。突然出现的电影院事件，让罗老幺看到了希望。那时他在县城倒运药材挣了些钱。人一有钱，腰杆子就硬了，胆子也大了，有资格有胆量做一些让镇上人刮目相看的事了，抓紧机会托人来说媒。柳儿还没开口，她爹妈就一口答应了。柳儿爹妈认为，不说柳儿与国林闹得满镇风雨的事，单就柳儿两个弟弟上学的费用，就让家里极难承受，还不说房子破烂不堪，已属镇上危房且自己无力重建的困境。罗老幺虽然文化不多，社会地位不高，脾气也不好，但人长得壮实精神，脑瓜子活泛，更重要的是人家有钱啊，能看得上咱家，就算是烧高香了，于是满口应允。柳儿当时正处在人生低谷之间，虽然镇上人爱护她，但毕竟是件丢人现眼的事，要想人们不嚼舌头，赶紧把自己嫁了是最好的办法。扛不住媒人对罗老幺巧舌如簧的介绍和渲染，柳儿也就顺水推舟顺从了爹妈的意愿。

柳儿和国林的事罗老幺是听说了的，既然已经断了往来，国林也调走了，罗老幺也就没放在心上。就在他吹吹打打把柳儿娶到家的新婚之夜里，一番激情澎湃地折腾后，看到床单上一团血色胭红，罗老幺大喜且彻底放心了，对柳儿百般呵护，捧在手里怕飞了，含在嘴里怕化了，生怕这朵花在自己手里有啥闪失。

镇上的人都说："狗日的罗老幺，他家祖坟啥时候冒烟了，咋能娶到这么漂亮的老婆呢？"

罗老幺喝得二麻二麻地走了进来，见柳儿坐在床前流泪，心便先软了。他借着灯光，细细地看柳儿，呀，那脸、那胸、那腰，那和两河镇的黄脸女人不一样的白白嫩嫩的皮肤，微颦的眉头，含泪的双眼，朦胧中似有千种风情，万种媚态，活脱脱一个林黛玉再生，七仙女下凡。"老子咋这么好的福气呢，摊了这么个美人？"心里便骂自己不是东西，放着福不享，不是暴殄天物吗？再说，看见人家招个手就以为睡了自己的婆娘，有那么撇脱啊？自己不问青红皂白就把醋罐子打翻了，这才是莫事找个虱子来头上爬哟，瓜娃子呀！罗老幺看着想着，便又觉得浑身燥热，一把搂过柳儿，"啪"的一声关了灯……

窗外，一弯瘦月挂在深蓝的夜空，几颗闪亮的星星眨着诡异的眼睛，远处，山溪河传来隐隐约约的呻吟声，谁家的狗不时吠几声，在寥廓的夜空里传得很远，很远。

四

一条载重八十吨的机动船很气派地停在千丈沱码头边，在周围那些舵筒子、滚筒子木船中鹤立鸡群。这是罗老幺前几天卖掉旧船，换的一条新船。他想把水上的生意做大些，每跑一次运输进更多的钱。

"这狗日的罗老幺，赚钱赚疯了。总有一天要倒大霉的。"看见大船，有人嫉妒得要死。

"有本事自己也去挣嘛，光眼红顶球用。"也有人在一旁为罗老幺抱不平。

"这年头，撑死胆大的，饿死胆小的。"

"就是嘛，胆大的日龙日虎，胆小的日抱鸡母。人家罗老幺日的啥，全镇一枝花呀！"周围的一听，尽皆大笑。

柳儿刚巧走到码头，听到这话，臊得满脸绯红，赶紧上了一条小客轮。她要趁罗老幺去水泥厂联系装货的空儿，去趟县城。

晌午，罗老幺回到家时，不见柳儿人影，冷锅冷灶，儿子孬狗在门口水坑里玩泥巴，浑身像个泥猴。便问隔壁刘二婶柳儿哪去了？

"哎哟哟，你看我这忙的，"刘二婶一边说，一边把孬狗从水坑里拉出来，"今天一早，柳儿托我照看一下孬狗，说一哈儿就回来。哪知道，这太阳都当顶了，还没见她人影儿。"

"刘婶，柳儿给你说她去哪儿了吗？"

"去哪儿？好像没说去哪儿。"刘婶回答说，又两眼一转，"我看她下码头去了，十有八九是搭船去县城了。啧啧，打扮得像朵花一样，老幺呀，你好福气哟，讨来这么漂亮一个婆娘，你可要看好啊。"刘二婶是个话痨，逮住了就说个不停，还有意无意地煽风点火，"来，孬狗，你妈不要你，二婆婆要你。"一边说，一边又把孬狗抱起来。罗老幺觉得那话里和笑声里有点别的味道，让他心里堵得慌。

"这个骚货，竟敢背着老子去城里找老相好！"

罗老幺一阵鬼火冒。他把孬狗抱过来，走过一条街，来到西头老丈人家，把孬狗丢给丈母娘："妈，给娃儿弄点吃的，他还没吃晌午哩。"

丈母娘奇怪地问："柳儿呐？咋不给娃娃煮饭？"

"晓得跑哪里疯去了。"罗老幺说完，不待丈母娘继续问，一阵风似的走了。他得去找个馆子，喝上几口，压压心头的火气。

傍晚，罗老幺到丈母娘家把儿子牵回家时，刚巧，柳儿也回来了。果如刘二婶所言，打扮得跟一朵花似的，光彩夺目。

要是往常，罗老幺上去就会搂着婆娘啃了，可今天心情全坏了，满肚子气在酒精的搅动下，一个劲地往上蹿，蹿得他浑身发烫，脸发黑。他走过去，劈头就是一巴掌，打得柳儿倒在地上，半天爬不起来。

"给老子说实话，是不是又去会你那相好的了？"

柳儿不言语，像是不认识罗老幺似的盯住他，眼里全是惊愕和愤怒。

"啪！"又是一巴掌，"骚货，丢你屋里祖宗八代的脸！"罗老幺低声吼道，儿子在一旁吓得"哇哇"大哭。

柳儿慢慢地爬起来，默默揩去嘴角的血，抱起儿子，出门往镇西头去了。

"滚吧，有本事莫回来。"罗老幺冲着柳儿的背影发狠地吼叫着。

左邻右舍的乡亲们，或站或蹲地在自家门口，把自己碗里的那份干的稀的饭菜，有滋有味地咂巴得很响——这狗日的，终于也有不顺心的时候了。

这一夜，罗老幺在酒馆里泡到半夜才晃晃悠悠地走出来。街上冷风一吹，脑壳便清醒了许多，觉得自己真不该这么发狠的打女人。那两巴掌，好重哟，就是个男人也撑不住呀。打坏了，自己又到哪里去找这么好的女人。于是，便想起柳儿对他风里来浪里去的担忧，想起柳儿平日对他的顺从，想起夜里柳儿对他的温存，想起柳儿那张俊俏的脸庞和丰满滑腻的身子。

这一夜，罗老幺未曾合眼，空荡荡的一座小楼，冷清得有些吓人。他第一次感到，没有女人的夜最难熬。

"轰隆"一声，天上响起了炸雷，紧接着"哗哗"地下起了雨，老天爷像掀翻了水池一般，往下倾盆而降，大雨不歇气地下了一夜。两河镇人们隐隐约约听见"呼啦啦"的声响。

"山洪下来了！"有经验的镇民们心里做了判断。

天亮时，雨渐渐停住了，桃花河和山溪河的水面，一夜之间扩展了十几丈，千丈沱更是一片汪洋。两河镇在大山腹地，两条河蜿蜒进大山，上游就是米仓山。此刻，无数条沟壑的溪水和瀑布，汇成巨大的山水，摧枯拉朽般地冲下山，迅速把两条河灌满。浑黄的浊流卷着波涛呼啸地向下游冲去，席卷着两岸所能触及的一切。

罗老幺早饭没吃上，便急匆匆地向码头走去。出门时，他拜托隔壁刘二婶："二婶，我今天要运货到县城，麻烦你去柳儿娘家，给我那口子说一声，让她自个回来，说我老幺昨天不该打她，给她赔不是。"

"咋的，你打柳儿啦？"二婶故意佯装不知，一脸惊诧，"那么好的女人，你也下得了手，我说老幺啊，你鬼迷心窍了啦？"

罗老幺干笑两声，走下了码头。

河边码头上，他那只气派的机动船已经被山洪冲得东摇西荡，拴船的缆绳绷得绷紧，不时发出"嚓嚓"的声响，随时有断掉的危险。此时，船上满载着八十吨水泥，那是昨天在上游水泥厂装的。

罗老幺跳上船，见几个船工已经来到了船上，他看了看水，又抬头看了看天，见头上一团乌云正向东翻滚，心里便有点发虚，愣了半天，咬着牙喊了声："四狗，开船！"

四狗子从驾驶室里探出头来："幺哥，这水怕是还要涨，是不是稳一会儿再说？"

罗老幺有点冒火："稳个锤子呀！这船水泥是订了合同的，今天人家就要收货，说要赶工期，耽误了交货时间，就是违约了，这责任老子可背不起！"

"幺哥，我四狗不是怕死，鹞子滩可是个鬼门关哟，这船又装得满，吃水深，弄不好撞在石头上，损失就大了。"

"笑话，老子在巴陵河上走水十几年，过峡闯滩如走平地，哪里有块石头、哪里有个漩涡都了如指掌，还怕啥子鹞子滩！"

"我是怕第二趟山水下来，就麻烦啰！"

"不得涨的。你看，这阵云往东跑，天顶放亮。老话说，云行东，雨无踪。有雨天边亮，无雨顶上光。只要不再下雨，二趟山水就不会来的。山里的水，来得快，走得也快，莫事!"罗老幺蛮有把握地大手一挥，"开船!"

四狗子出了驾驶舱，大吼一声："连手们，摸到!"几个船工各就各位，解开缆绳，篙杆一伸，船就离了岸。"轰轰轰"柴油机一发动，船离码头，掉过头飞快地向下游驶去。

滚滚浪涛，发狂似的冲向下游，洪水拍打着两岸，不时发出"轰隆、轰隆"崖壁坍塌的巨响。

罗老幺的船在宽阔的河面上，如一叶飘零的小舟。

这一次罗老幺完全预料错了。

船驶出十多里，阴云密布，狂风骤起，呼啸着在水面掠过，"咔嚓"，电闪雷鸣之间，大雨骤然降下，密集的雨线如一道帘幕，白茫茫地挂在水面上，几十米之外，竟难以看清水道。

"糟了，再这样下，半小时之后，第二次山洪便会下来。妈的，今天硬是遇到麻烦了。"罗老幺伫立在船头上，望着漫天大雨，心里发紧。想要掉头回去或就近靠岸根本不可能了。唯一的办法只有硬着头皮冲滩了，只要抢在第二波洪峰到来之前冲过鹞子滩，就无大问题。然而，船工们都知道，在这种情况下冲滩，无异于拿性命去跟龙王爷赌一把，就连在巴陵河上行了一辈船的老驾长也没这个胆量。

石门滩过去了!

响水滩也顺利地过去了!

鹰涧峡也有惊无险地过了!

鹞子滩到了。

"鹞子滩，鬼门关，十回涨水九翻船。"

"洪水天，鹞子滩，要找全尸到龙干。"

提起鹞子滩，船工们无不心惊胆战，都这么异口同声地说。

此刻的鹞子滩，狭窄的河道已经变得很宽阔了。别以为水道宽阔就是好事，恰恰这是危险的信号。有经验的船工们明白，先前虽窄，但能看清水道，只要搭上流，顺水道用篙撑点两边礁石不致出大问题。现在水道已不见了，一些原来本在河道滩上露头露脸的礁石已没入水中，完全不知道它藏在何处，滩中恶浪翻滚，发出"嚯嚯"吓人的声响，稍有不慎，撞上暗礁，就是船毁人亡。

"老子才不怕邪哟，就不信过不了你这鬼门关！"罗老幺发狠道："四狗，把稳舵，把细点哈。呃，留神左边。"罗老幺一边指挥，一边忽地把一身脱个精光，"咕嘟嘟"灌了几口酒，抓过一根篙杆，忽左忽右地撑、点，船在他手中，像一支利箭，迅速地向中流飞去。

罗老幺特别喜欢这样富有刺激性的挑战。

在巴陵河上行船，每逢这种危急时刻，他便要脱得一丝不挂。他不怕这样赤身露体有亵渎河神之嫌，反觉得只有这样才能使河神在他阳刚的伟力中屈服，拱手馈赠他行船的安全。不仅是罗老幺，在巴陵河上走水的船拐子、纤夫，大都是这样的。水上有句粗话：隔河三尺，便是摆卵之地。又说：大风大浪，脱得精光。他们这样做，似乎是天经地义的，谁要是觉得看不惯，谁就不是走水的船拐子，也莫到河上来吃这碗辛苦饭。

"右舵，好，偏中间一点，搭上流，好！好！连手们，展劲哟。"罗老幺一边向四狗子下达指令，一边向船工们鼓劲。几个船工脸憋得发紫，高喊着号子："哦起佐，哦起佐"地搬着桡片，那船飞快地向滩口闯去。

船上所有的人都晓得今天是要玩命过滩了，都捏着一把汗，不敢疏忽半点。

眨眼间，滩口到了。

就在此刻，罗老幺忽听得"嚯嚯"声响，似从头上滚来。他下意识往后一看，心里陡然一沉，叫声"不好！"船后几十米远，三尺高的巨浪排山倒海"呼啦啦"地涌来，像一只张开大口的怪兽，瞬息之间便会吞噬他这条小船。

"四狗，稳住，上边山洪下来了！"罗老幺一个箭步冲进驾驶舱，接过舵把，这种要命的时刻，他要亲自驾船冲滩了。

船在急流的推动下迅速地冲向滩口。

鹞子滩口的落差极大。就在船驶向滩口之时，突然一个大浪袭来，借着浪的冲力，船头忽地向上一翘，又快速地往下一坠，似入万丈深渊一般，"哗啦"一声，重重地掉下滩。就在这万分紧要的关头，柴油机突然熄火了。没有了动力，那船立即像醉汉一般跌跌撞撞冲向了滩中激流。一船人脸吓得惨白，同时叫了一声："完了！"

罗老幺心急火燎，大吼道："大家快搬桨，四狗，在船头撑篙杆，稳住，莫撞到石头上了。"

没等罗老幺的话传出驾驶舱，后面咆哮而至的山洪铺天盖地压下来，"哗啦—轰隆"一声，船被打到一块巨大的暗石上，"咔嚓！"惊天动地的一声响，船身立刻断裂，瞬间便翻倾在巨浪之中了。

洪水没有丝毫怜惜，继续翻滚着，咆哮着，向前涌去，吞噬着可以吞噬的一切。

五

罗老幺翻船的消息是晌午时分传到两河镇的。

镇民们大吃一惊："这么大的雨，这罗老幺要钱不要命呀？"惊愕之后便十分担心船上人的下落，毕竟乡里乡亲，打断骨头连着筋，又同在一条河上找饭吃，利益、性命两攸关。

镇长听到这个消息后，连忙打电话向下游村镇联系救人事宜，同时迅速组织有关人员沿河找人。有的船工还不顾洪水滔滔，自动驾船沿河寻人去了。

人命关天，在生命遭遇前所未有的戕害时，两河镇人便显出古道热肠的性格特征了。

终于，在傍晚时分，四狗子带着几个遍体鳞伤的船工回到了镇上。

死里逃生，精疲力竭，一爬上码头，一个个便瘫在黄葛树下。好心的乡亲们端来姜汤，一边让他们喝，一边急切地问长问短，打听翻船的经过和罗老幺的下落。

四狗子一口气把一大碗姜汤倒进肚里，惊魂甫定地说："船翻的时候，我一看不好，一个猫窜，从船头上跳到水里，呛了一肚子水，顺水冲了七八里才上了岸。随后又招呼其余几个伙计爬上岸，才算捡回条命哟。"

"那老幺呢？"人们急切地问。

"我跳水时，幺哥还在驾驶舱里把着舵呢。十有八九被扣在舱里了。"四狗子有气无力地回答道，"你们不晓得，那山水有多大，呼啦啦地，排山倒海一样压过来，我心想，完球了，老子还没结婆娘，今天命就要除脱了。"

镇民们心里着急："造孽哟，那么大的山水，走哪门子船嘛，赚钱也要选个好时辰嘛。这不是去阎王爷胯下拔毛吗？"

"不晓得罗老幺着的哪门子急，真他妈的钱比命重啊？"

"唉，老幺完了。这唧个下台，丢下俩孤儿寡母，造八辈子的孽呀！"

两河镇的人就是这样，刀子嘴，豆腐心，遇有危难，同情心陡然上升，压倒了平日间的羡慕、妒忌、眼热，显出古道热肠的潜在品质。这时候，人们更念起罗老幺的许多好处来了，几个热心肠的小伙子，在镇长的吆喝下，准备到鹞子滩下的龙干上去打捞尸体。

柳儿远离人群，抱着孬狗立在码头上，任河风一个劲地吹，眼泪"哗哗"地淌下，湿了脚下一片沙滩。她好悔哟，悔不该惹男人发火，悔不该抱起儿子回娘家去，悔不该第二天没早早回来给男人做早饭，悔不该……柳儿二十岁嫁给罗老幺，满打满算已经过了六年了。在两河镇，柳儿是个人见人爱的女人，后生们都以能娶到柳儿为幸事。可这朵花被船拐子罗老幺掐走了，人们都觉得罗老幺是掉进福窝里了，没有不羡慕不嫉妒的。老幺也是两河镇的一条汉子，他生性耿直，虽然脾气暴躁了一些，可柳儿生来就温顺柔和，人说"刚柔相济"，"水能克火"。两口子相亲相爱，日子过得鸡冠花似的火红火爆。在两河镇，虽说现代社会的世风不断吹进山镇，外面花花绿绿的世界很精彩，但在女人心里，男人仍然是大山，是顶梁柱。男人遭难，犹如大厦倾塌，再能干的女人在两河镇也就没了地位，没了过日子的依靠，是要遭人白眼，受人欺侮的。

"老幺呵老幺，你千万莫丢下我娘儿母子就这么走了啊！"

桃花河一个劲地"哗哗"流，柳儿的泪水也在一个劲地淌。

三天了，柳儿泪水未断腮，饮食未沾唇。柳儿的爹妈和街坊邻居陪着柳儿一边流泪一边劝慰，两河镇笼罩在柳儿巨大的悲恸之中。

四天过去了，没见到罗老幺的身影。

五天过去了，还是没见到罗老幺的任何音讯。

第六天黄昏，镇长带着几个沿河寻找罗老幺的船工，疲惫不堪来到柳儿家，告诉她没寻到罗老幺的踪影，只是在一条龙干上捡回罗老幺上船时穿的一件衣衫。

四狗子说，这衣衫没翻船时，就被幺哥脱下来扔在舱里了。

"也许，也许冲到鹞子滩下石头缝里卡住了，一时半会儿浮不起来的。前年镇上木船社的驾长罗七叔也是在鹞子滩'王爷升天'的，找了半个月都没见，直到腊月里水枯了才在一个石头旮旯里露出来，都只剩架架了。"一个熟谙水性的船工说道。巴陵河上行船走水有很多忌讳，船工们不说"船沉货毁人亡"，而说"王爷升天"，不说"尸骨"，而说"架架"。就连两河镇上的大姓罗氏家族，因为"罗"和落水之"落"同音，是走水的大忌，上船后都一律改称"老晌"。

"也可能冲到嘉陵江下游去了。那天山水实在是太大了。"另一个船工也说。

柳儿顿时觉得天旋地转，一头昏过去，人事不知了。

柳儿醒来，已是第七天傍晚了。

柳儿挣扎着，披麻戴孝带着儿子孬狗跪在河坝里烧纸。

两河镇的风俗，在河上走水遇难的人，七天之内寻不见尸体，便要以死人来对待了。先要烧"头七"，叫送买路钱，让死鬼带着钱到阎王爷那里去报到，打点各路小鬼，免遭油锅、锯辗之苦。接着要办三天三夜的丧事，请和尚做道场，然后在棺材里装上死鬼的衣物埋在坟山上，叫衣冠冢。再后每隔七天烧一次纸，连烧七次，四十九天后才作罢。

柳儿战抖着手，先点上香烛，再把纸钱点燃，端起一杯酒默默地浇在上面，那火便幽幽地泛出蓝光，映得柳儿苍白的脸阴蓝阴蓝的。河风轻轻地吹，河水哗哗地流，如鸣如咽，如泣如诉。

柳儿一边烧纸，一边咽泣，河坝里一片阴冷凄惨，令人情沮心碎。这时，柳儿便想起罗老幺的种种好处，想到自己和儿子从此便成了真正的孤儿寡母，禁不住悲从中来，放声大哭，哭声从河滩码头直传到镇里，令听者忍不住为之黯然神伤。

柳儿正在心碎欲绝时，突然一阵阴风吹得纸屑乱飞，一个影子立在柳儿面前，黑乎乎，蓝阴阴，双手伸向柳儿，吓得她浑身发颤，恐惧不已。正要躲闪，只听得黑影笑了一声："嘿嘿，老子还没死，你就烧头七了？"

柳儿定神一看，这不是让自己这几天肝肠寸断，日思夜想的男人吗？便不管是人是鬼，"哇"的一声扑过去，抱着罗老幺又是哭，又是笑，又是捶，又是咬。

"幺哥回来了，幺哥回来了！"四狗子在码头上看见了，大吼一声。

河堤上的左邻右舍听见吼声，纷纷来到河滩，见此情景，又是诧异惊喜，又是唏嘘叹息，都为柳儿高兴："老幺，你可真是命大，摸了阎王爷下巴，又回来了。你说你狗日的咋的了？这次你把你婆娘急得快要跳河了。"

"老幺，你这几天死到哪去了？害得我们没日没夜水里岸上地找你。"

罗老幺长叹了一口气，才原原本本地道出死里逃生的缘由。

原来，船触礁后倾翻时，罗老幺没来得及冲出来，被扣在驾驶室里，幸亏他水性好，憋着气从窗洞里钻出来，慌乱中抓到了一块木板。本来凭老幺的水性，顺水漂下去，死里逃生是不难的，偏偏一大浪将他狠狠地推向一块礁石，撞得他顿时失去了知觉，只晓得下意识地抱紧木板不松手。就这样被洪水冲出去三十多里，才被一条龙干挡住。他挣扎着爬上石头，便一头昏过去了。不知过了多久，被一条路过的货船发现了，见他还有一丝游气在鼻眼里徘徊，便把他救上船。三天后，船到了下游果州城，他才慢慢醒过来。船上老驾长见是同行，说什么也不让老幺动弹，又是弄草药治伤，又是熬鱼汤补身子，硬是让他在船上将息了好几天，待身体恢复得差不多了，这才放他回来。

柳儿听着，听着，又"哇"的一声哭开了。

女人们同情地落泪："莫哭，莫哭了，只要人回来了就好。"

男人们则高声道："死里逃生，天意啊天意。老幺，你他妈的命太硬了，阎王爷都不敢收你。"

更有老人们劝导柳儿："大难不死，必有后福。柳儿，你呀，今后就是个当娘娘的命，好日子还在后头呢。"

柳儿又破涕为笑了。

是呀，天没塌下，世上有比这更好的事么？

经过这场飞来横祸，罗老幺变得十分憔悴，整个人都蔫了，一副疲惫不堪萎靡不振的样子，成天抱着头蹲在门口树下，一根接一根地抽烟，全然失却了往日财大气粗吃五喝六的气派。

四狗子知道底细，私下对人说，买那船花了五六十万哩，这且不说，单就那船水泥，就值十来万，还误了人家工期，那损失可大呢，人家成天追着幺哥屁股索赔呢。幺哥怕是卖了房子也赔不起哩。还说，镇长打算把上次借的几万块钱，让学校还给幺哥，幺哥不干，说一口唾沫一颗钉，收回来就不是人了。"幺哥人蔫了，骨头还硬气呢！"四狗子说。

这天，罗老幺把柳儿叫到里屋，抚摸着柳儿脸说："柳儿，我不是人，败了这个家。"

柳儿温顺地靠在丈夫胸前："说这个干啥呢？人活着回来，就是天大的福分了。船没了以后又去挣嘛！"说着眼泪又哗哗地流下了。

"拿啥挣呢？船毁了，没了本钱，人家又追着要赔偿。我想来想去，只有卖房子这条路了。"

"卖房？"柳儿惊愕地看着男人。

"是呀。只有这条路了，人家传话来，要么赔款，要么上法院。真上法院，我老幺是个汉子，也有一张脸，丢不起这个人。"

"真的没其他办法了吗？"柳儿忍不住哭出声来。她并非舍不得这房子，尽管它很气派，很舒适，既是他们遮风挡雨的住处，更是他们俩的爱巢。柳儿与老幺结婚后，在这里度过了最爽心最惬意的日子，全然不像以前两口子住在娘家，干个夫妻之间的活儿还偷偷摸摸，像做贼一样。但柳儿不像有的女人那样，把钱物看得很重，她重情、重心、重男人，重自己在两河镇的形象和面子。房子卖了，他们连窝都没有了，镇上那些嚼舌头的人不是要戳他们的脊梁骨，看他们的笑话吗？这在镇里还待得下去吗？

"没办法了。"男人重重地叹了口气，悲凉地说。眼角滚出泪水。男儿有泪不轻弹呀。柳儿心里更加难受，经过这场变故，男人陡然变得很衰老、消沉。柳儿很担心，要知道，这是她的大山呀，万万不能倒呀，倒了，整个家就完了。留得青山在，不怕没柴烧呀。

柳儿一把抱住男人，哭得如泪人："卖吧，卖了还是回我爹妈那边去住。"

男人听了，脸稍微舒展："我真怕你不愿意，没想到你这么爽快。柳儿，你是个好女人，我罗老幺才不是个人呀。"

柳儿坚定地说："你是我男人呀！"

罗老幺动情地搂着柳儿，一脸愧疚地叹了口气："我不配。上次，我不该打你，可能就是因为打了你，老天爷才这样处罚我。"

柳儿一把捂住男人的嘴："是我不好，我不该背着你去找国林……"

说到这里，柳儿眼睛突然一亮，大声叫了起来："国林！天啦，你看我这记性……"一下蹦起来，从衣柜的抽屉里飞快地翻出一张纸来："快快，快去县城找国林！"

"啥，找国林？"罗老么眼睛立刻瞪得如牛卵似的，惊问道。

柳儿一脸兴奋："对，找国林！这是保险单，快去找国林，让他们赔船赔货。"

"啊！"罗老么惊得合不上嘴，"什么保险？你啥时候保的险？你，你快说清楚啊！"

"死鬼，就你打我那天呀。都怪你小鸡肠肚子，把你老婆当成水性杨花的人。有一次我不是去县城买东西了吗，正好碰上了国林，他现在已经调到县保险公司当股长了。国林听说你在跑水上运输，便要我动员你去参加船舶保险，说这是不担风险的大好事。哪晓得你当你老婆偷男人，事情还没说完，就把人家骂得狗血淋头。我知道你有个心病，肯定不会去找国林他们公司保险的，就自己做主，那天拿了钱去县城保险公司办了保险手续。这段时间，为你生死的事，我只顾怄气，昏了头哩，啷个把这么大的事搞忘哪！"柳儿噼里啪啦像打枪似的一口气说完。末了，喘口气又说："国林说，按保险条例和保的项目，像这种水上遇难翻船的事，他们连船带货都要赔偿哩！"

罗老么愣住了，惊得两眼发直，把柳儿盯了个死死的。他万万没有想到，这个柔弱如水的女人还这么有主见，在他妒火万丈时，办了件天大的事，又在他的巴掌中救了自己："女人呀女人，你哪是水做的，分明是铁的骨头，钢的心志呀。"

柳儿见他眼光发直，死盯着自己，以为他又要冒火，慌忙要进一步解释，只听得一声号叫："天啦！我的婆娘大人呀，我的个乖乖，我的心肝呀，你救了我罗老么的命，救了我们全家啊！"

他一下把柳儿抱起，扔在床上，又是亲又是咬，那架势，要把柳儿一口吞下肚呢。

　　一个月以后，随着"呜——"的一声汽笛响，一条崭新的机动船又在两河镇码头很气派地靠岸了。船上掌舵的，仍然是四狗子，他的旁边坐着一个俊秀的姑娘，那是柳儿替四狗子介绍的女朋友，两个人才认识几天，就好得如胶似漆，成天黏在一起，连行船也不愿分开。

　　罗老幺站在船头上，远远地向镇口黄葛树下的柳儿挥手，那大山一般的气势和从前一样，只是多了几分内敛，几分沉稳。

　　"狗日的罗老幺，讨了个好婆娘，关键时候救了他一命。"镇上人无不揶揄地异口同声地说。

　　罗老幺听到这话，"哈哈"一声："莫法，谁让老子命好呢！"

　　巴陵河一如既往，一路欢歌地向南流进嘉陵江，流向长江，流向大海。

那年·那街·那事

一

清晨，淡淡的薄雾还没散去，"沙、沙、沙"的扫地声便在寂寥的小街响起。安静了一夜的小鸟们听见这声音，像是得了口令似的开始在树丛中啁啾了，婉转的鸟鸣如乐曲在晨曦中奏响，仪式般地迎接照射到小街的第一缕阳光。

小街睡眼惺忪地苏醒过来，人们知道该起床了。

一个男人揉着蒙胧睡眼，打开大门，看见扫地的人，满是感动和敬重地叫了一声："方姨，扫地哩?"

"哎，是哩！他大叔，睡好了!"一个五十来岁的女人笑盈盈地答道，手中的扫帚仍在"沙沙"地响着，向着小街的尽头扫去。

"好哩，睡得死沉，梦都没得一个。"男人笑笑，向街后急匆匆地跑去，那里有一个公共厕所，是小街人共同的茅房。

家住街正中的郑三伯，一早起来，便赶紧烧了一壶鲜开水，泡了盅茉莉花茶，呷了两口，心里热乎乎的，这才捧着茶盅慢悠悠地跨出门来。一眼看到远处方姨扫地的身影，愣了一下，又重重地叹了一口气，忧心忡忡地到南门河边打太极拳去了。

这是小城南门外的一条小巷子，叫麻石街。街虽小，却很有些岁数了。自打赵匡胤登基那年，小城的先人们在县城周围筑了一圈威威武武的城墙后，便有人傍着南门外的城墙修了这条小街，掐指算来，已有千余岁了。其间攻城略地，兵燹火焚，小街数次被夷为平地，但人们似乎恋着这块风水宝地，总不愿意挪窝。时间一长，又有房子冒出，你挨着我，我挤着你，顺河而建，久而久之，又成了一条小街。人们在这里聚族而居，繁衍生息，一直顽强地延续下来。如今麻石街是清一色穿斗结构的小青瓦房，歪歪倒倒，斑驳陆离，老态龙钟地把一条街挤得窄逼狭小，似乎一个胖子到这里，都得仄着身子才能通过。街坊们常常把竹竿从这边房檐搭到那边房檐，晾晒衣裳被单，花花绿绿遮天蔽日地飘扬在小街上空。麻石街有名的个体户大名胡泽旦，小名二黑牛说："联合国挂的万国旗都没这么好看。"

麻石街是窄了点，却极幽静，透着一股都市里的村庄的宁静氛围。光绪十年铺的麻石已经不甚平坦了，高高低低，七拱八翘，常崴人脚，然而却异常干净，连片落叶也停不住。这得归功于方姨和她那把长长的扫帚。每天，天才麻麻亮时，寂静的麻石街上便会传来"沙沙"声响，将街坊们从梦中唤醒。这时人们便知道该起床了。于是麻石街就喧嚣起来，呼儿唤女，烧火做饭，挑水淘菜，开始了一天杂乱烦琐、生动有趣、烟火气息浓烈的生活。无论是谁睡眼惺忪地从家中走出，总要叫一声"方姨，扫地哩?"满脸是感动和敬重，一如刚才那位憋了一夜，要赶紧上茅房的男人。

方姨是麻石街的老住户了。五十来岁，满头青丝绾成一个很好看的发髻盘在脑后，清清爽爽，端庄娴雅，轮廓柔美的瓜子脸庞上还富裕着年轻时的风韵，一双好看的杏眼里总是流出幽幽怨怨的目光，有时，又突然划过一道光亮，羽墨晨曦般倏忽闪过，令人猜想到她似乎有一种微茫的憧憬在心中跳跃。方姨早年是小城剧团的演员，唱的是旦角，"文化大革命"后改行管理服装道具。进入改革开放年代以后，剧团处在风雨飘摇之中，剧场门可罗雀，一场演出往往是台上的演员比台下的观众还多，团里入不敷出，常常发不了工资。这时候的方姨已属团里的"三五"（30年工龄，50岁年龄）人员，便按政策规定申请提前退休，回家安享晚年。忙了一辈子的她，一旦停下来，无事可做，反倒觉得难受。那年，县城要创建卫生城市，居委会要求麻石街搞好本街的卫生，各家各户，门前三包（包卫生、环境、秩序）。公共地带则每家每户轮流打扫。但总有一些人不是忙就是嫌麻烦，三天打鱼两天晒网地漏过了，公共地带成了"脏乱差"的典型，居委会主任——一个五十多岁，外号叫肖大炮的老媪，多次扯起喉咙指桑骂槐地吼一通都效果不大，急得这位做事一向风风火火的主任莫奈何。倒是几十年钟情于麻石街宁静和闲雅的方姨，见此状况，自愿承担了麻石街扫街的义务，这一扫，便是若干年。

据麻石街老人们讲，方姨年轻时不姓方，而是叫"一枝红"，是荣祥戏班老板花了大价钱从省城挖来的角儿，来到小城时才是个十七八岁的少女，几乎有倾城之貌，嗓音犹如天籁，一场传统川剧《柳荫记》唱下来，小城那些寡公子们便丢魂落魄，茶饭不思，痴迷得半年都"寤寐思服，辗转反侧"。倘若她走在街上，好事者就会急不可耐地发布信息："一枝红来了!"风一样地一传十十传百。于是，满街的人都会停下手中的活儿，饱饱地看上一眼，像打了个饱"牙祭"一样满足。当年一些富家子弟皆以能娶到她而终生满足。不知为何，这个小城的第一美人却一生未曾嫁人，让小城人常常抱憾，说名花无主，美玉遗尘了，惜乎哀哉。方姨虽未嫁人，却有一女。有女必有父，父为何人？街坊们大都不知，只晓得她是在一个凄风苦雨的夜晚，抱着一个刚生下来的婴儿，来到麻石街的。住在街东头的李嘉印——当时还是剧团一个年轻的琴师——把自己的住房让给她，自己在西头搭了一间草房勉强栖身。于是东头一个寡女，西头一个孤男，一晃就住了三十多年。至于当时李嘉印为何要把房子让给这个隽美得十分忧郁的旦角儿，这也是一个天大的谜，麻石街上的街坊们猜了几十年，终不得谜底。

"文化大革命"运动初期，几个不知天高地厚的红卫兵雄赳赳气昂昂地窜进麻石街，要批斗方姨，却不料被郑三伯堵在街口一顿臭骂，扬言如果不赶紧滚蛋，他就要代表工人阶级用皮带抽死这些小狗日的。郑三伯当年在县机械厂当车工，是当时运动中领导一切，谁见了都得矮三分的工人阶级，响当当的革命派。豪气冲天的小将们在郑三伯的怒火威慑下，锐气顿挫，不得不偃旗息鼓，赶紧一溜烟地撤离麻石街，另找目标发泄革命热情去了。

当时二黑牛尚小，不谙人事，问郑三伯儿子郑石生："他们为啥子要斗方姨啊？"郑石生当时是县中学的学生，也是个红卫兵，头上戴顶褪了色的军帽，胸口上别着领袖像章，手臂上戴着红袖套，很神气地随口说了句："她是个破鞋。"一语未了，郑三伯抢起一巴掌："放屁！"在他的小脸上留下几道深刻的"烙印"，从此再也不敢说方姨怎么怎么的了。

方姨是麻石街人尊敬的对象，似乎又是受着某种程度保护的人，也是人们尚未完全猜透的一个女人。

麻石街独占着小城的上佳风水。

一条古街背靠城墙的南门伸出，面临翠屏山，紧倚南门河。翠屏山是小城的一道天然屏障，紧靠小城仁立在南面，整匹山葱茏碧透，曲径通幽，鸟语花香，是小城八景之一的"翠屏耸秀"。南门河是一条发源于回龙山的小河，河宽六七十米，潺潺河水从城西流到城南，在麻石街中间悄然穿过，迤逦着翠屏山又向东流到渠江。河边修篁环绕，汀兰岸芷，杨柳依依。水波清凌的河中，常有两三只柳叶般的扁舟游弋，鱼老鸦们不时地衔起一条条大鱼钻出水面，引得一群光屁股娃儿在河岸上惊呼呐喊。

这河是麻石街人的最爱。

小街上的人家不大用洗衣机。都说，守着这么好一河水，花那钱干啥呢？于是，女人们便常端盆提筐地来河边浣衣洗纱，慢慢地搓，慢慢地漂，慢慢地摆龙门阵。傍晚的风从翠屏山那边吹来，又贴着河面悠悠荡过，漾得人骨头缝里都是凉丝丝的，舒爽极了。

女人们是有些小心思的，除了东一句西一句，家长里短地摆龙门阵外，河边还有更吸引她们的事。

不远处的堤岸边，常常有一伙大小男人在洗澡。胆小的穿着火窑裤儿，胆大的则脱得精光，趁着暮色一头栽进河里，骚狗似的在水中刨来刨去。有人好恶作剧，一个谜儿头潜到河岸大嫂大姑娘身旁，抓住白嫩嫩的小腿一拉，"哗啦"一声跌坐在河里，接着就是两下里一阵惊风活扯的乱叫和莫名其妙的兴奋。遇着胆小的大姑娘，骂一声"要死呀！"话音未落倒先羞红了自家的脸。遇着泼辣率直的大妈大嫂，一把就拧住那来不及潜走的人的耳朵，笑骂道："有本事给老娘站起来，当没见过你那东西撒？！"

河面上立即掀起一阵快意的大笑。

每当月亮上来时，麻石街西头总会传来飘飘悠悠的琴声，如歌如吟，如泣如诉。街坊们都知道，这是李嘉印又在拉二胡了。

麻石街的老住户李嘉印颇有些才华，琴棋书画样样精通。尤以二胡拉得极好，曾经在专区会演中拿过一等奖。但他在小城却是三尺微命，一介书生，只是一个时运不济、命途多舛、一辈子厄运不断的人。

厄运来源于他的成分。

李嘉印的父亲在新中国成立前是小城里的大户人家，开着城里最大的中药房，乡下又有百十亩田地，日子过得相当优渥，李嘉印还上过大学，新时代到来，他自然讨不了好，毕业后被打发到县城砖瓦厂当工人。斯文羸弱的他哪是个干苦力活的料啊，幸好他善音律，会器乐。新中国成立初期，县上将原荣祥戏班进行改造，成立了县川剧团。经弹得一手好琵琶，人称肖琵琶的剧团乐师力荐，李嘉印被文化部门调到剧团搞乐器。那时他便跟方姨在一个剧团共事，是团里的上手琴师，二胡、板胡、中胡、京胡、京二胡样样上手，尤以二胡功力最深，常常是一曲《江河水》拉得人人听了都想抹鼻涕掉眼泪。然而，世上的事总是祸福相依的。那年，有人揭发他总是拉些悲悲戚戚、哀哀怨怨的、凄凄惨惨、要死不活的曲子，就连拉个《东方红》都带着哭腔，心里不知对党和政府有多少怨气仇恨，哪像一个新时代的文艺战士呢？当时剧团正有一个右派名额定不下来，于是组织上便以"对社会主义心怀不满"的罪状，给李嘉印戴上了右派分子的帽子，发配到农场劳动改造。熬了几年，好不容易摘掉帽子，回剧团继续拉琴，活该倒霉，又遇上了那场史无前例的"文化大革命"，成了臭不可闻的黑五类。这一下，在劫难逃，历经九九八十一难，也未能修成正果，最终被剧团辞退，成为一个上不沾天，下不沾地，无所依靠的社会游民。好不容易盼到改革开放，落实政策，平反昭雪，补发工资。然而幸福毕竟来得太迟，这时候的李嘉印已过天命之年，再想重操旧业也力不从心，干脆和方姨一样，办了提前退休手续，回到麻石街，做一个自由自在无拘无束的小城城民。

李嘉印高个子，清瘦干练，斯文儒雅，虽有艺术家的味儿，却总是给人一个没精没神，唯诺怯懦的感觉，只有摸着琴的时候，才显出一股精气神儿。不知何故，此人终身未娶，孑然一身，形影相吊，日子过得甚是孤寂。麻石街的好事者们见方姨和他都是孤家寡人，又都是一个单位的同事，知根知底，且年龄、形象、身份都极般配，就想促二人配对成双，成鸾凤之美，但经几次极力撮合，都未能奏效。不知何故，双方都将大门封得死死的，没有一丝转圜之地。久而久之，街坊们便淡了这门心思。

李嘉印的二胡声如月光一样在麻石街慢悠悠地流淌。

琴声哀哀怨怨，如泣如诉，恍如隔世。在街边歇凉的街坊们听得心里发紧，想哭，想流泪，但又有说不出的精神满足。几十年来，李嘉印就这样把麻石街的人拉成钟子期了，如果哪天李嘉印不拉琴，大家心里一定会有空落落的感觉，似乎这一天还有事没完，睡觉都不踏实。有细心的人观察到，每逢李嘉印的琴声传过来时，方姨都会端坐在自家门口的凉椅上，静静地听着，一边听，一边潸然掉泪，那泪水就像南门河水一样悠悠地流啊流。

岁月就在琴声和泪水的悠悠流逝中过去了。

然而，就在这死水一般平静的岁月里，有一天终起波澜，在这条不起眼的小街上，发生了一件足以让整个小城瞠目结舌振聋发聩的事情呢。

二

逞了一天淫威的太阳极不情愿地沉到翠屏山背后去了，把一抹绚烂的晚霞留在麻石街和南门河上空，给黄昏的麻石街带来又一番情趣儿。

街坊们在门前石板上泼了凉水退热，待地面稍稍干燥，热气退尽时，便搬出了凉床、凉椅、凉棍（一种用细斑竹编成的竹排），密密匝匝摆满两边街沿，开始了一天中最惬意的事——

纳凉。

这时，郑三伯便把他那在县委上班的儿子给他买的 14 寸"索尼"彩电（这在小街是很了不起的家当）请到屋外，安放在门口小桌上，让左邻右舍都来饱饱眼福。这时候，街坊们喜欢端着海碗，一边把绿豆稀饭喝得山响，一边欣赏雪花点点图像模糊的屏幕，还一边不忘夸郑三伯儿子有出息，说三伯好福气，有这么一个在县委上班的儿子，简直让全麻石街的老少爷们都沾了光。郑三伯也觉得脸上很光彩，大声招呼着邻居，拿出"红梅"烟来慷慨地频频散给大家。

一群精勾子细娃儿，操各派武术，舞刀弄枪，乌嘘呐喊，从东头杀到西头，又从西头杀到东头，浑身汗渍，泥鳅般光滑。这些"总角之宴，言笑晏晏"两小无猜的娃娃，给宁静的麻石街注入了生命恒久的勃勃生机。

二黑牛精赤着上身，穿条火窑裤，扛着一个充满气的黑色车轮内胎，带着不知道又是他的第几任女友，去河里游泳。大伙儿不经意地瞥了一眼，呀！他那个漂亮得十分俗气的女友竟也只穿着游泳衣，光着白森森的大腿，挺着胸脯，旁若无人地穿街而过，那小山一样的乳房上下颤动，晃晃悠悠，晃得街坊们差点捂上自己的眼睛。立刻便有年老的街坊摇摇头，咂咂嘴巴："啧啧，人心不古，世风日下，这样下去咋个得了。"年轻人便嘻嘻一笑："有啥稀奇，少见多怪哩。"

乳白色的暮霭从南门河水面上飘飘荡荡，漫过河堤，在麻石街上缓缓流淌。

就在李嘉印一曲《病中吟》拉完的时候，从南门口来了几个人，领头的是街坊们都认得的郑三伯的儿子，街坊们叫他小石头的，本县县委书记的秘书郑石生，后面紧跟着一个如弥勒佛一般的胖子，和弥勒佛并排而行是两个戴着白色大盖帽的公安干警。

有人认得，说弥勒佛是县政府外事办的主任，大盖帽一个是公安局局长，一个是公安局办公室主任。街坊们看见他们一行神情庄重，似有千钧重担在肩，一步一步地走过麻石街。说话间，这伙人已进了方姨的家门。

呀！这可是麻石街稀罕之事。

街坊们顿时也庄重起来，警惕性陡然上升：民风淳朴的麻石街，受人尊重的方姨，与公安局有何瓜葛？他们如此慎重地来到此地究竟要干啥呢？出什么事了么？

街坊们一边琢磨，一边相互询问，然而都一律的疑惑，一律的不解。连郑大秘书的老爸郑三伯都鼓起两只"二筒"，疑虑地询问大家。莫奈何，街坊们只好把眼睛齐刷刷地盯了方姨的家门，脸上挂满了若干个问号。

郑三伯散了第一轮烟，街坊们抽完了没有动静。

郑三伯又散了第二轮烟，大伙儿也抽完了，还是没有动静。

郑三伯又散了第三轮烟……

正当街坊们望得脖子发麻，心里发毛时，几个政府官员走了出来，尽皆一脸沮丧和懊悔，像霜打了的茄子一样，蔫耷耷的，往回走的步履也不如先前那么有气派了。

街坊们便用了眼睛在问郑秘书，心想：你个看到长大的狗蛋子娃儿，总要把你老爷子和麻石街的老辈子们看在眼里，多少会吐几句话，满足一下与生俱来的好奇心撒。想不到那个狗蛋子娃娃郑大秘书也是一脸丧气，一言不发地随着那几位官员出了麻石街，连他老爸都没看一眼。

惹得郑三伯骂了声："龟儿子，卖的啥子药嘛！"

等到几位官员们的身影消失在南门洞里了，大家又把目光转到方姨家门上，希望方姨能出来，好问个子丑寅卯来。而且，这时方姨也该出来纳凉了。

大家都这么想，这么盼。

奇怪，一扇常常开着的门，此刻却紧紧地闭上了，连灯都未开，毫不客气地把所有的问号全堵在门外了。

这天晚上，方姨破例没有出来纳凉。

更奇怪哩，李嘉印这天晚上，居然也破天荒地没有再拉胡琴，早早地关了门，把一个黑洞洞的窗户留给了想要听琴的街坊们。

街坊们立刻陷入迷茫、猜疑中。

二黑牛一身水淋淋地从河里爬上来，搂抱着他那用浴巾裹着的女友走进麻石街时，听说了这事，便大大咧咧地说了句："该不是犯了啥案子吧?"

"放你妈的狗屁!"郑三伯怒吼一声，吓得二黑牛慌忙拉着女友，一溜烟地跑回屋去，不敢出大气，一夜都没出来。

但是，二黑牛的话却让街坊们心里发怵，一种莫名其妙的惶惑和不安，如瘟疫一般在麻石街上弥漫。

这一夜，麻石街没有睡踏实。

第二天早上，麻石街上满是落叶。方姨破例没有出来扫街。

街坊们由迷茫、惶惑、不安竟至惊忧了：该不是病了吧?

"十有八九!"郑三伯的话带有极大的权威性。这让人们更加担忧了。

"应该去看看，一个女人在家，玫儿那死女娃子也不经常回来看看她妈，方姨一个人，孤单单的，连端个水递个药的人都没有啊。"

"是啊，应该看看去，还应该带点礼行才对。"

"我有鸡蛋。"

"我有挂面。"

"我昨天买的广柑还新鲜,甜得很哩。"

......

正当街坊们七逗八凑地拿了东西,欲叩响方姨家门时,"嘎吱"一声,门开了,方姨从屋里走了出来,眼睛红红的,满脸的倦意,看得出一夜未睡好。方姨看见郑三伯和众街坊,勉强挤出了一点歉疚的笑意,未等街坊们的慰问词说出口,便朝街西头走去,对对直直地进了那座破旧凋敝,在小街上已经极不协调的茅草房。

街坊们大异,如堕云雾之中。

自打李嘉印把自己房子让给方姨之后,街坊们谁也没见过他们相互踏过谁家的门槛,尤其是街坊们多次努力撮合未能奏效后,更加分明了他们的界限,平时连招呼都很少。

今天,这是破天荒了。

三

从南门口走来一个女人,高挑个儿,白白净净的脸上嵌有两只会说话的、色彩复杂情绪飘浮的眼睛,胸脯丰满,臀部圆润,腰肢一款一摆的,很有韵律地扭动着,浑身上下,有一种说不清道不明的味道,显出与麻石街人不同的气质。

这是方姨的女儿方丽玫,三十几年前那个凄风苦雨的夜晚,方姨抱在怀里来到麻石街的婴儿。

街坊们对这位在县政府接待办当招待员的女人印象欠佳,这倒不是她对自己母亲既不敬重也不尽孝道的缘故,也不是她曾像骂花鸡公一样,把替她母亲与李嘉印撮合的街坊们骂了个狗血淋头的原因，而是关于她的风流韵事常常是小城人茶余饭后谈笑的话题。

方丽玫是一个颇有现代气息的女人。她的穿着打扮是小城的风向标，那些前卫的港澳服装常常出现在她的身上，成为小城女人效仿的样式。那些年，小城有一些录像厅，常常暗中放一些走私过来的，半荤半黄的三级片，诱惑着一些心里骚动的年轻人。方丽玫不屑挤在那满是屁臭和脚丫子气的录像厅里看，她自己有录像机，可以租回去自己关起门来一个人欣赏。也许是这些走私片看得多了，方丽玫对那些生活方式和情趣十分向往憧憬，时间一长，潜移默化地把自己也变成了一个我行我素，比较开放的女人了。

方丽玫原本是在县工会当文娱干事的，一个偶然的机会让她的人生之路发生了巨大变化。

一次，新上任的副县长来工会视察工作，视察结束照例是要安排饭局的。工会主席久闻副县长是个"一瓶两瓶不醉，三步四步都会"的人，自己虽然吃饭是一把好手，喝酒却是少饮辄醉之徒。心想要把顶头上司陪好，必须找个能喝酒的来陪才行。工会主席把单位里老少爷们筛了一遍，没发现有特别能喝的人。心里正在着急，恰好方丽玫拿了一沓发票来找主席签字报账，见主席眉毛拧成一个疙瘩，一脸焦虑，便问主席为啥？听主席说了缘由，便抿嘴一笑说："这有何难，让小女子我来试试。"工会主席不相信地盯着她："小方，这事开不得玩笑，这酒陪不好，恐怕今年的预算要打个七折哟。"方丽玫娇嗔地扭了扭腰："放心吧，陪不好，你扣我这个月的奖金。"主席一听，咬咬牙："军中无戏言哈，中午就看你的了。"

就在主席心里十五个吊桶打水——七上八下之际，满桌人见识了方丽玫的能量。

酒席上，副县长一见到方丽玫，两眼立马放光了："小方啊，既然你敬我酒，一杯不算数，我们多整几下，行啵?"

方丽玫出口就让满桌人吃了一惊："县长在上我在下，你说几下就几下。"

副县长是酒场上老手了，听得懂言外之意，顿时大笑，眼睛越发亮了："爽快！那我们是一口闷，还是舔一舔呢"，副县长这话只说了半句，原本是"感情深，一口闷，感情浅，舔一舔"，副县长行走酒场，懂得收放之道，对手是个漂亮女人，虽然一见面就放得开，也得悠到点，自己一下子放得太开，显得猴急，档次太低。

方丽玫不卑不亢却是笑意盈盈地随口回答道："初次见面，你不晓得我深浅，我也不晓得你长短。我们就来个一口闷吧。"此话一出，众人大笑，都不是傻子，便一个劲地打凑合锣鼓："有意思。半斤八两，棋逢对手。喝，喝，一口闷!"

人云，女人不喝酒不说，倘若要喝酒，那就不是喝醉，而是喝饱了。那天，伴着席上半荤半素的酒话，方丽玫直接把副县长丢翻，只差没梭到桌子下去了。

没过几天，工会就接到一纸调令，方丽玫就这样到了县政府接待办。

从此以后，有关方丽玫的花边新闻就在小城层出不穷了。常常有人说，方丽玫昨天跟某某书记在一起共进晚餐，席间把书记灌得烂醉如泥，是她亲自扶书记去县招待所开的房；又有人说，前几天又见她与某某主任拉拉扯扯，搂搂抱抱，惹得主任夫人大发雌威，半夜里把主任从家里赶出来，声言要和主任打脱离；还有人说亲眼看见她半夜三更从某副县长的办公室里出来，慌里慌张，云鬓散乱，衣饰不整……众口纷纭，真真假假，难说清楚。

方丽玫三十出头了，一年四季都打扮得风韵楚楚，袅袅婷婷的，看上去低于她实际年龄，但却一直未曾婚配，独守闺房。这一事实不免又给她的逸闻趣事，增加了一个虽不能成立但又能催人轻信的佐证。有人说她或许是前半世风流快活，后半世收心归正。有了解她的人则戏谑地说，美国有个电影叫《一夜风流》，她没准会创造个一世风流。

"这女人，天性就不是个耐得住寂寞的人。"街坊们私下常常这样下了定论，只是从不当着方姨的面议论。女儿是女儿，妈是妈，爱憎分明是麻石街人的德行，他们决不愿让方姨因女儿而受到一丝一毫的伤害。

细说起来，麻石街虽是小城一条幽静的老街，却并不是一个世外桃源，也不是一个封闭式的小天地，现代社会的世风不断吹进这条古老的小街，孔老夫子和弗洛伊德同样在此有一定的领地，这就使得小街上没有严格的道德观念和鲜明的贞操情结。街坊们对男女苟合之事，虽视为异端，但也绝不至深恶痛绝而大肆讨伐。很多时候都采取一种宽容理解的态度一笑了之。古人云，人非草木，孰能无情。七情六欲，人皆有之。再则，"食色，性也"，天性难泯。且苟合之事，自古就有。古人尚且如此，何况并未断绝六根，浑身奔腾着一种需要发泄的剩余精力的，已经迈步跨入改革开放年代的现代青年了。故此，他们对胡家小子二黑牛的恋爱方式甚觉荒唐，然又可以谅解宽宥，觉得二黑牛在要朋友谈恋爱的事情上虽然有点潦草野性，不拘绳墨，但却认为他无论和哪位女娃儿交往，都公开亮相，从不遮遮掩掩，极有透明度的。二黑牛绝不干那种既想当婊子又要立牌坊的虚头巴脑的事儿，是一个坦坦荡荡直来直去的散眼子娃儿。而对于方丽玫的行径，他们却委实有点愤懑，这终究有损麻石街的声誉啊！说到底，方丽玫是在这条街长大的，倘若有人说，看，这就是从麻石街出来的人！天哪，这叫街坊们还有脸做人吗？还有脸见小城的父老乡亲吗？真的，要不是看在方姨的面上，街坊们也许早就不准方丽玫的脚脏了这条清亮洁净的麻石街了。

但是，方丽玫对街坊的这些议论从来都是不屑一顾的，也从不拿正眼瞧麻石街上这些看着她长大的街坊邻居的。

方丽玫有自己生活原则和做人的准则。哪怕全城的人都诅咒她，她仍然可以高昂着头颅出入于小城的社交场合和上层社会。自认为居于小城社会顶端的她，深知自身的实际价值足以把那些诅咒、鄙夷、讪讽、嫉妒打得粉碎，从而诞生出一个颠扑不破的真理：年轻真好，年轻女人更好，年轻漂亮的女人非常好。

"既然老天爷给了我一个天马行空、我行我素、及时行乐的大好环境，干吗要理睬那些吃饱了没事干，专门嚼舌根的好事者呢？"

她压根儿没把麻石街人看在眼里。

"回来了？"在众多的街坊邻居中，只有郑三伯冲着走过来的方丽玫打了个招呼。大家知道，这女人自从当上接待办招待员后，很少回家，偶尔回来一次，待不了几分钟就会离开，生怕在麻石街染上瘟疫似的。这次回来，急匆匆地，不晓得有啥子来头？

"嗯。"方丽玫鼻孔漏气似的，哼了一下，一款一式地扭动着胯部，目不斜视地穿过麻石街，径直走向母亲的家。高跟鞋在麻石街上，叩出一串清脆而富有韵律的足音，一路飘过，留下许多暧昧的气味。

街坊们陡然烦躁起来了。

"龟儿子也不回来一下！"郑三伯突然骂了一声，随手把一缸子茶水泼到门前一棵石榴树下。

街坊们知道，这是在骂县委秘书郑石生。

在麻石街百十家住户中，只有郑三伯家出了个像模像样的人物。堂堂县委秘书，虽不上品，却也是一个拥有实权的官员形象，特殊情况下，就连副县长都要有意无意地巴结他，否则，一些官场上的最新信息就很难及时捕获。为此，郑大秘书在麻石街比他爹还有发言权。从常委扩大会上的经济规划蓝图，到小城最近的物价上涨趋势，从某某人升迁到某某人撤职，常常如数家珍地吹与街坊们，绝对的官方信息，百分之百的靠谱。街坊们常常听得肃然起敬，只是碍于辈分的缘故没有顶礼膜拜了。

在麻石街，唯有二黑牛没把郑大秘书放在眼里，常常背着郑三伯公然称："莫看他郑石头人模狗样的，是个大秘书，他每月领的几个钱，还不够哥儿我烫一回火锅。有啥神气的?!"二黑牛在西门市场倒腾服装批发，一个月下来，少说也有万儿八千的进账。相比之下，郑大秘书每月只有百多块钱的工资。二黑牛拔根汗毛，就顶郑大秘书腰粗，那气出得都快要吹倒人了，难怪他能走马灯一样地换女朋友。有钱啊，钱多气壮，吹云遏月，气冲斗牛，郑大秘书就是听见也奈何不得。不过，二黑牛从不当郑家说这话。他和郑石生是毛根朋友，两人光屁股时，在这条街屙尿和泥巴丸玩，长大些时，两人又在同一学校读书。郑石头脑瓜子灵，天生是个读书的料，每逢考试，都会得到老师表扬。于是一路顺顺当当地小学、中学、高中读下去，大学毕业后就被分到县委工作，没过一年就当了县委书记的秘书，按这个趋势下去，以后说不定会主政小城，成为全县的父母官的。

二黑牛则不然，他是一个上房揭瓦，下河捉虾，打架作孽，天地不怕的散眼子娃儿，根本不是个读书的料，一捧到书就要啄瞌睡，考试能得个二三十分就不得了了。好不容易读完小学，打死也不上初中了。他又是个孤儿，是吃麻石街百家饭长大的，虽然有方姨护着他，毕竟不是亲生父母，管不住像他小名一样犟、一样野的心，只得顺着他，不读就算了。二黑牛在麻石街混了几年，到十七八岁时，遇到改革开放了，便一头扎进西门市场，搞起了服装生意。尺有所短，寸有所长，读书啄瞌睡的二黑牛却天生是个做生意的料。只见他成捆成捆地在成都荷花池市场倒回服装，又一包包地在西门市场批发给小商小贩，没几年就做发了，成了麻石街首席小老板了。

两个常常比谁尿得高、尿得远的发小，终究没尿到一壶，各走了各自的人生之路。这是另话。

郑三伯纳闷了半天，也生了半天的闷气，本想打发老太婆去请儿子回来问个明白，但一时又找不到合适的理由，也担心儿子非但不肯泄露党政机密，反杵老子多管闲事，于老脸上下不来，没奈何，只好断了这个念头。

空气异常的燥热，似乎划根火柴就可点燃。几只不知疲倦的蝉儿又在老榆树上没完没了地傻叫，更增添了麻石街上的烦躁。

天真闷热，该下场雨了。

"妈，你说……到底是咋回事嘛……"方丽玫焦急的声音从屋里断断续续地传出，街坊们伸长了耳朵在听。但是，没有听见方姨的回答声。

"哼！你不说……有人……杨书记也告诉我……"

仍然没有回声。

方丽玫提高了声调："你说，是不是信上说的那样？嗯？"

"不是！"终于传出了方姨的声音，很干脆的，就两字。

"就是，就是，信上……那么清楚，连你的艺名都写对了……还有，时间、地点，都说得清清楚楚……为什么不承认，这关系到我的前途……"

又没了回音。

"妈，求求你……成全女儿……香港多好……认亲……这一辈子就……"

还是没有回音。

"你不认，我认!"

"你就死了这份心吧。"方姨的声音中带着愠怒。

"砰!"什么东西摔碎了。

街坊们心里陡然一紧。抬眼望去，只见方丽玫黑起一张拧得出水的脸，气急败坏地从屋里走出，在众街坊探询的目光中，一阵风似的冲出了麻石街，窈窕性感的身影很快消失在南门洞里去了。

蝉鸣声陡然变成了凄厉的哭唱，一阵紧似一阵地泼向麻石街的每家每户，邻居们的心也一阵比一阵紧。

这一夜，李嘉印的二胡拉得比哪天都要凄凉哀婉。琴声粘着夜露，凝重、苦涩、悲怆，顺着麻石板，从西头流到东头，又从东头流向西头，久久不愿离去。

这一夜，方姨破天荒没有到门口纳凉，独自倚窗，一边听琴，一边流泪，那潸然而下的泪水，像南门河水一样，涕泗涟涟地流啊流。

从翠屏山游荡过来的上弦月，瘦成了细细的一弯，悒怏地悬在空庭，月光惨淡，笼罩着忧虑的麻石街。

四

一大早，李嘉印提着琴盒从茅屋里走出来，向城里方向走去。

昨天街道文化站的麻脸站长找到他，请他参加文化站组织票友、玩友们搞的川剧座唱。

麻站长对他说："我说李嘉印啊，你大小也算个小城的艺术家了，二胡拉得这么好，有一技之长，和大家一起，活跃活跃群众文化生活嘛，也显显你的本事，莫一天到晚拉你那哭稀稀悲切切的调儿哪，忘了你那右派的帽子是咋戴上去的。"一边说，一边大大咧咧地拍拍李嘉印的肩膀，脸上几颗麻子闪着真诚的光芒。

李嘉印一听，也对，自己不就是个拉二胡的吗，人家想听，就拉给人听呗。再说，昨晚方姨一席话，让他心里这团淤塞多年的疙瘩陡然化解了，如沐春风般地豁然开朗。几十年心情都没有这般舒畅，人一高兴，有个地方抒发也是好事，便点头答应了。

吃过早饭，李嘉印提起二胡出门时，目光深邃复杂地看了东头一眼，见方姨家的大门紧闭着，叹了口气，慢慢地向文化站走去。

走到南门口，见二黑牛搂着女友走过来，连忙往侧边让路，二黑牛却站住了："印叔，昨儿方姨咋去你那破屋子了？你俩商量啥子事啊？"

"嗯……没，没……嗯，一点小事。"李嘉印的舌头很不听使唤。

二黑牛一手搂着女朋友的腰，一手指着李嘉印说："嗨，我说印叔呀，这都是八十年代了，观念要更新，要向前看，要随时代潮流。老年人的观念也得换换汤药了。都五十好几的人了，该咋个办就咋个办哈。怕个球呀！这又不是你当老右的那个时候，这是八十年代，懂啵？五十年代人学人，六十年代人整人，七十年代人防人，八十年代各人顾各人撒。依我看，你和方姨就是城隍庙的鼓槌——一对，般配得很呀。只要你情我愿，干脆就住在一起算了，还有多长的日子呀？再这样分开两不相顾也不是个办法。你说呢?"二黑牛冲着李嘉印说完,又侧着头问他女友,并顺势在女友脸上嘬了一口。李嘉印便一阵脸红心跳,忙把脸转向了一边,说不清是种啥感觉。

"讨厌!"那个胸脯异常饱满的女友嗔怪地推了二黑牛一把,两人嘻嘻哈哈搂抱走了。

李嘉印呆呆地站在那里,不知是发愣、发呆、发傻,还是在认真琢磨二黑牛的话。

往事倒是说清楚了,心里的疙瘩也化解了,以后的事又该怎么样呢?李嘉印本来大好的心情,突然被二黑牛一番大大咧咧、十分真诚的说教,弄得心里如癞蛤蟆吃豇豆——悬吊吊的了。

这一天,李嘉印在街道文化站的二胡拉得糟透了,好几次都让那个曾经在"县革委宣传队"演过阿庆嫂的业余演员没搭上调,荒腔走板地唱了一段《沙家浜》,惹得伊一阵抱怨。

麻脸站长说,李嘉印的二胡只有在麻石街拉才有味道,出了麻石街就要跑调。"阿庆嫂"心怀妒意地附和道:"那是哟,麻石街才有他的知音嘛!"

郑大秘书没有回来,外事办主任和公安局局长也没有再来麻石街。方姨又开始按惯例地每天清晨扫街和每天晚上纳凉,李嘉印的二胡又在麻石街拉响。街坊们担心的事情并未发生。

麻石街又如南门河水一样平静如初了。只是方姨那个漂亮得让人厌烦的女儿不时地回来一趟,关着门和方姨疯吵一通,逼着方姨要承认什么事,在麻石街生出一股令人心烦和担忧的噪音,但随着方丽玫气冲冲地离开,麻石街很快又平静如水了。

日子就这么慢慢地挨过去了。

一天下午,二黑牛从城里西门市场下班回来吃晚饭时,端着一个大海碗，站在街当中，一边稀里呼噜往嘴里刨，一边郑重其事地发布新闻：

"据县政府权威人士透露，我们县要发财了。"

二黑牛一言既出，便在麻石街一石激起千层浪，街坊们顿时一惊，横七竖八地把他围在街当中，鼓起"二筒"等他下文。

二黑牛把刚刨完饭的大海碗和筷子放在路旁消防池的边沿上，慢条斯理地摸出一包"红塔山"，"叭"的一声，很潇洒地弹出一根叼在嘴上，又一一地给会抽烟的街坊散了烟，然后不慌不忙地摸出打火机，掀开，打燃火，点上烟。

"呃，你个狗日的二黑牛，卖啥关子嘛，有话就说，有屁就放哈！"街坊中有人笑骂着催促道。

二黑牛猛吸一口，让烟在肚子里转了几轮，一口吐出七八个烟圈来，趁着烟圈还没散去，又吸一口，噘着嘴很快吹出一条直线，端端正正地从那些圈中穿过去。人群中立刻有人叫了声："哟，羊肉串，好！"二黑牛很有派头地朝这人点点头，故作谦虚道："过奖过奖。"

有人不耐烦了："你个狗日的做啥子过场嘛，不说，老子回去吃饭了哈。"

二黑牛"嘿嘿"一笑："就你这性子，听个新闻都这么急，还做得成大事，只有喝稀饭的命。"没等这人接话，接着往下说："听说有个港商，港商你们懂啵？就是在香港做生意的大老板，是我们县的人，弄醒豁哟，我们家乡人啰。此人富得流油，据说屙屎用的茅厕修得都比县政府的招待所漂亮十倍，那马桶都是镀金的，揩勾子不用手，'哧'的一声，就有一股香水喷上来，立马把勾子冲得干干净净，随后一股香喷喷的热风吹上来，又把屁眼烘烤干了，根本不用你动手，就整得巴巴实实，舒舒服服。"

"这么先进？日白吧！"人群中有人质疑。

二黑牛鄙夷地看了这人一眼："你娃就是没见过世面，癞蛤蟆一个，不晓得外面有好大个天，跟你说也是白球说。"二黑牛没读过多少书，不晓得说"坐井观天""孤陋寡闻"这样的成语，更不知道"井蛙不可语于海，夏虫不可语于冰，曲士不可语于道"这些内涵丰富入木三分的文辞，否则，二黑牛会把这人抵在墙上巴起。

"嗨，他就是用珍珠玛瑙做的，也是用来装屎的茅房呀，跟我们有半毛钱的关系吗？莫扯那些空名堂，说正事。"还是那个不耐烦的人在催促。

二黑牛"嘿嘿"一笑："你娃才说错了，这个人就是和我们有关系，关系还大呢!"

"啥关系?"

"关系到我们县的经济发展，关系到年轻人就业，关系到县政府的财政收入。你说有关系没有?"

"这么厉害! 快说，快说，他要干啥子?"人们立即慎重了，更想听二黑牛的下文了。

"这个人是我们本县的人，四九年跟国民党逃到台湾去了，后来又在香港做生意，是一家什么鸟集团的董事长。听说前不久有个中央领导出国访问，路过香港时，到机场欢迎的人中，就有此人。这次，这个港商到北京来谈生意了，还说要抽个时间，回我们县寻他娘的什么根根，哦，叫寻根祭祖。新上任的郭县长一门心思想招商引资，发展经济，苦于没有门路，听说后兴奋得不得了，专门带了一伙人去北京拜访他。还没等县长开口，这个人就说准备出资为我们县建个丝绸厂。呃呃，不是几十个人的小打小闹的作坊哟，是几百上千人的大厂哟，产值上亿元。还说，生产的丝绸，由他在港澳台东南亚一带包销。把个郭县长欢喜得差点打跟斗。啧啧，真他娘的财大气粗，拔根汗毛抵老子们腰粗。"

二黑牛说得唾沫横飞。

街坊们听得惊诧愕然。

地处川东北一隅的小城，千百年中，很少出个像模像样的人物，平地里居然冒出个比皇帝老倌儿还富有的港商，并且凭着他富可敌国的实力，小城也要发财了，这是多大的荣幸，多大的喜事呀。

"这人叫个啥名儿？"麻石街从那个年代过来的人还有一些，郑三伯算一个，他大体晓得小城的人世沧桑。这些消息，原本应该从儿子郑石生郑大秘书处得知，龟儿子不回来，郑三伯只好屈尊向二黑牛探问了。

二黑牛摇摇头："不晓得，不晓得，只听说他早先在这里当过啥上校团长，解放军攻打县城时，他带着一家人逃跑了，丢下一伙散兵游勇，哪是解放军的对手呢？莫奈何只好打开城门，向解放军投诚了。"

郑三伯一听，一双浓黑的眉毛立马拧成了个大疙瘩，眼里闪过一丝难以察觉的愤怒。

"办丝绸厂？那我家二娃子可不可以去当工人啊？"街坊刘幺婶家有三丁，尽是些抱到书就要啄瞌睡的角色，莫奈何早早就辍学回家待业，三张嘴似填不满的窟窿，守着她要吃要喝，把个刘幺婶愁得莫奈何，她最关心哪里办厂，哪里招工的事了。

"嗨，岂止你家二娃子，全城的二娃子都去当工人恐怕都不够，到时候，只怕还要请你老人家去当个缫丝大妈，每天跳跳缫丝舞，按月关一次工资才幺得到台呢。"二黑牛随时不忘打趣刘幺婶。

街坊们一阵愕然之后又哄笑起来。

只有方姨远远地站在门口，一边漫不经心地打毛线，一边细心聆听，尔后，那郁郁的目光转向街的西头。

一片乌黑的云团沉沉地移过来，遮住了灼热的太阳，天气更加闷热，不知有多少只蝉突然间一起撕心裂肺地叫起来，让麻石街顿时又烦躁起来。

遥远的空中，有低沉的闷雷隐隐作响，一场暴风雨似乎即将来临。

五

电闪雷鸣，大雨如注，从早上下到傍晚都没有停息。南门河陡然涨了几尺水，平时清澄、温驯、可人的河水顿时变得异常暴躁，焦黄着一张面孔，打着漩涡狂放不羁地向东涌去。

麻石街西头低洼之地也积了半尺深的水，快淹着李嘉印的茅草房了。

天，黑沉沉的。

刘幺婶出门看了看天说："闷得很，这雨还没下透呢。"

每晚惯例的纳凉，自然是不能了，街坊们晚饭后各自在家看电视，没电视的便早早把老婆赶上床，搂着一团舒爽，做一个庄生迷蝴蝶的如梦之梦。

入夜，二黑牛和女友在床上激情满怀酣畅淋漓地厮混一阵后，出得门来，对着大雨撒尿时，突然看见一个黑影，幽灵一样晃过，一闪，进了方姨的门，随后立即又紧闭了，整个过程寂然无声。

二黑牛一惊：妈的，这狗日的贼娃子胆也太肥了嘛，竟敢趁着大雨天上门行窃？看老子今天不收拾你个鸡冠花儿红，就不是麻石街的混世魔王了。

二黑牛赶紧收起没撒完的尿，扎紧裤带，悄悄地顺着街沿走过去，候在窗下，盯着门口，只等那人行窃出来，准备来一个猛虎扑食，擒贼拿赃。谁知过了半袋烟的工夫，并未见有人出来，侧耳细听，屋里断断续续地传来方姨哽咽声和一个男人的说话声。

二黑牛好生奇怪，踮起脚，透过窗棂缝隙一觑，呀！方姨正抱着李嘉印哭得昏天黑地，一边哭，一边诉说。

"都是我不好，误了……你的一生……"

李嘉印的声音："哪能怪你呢?！要怪就怪那狗日的畜生!"

"出了事后，真的想去死……可孩子怎么办? 都三个月了啊。后来，我到麻石街找你……想跟你说清楚，跟你过日子，可你不愿意……我晓得，你是嫌我脏了，不配你了。可我也是没办法呀……这些年，我总是盼着有朝一日能给你说清楚，求得你的谅解，你会和我……"方姨呜咽着一边哭一边诉说。

"我哪是嫌弃你呢? 你晓得的，我成分不好，一解放，我就成了运动对象，哪回跑脱了的呀……要不是会一手乐器，早就被弄到监狱去了。我只有小心翼翼地做人……那年头，跟着我这样的人，是要倒大霉的呀!"

"那你也不能不理人，你好狠心哟……"

"我那是为你好，为孩子好呀。"

李嘉印突然压低了声音："还有件事，压在心里好多年了，不好问你……"下面的声音就被风雨声盖住了。

二黑牛听得心里发毛。虽然他晓得方姨年轻时是小城的美人，有倾城之色，还晓得当年和李嘉印有些说不清道不明的私情，但他全然不晓得两人之间还有这么多剪不断理还乱的筋筋绊绊。他似乎看到，在那个遥远的岁月里，这一对年轻人身上，曾经发生过一个美丽而凄惨的故事。

"那他这次回来，咋办呢?"李嘉印的声音里有些担忧的频率。

方姨的声音："不见，我给他们说了，我没这个男人。"语气侃切，没有了哽咽。

"怕是不行，县上还指望他投资……"

"那与我有啥关系，不见，就是不见！"方姨提高了声音，斩钉截铁地说。

"还有，玫儿……谁的？几十年，我都没想明白。"

"我也不知道呀，反正你在他之前……你忘了，那年元宵节晚上，唱完戏后，你约我在竹林相会，那天晚上，你好大的劲哟……那是我的第一次。"

"咋会忘呢，你身上的香气到现在还在我鼻孔里转呢，刻骨铭心哪！"

"那天夜里有半边月亮，看得见你的脸，你憋得都快要冒火了，不答应你，我回得去吗？"

"啊啊……那时年轻嘛，你又那么好看，哪忍得住？"

"就是那天晚上，我把自己给你了。"

"真的是我的吗？"

"应该是……就是，你看她多像你……"

"佼儿……你……"

"你还记得我的小名？"

"记得，记得，八辈子都记得，不会忘的。我从大学毕业时，第一次在戏班见到你时，你说你小名叫佼儿，我问是女交'姣'还是人交'佼'？你说是人交'佼'。"

方姨的声音："你出口就说，'月出皎兮，佼人僚兮'，还说这是出自《诗经·月出》，给你取名的人有文化哩。"

"你当年就是诗里中说的佼人，好看得让人心动哩。"

"难怪你天天往戏班跑，原来是……"方姨的嘴似乎被什么东西堵住了，发出了"嗯，嗯"的声音。

雨还在一股脑地倾泻着，老天爷似乎要把胸中多年的积郁统统吐出来。

"这么大的雨，今夜就不过去了吧？"

"啊！你不嫌我？我可是废……"

"嫌啥呢，我们都这样了。"

"太好了！不过去了，反正下大雨，那屋里也漏得厉害。"李嘉印的声音，异常惊异，又异常惊喜。

"唉，我们都老了，剩下的日子不多了，况且，我也不在乎那个……几十年了，就盼着有你这个伴了……"一阵"窸窸窣窣"的响动，"啪"的一声，灯灭了。

二黑牛一阵莫名其妙的心跳，好像自己干了件见不得人的事一样脸红耳热。他正打算把这件事捋出个头绪来，猛想起女友还光着身子在床上等他回去梅开二度，便赶紧往回跑。

没走几步，夜暗中出现一个身影，撑着一把尼龙伞，踩着满街溅起的水花，急匆匆而来。

二黑牛一惊：糟了，这娘儿们早不回来，晚不回来，咋个偏偏这时候回来，要是屋里的事被她一搅乎，不就麻烦大了。

要说二黑牛的长相，真不好用笔墨来描述，大概女娲造他时正赶上打瞌睡，没上心，以至于他诞生后要形象没形象，要身材没身材，吃喝嫖赌，都沾一点。然而，二黑牛不是个坏人，街坊们都不讨厌他，说他是个赚钱不坑人，生性豁达大度，热心助人的个体户，虽然喜欢出风头，爱挖苦人取笑人甚至戏耍人，但是个没有坏心眼的街坊。尤其是对方姨，二黑牛有种特殊的感情，这不仅因为他妈生前和方姨是干姊妹，更是因为他这条小命还是方姨捡回来的呢！

二黑牛家穷，六十年代初的"三年困难时期"，他爹得了水肿病，早早地扔下他娘俩走了。二黑牛当时还不满一岁，他妈饭都吃不饱，不要说奶水，就是熬点米汤的粮食也没有。二黑牛饿得只剩下一口气，就差阎王爷摸鼻子了。街坊们都说没指望了，就在他妈眼巴巴地望着自己的儿子就快要咽气的时候，方姨把他抱到自己家里，一口米汤一口稀粥地慢慢喂他，一个星期后，才把他这条小命从阎王爷手中抢回来。后来，他妈让二黑牛认方姨为干妈，二黑牛从此就经常在方姨家名正言顺地蹭吃蹭喝，磕磕碰碰地长大了。二黑牛知恩图报，从小就护卫干妈，硬是不准麻石街哪个人说干妈半个不字。"文化大革命"开始那几年，有人检举方姨是国民党团长的姨太太，剧团造反派不问青红皂白，责令方姨滚出剧团。莫奈何，方姨只好回到麻石街，蜗居于家。那些年，有些人垂涎方姨的姿色，想捞点便宜，图谋不轨。倘若被二黑牛察觉了，立马就会采取行动，轻者，半夜里扔石头砸碎人家玻璃，重者，一把小刀插在门上，刀下钉张纸条，上面几个歪歪扭扭的字：小心狗头！让这家人清早开门便吓个半死。那些年，二黑牛才十来岁。麻石街的人都知道，方姨是二黑牛的重点保护对象，是万万得罪不得的。

"今天得实施点保护措施，不然要出事的。"二黑牛打定主意要拦住来人。

"嘿嘿，是丽玫姐哟，今晚上没去跳舞？"二黑牛迎上去笑嘻嘻地问。

方丽玫正一门心思地走在雨中，猛听一个声音传来，惊了一下，看看是二黑牛，没理他，继续往家走。对二黑牛这个干弟弟，方丽玫从小就有种厌恶感，虽然小时候他们是毛根朋友，在一条街长大的，二黑牛又常常在她家蹭吃蹭喝的，按理说二人应该十分亲近，但方丽玫从心里排斥二黑牛，就因为自己的母亲对二黑牛好，把对她的爱分去了许多，导致母亲并没有全心全意爱自己。长大后，方丽玫对二黑牛显出了十二分的冷淡，自从自己从县工会调到县政府接待办后，更是不拿正眼瞧这个在西门市场倒腾服装的二道贩子了。

方丽玫睥睨了一下二黑牛，没答话，继续往前走。

"呃呃，丽玫姐，我昨天进了几套服装，正宗的港货，那样式，不摆了，穿在你身上，绝对引领我们县的时装潮流。要不要，七折优惠？"

方丽玫略微停了一下，放慢脚步，再次也斜着眼看了二黑牛一眼，还是继续往前走。

"嘿嘿，丽玫姐，昨晚宋部长在'豪深'喝醉了，是你送他去宾馆的吧？听说你还在……"

"二黑牛，闭住你那臭嘴，送不送，关你屁事！"方丽玫愠怒地回答，心里在想，咋这么快就传出来了，连二黑牛这种人也晓得了？

方丽玫一边说，一边想，一边欲推门进去。

二黑牛连忙侧身挡在她面前："丽玫姐，当然不关我屁事。但是你上次在我那里拿了一套服装，还没给钱哟，八百多块哟，这总关我的事嘛。"二黑牛故意大声地说。

方丽玫气急败坏了："会给你的，我一个堂堂国家干部，还看得上你那点小钱？没教养的！"

"你有教养，就不会在宾馆里待到半夜了。"二黑牛不阴不阳地说。对方丽玫的风流韵事，二黑牛了如指掌。他其实也讨厌这个常给干妈丢人现眼的，表面上风韵楚楚，婀娜多姿，骨子里却放诞风流，灵魂空寂的干姐姐。

方丽玫气得发昏，今天怎么啦，一个个体户，居然对她如此放肆，竟敢当面揭她的隐私："你，你……滚开！"伸手一拉，二黑牛一个趔趄，她顺势推门进去。

"咔嚓"，一道闪电，照得屋里一片惨白。

方姨和李嘉印双双相偎坐在床边，亲密透着平稳，沉静中传递出爱恋。两人像是艰难走过了漫漫无际的荒漠，望见了天边可见绿洲的欣喜，又像是得到一种巨大的解脱，释却了无形的枷锁，换之于自由自在的忘形，根本没有在乎有人跨进门来。

"妈……你!"

"嚓!"又一道闪电，照出了方丽玫那张惊恐得扭歪了的漂亮脸蛋。这样的场景，她做梦都没想到过，此刻，正以一种肃穆庄重的仪式一样出现在她眼前，令她的神经猝不及防地痉挛了。

一声炸雷，天崩地裂，轰隆隆地滚过漆黑鬼魅的夜空，把麻石街从梦中惊醒。

六

雨后的小城是一幅秀美透明的水墨画。麻石街则是画中最靓丽的散发出芬芳的那抹浓墨重彩。

被大雨洗亮的麻石街，净得能照出人影儿，榆树叶儿透着新绿，在朝阳的映照下，闪着愉悦欢快的光芒。一个个硕大的石榴，挂在枝头，沉甸甸的，令人馋涎欲滴。瓦当下挂着珍珠般的水滴，慢条斯理以滴水穿石的劲儿悠悠落下。南门河送来涨水后的阵阵清风，悠然地掠过街面，亲吻着麻石街的一切，把一天的好心情送给早起的街坊邻居。

清新的空气沁人肺腑，温润人心。

郑三伯早早起来，在河堤边的柳树林里凝神静气地打了一套太极拳，以一个"抱虎归山"的收式结束时，正好遇见了在河边倒煤灰的方姨。

"定了?"郑三伯沉沉地问。

"定了!"方姨稳稳地答。

"那件事告诉他了?"

"说了。"

"啥时候办呢?"

"没准,丽玫不干呢。"

"死女子,只图自己快活,全不管当妈的辛酸。"郑三伯忍不住骂了一句。

方姨陡地红了脸,转过身忙忙地往家走了。

郑三伯突然意识到自己失言了,懊恼地打了一下自己嘴巴,叹了口气。"昨晚发生的事,在麻石街影响不小,下一步咋办?还得和她商量商量。"他想。

早饭后,二黑牛去城里西门市场摆服装摊,走到西头,刘幺婶喊住他,眨巴着鱼泡似的眼皮,神秘兮兮地悄声道:"二黑牛,晓得啵?方姨和那个老光棍搞上了。"一边说,一边朝远处那座茅屋努努嘴。

二黑牛眼睛一横:"狗拿耗子,多管闲事! 吃饱了撑的呀?"

"呀! 咋个就是多管闲事呐? 老都老了,还干这些事,让麻石街左邻右舍的人脸往哪儿搁呀!"

"没地方搁? 就搁在裤裆里嘛。拜拜。"二黑牛一挥手,头也不回地走了。气得刘幺婶大骂:"狗日的二黑牛,填炮眼的莽货,你也敢骂老娘,要你今后生个娃儿莫屁眼。"

二黑牛回过头来嘻嘻一笑:"幺婶,莫搞忘了,男人只管下种,生娃儿是你们女人家的事哟,你这是在骂你自己哟。"

刘幺婶被这话呛得直瞪眼,看着走远了的二黑牛,说不出一句话来,半晌,拍了自己一个嘴巴:"看哟,老糊涂了,忘了二黑牛的干妈是谁呀。"

旁边看到此事的街坊抬起一笑:"硬是找个虱子在脑壳上来

爬哟，活该。"

晌午，回家来吃饭的二黑牛带回来一条惊人的消息：港商千里来县，办厂有望敲定。

街坊们纷纷从屋里走出，听麻石街的新闻官发布最新消息。

"那个，那个什么，财大气粗的港商，昨天已到了县里，从成都下飞机后，是杨书记亲自用'尼桑'车接回来的。昨晚在翠屏宾馆接的风。格老子'四大家'的领导都来作陪了，大大小小的官员坐了五六桌，真他妈的罗汉请观音，客少主人多哩。嗨，那港商老头儿大概是个土老坎，放着茅台五粮液不喝，却要喝什么咂酒，把个杨书记日弄蒙了，不晓得啥叫咂酒。赶紧唤宾馆经理来问，有没有叫咂的酒？经理也被问得眼睛鼓，翻着'二筒'答不上来。杨书记只好请教港商，咂酒是啥子酒？老头解释道，说咂酒是我们县过去乡村酒坊生产的一种高粱醪糟，发酵后装在一瓦罐里，饮时需加热，然后用吸管吮饮。并说此酒虽为醪糟，却酒劲大，香沏清醇，回味绵长。还说离开故乡几十年了，做梦都闻着酒香。杨书记一听，马上责令县酒厂生产这种酒，说是可以利用港商销到港澳地区去赚外汇哩。真他妈的，外国人放个屁都是香的，这还不是外国人，地地道道是个假洋鬼子嘛，就让那伙当官的屁颠屁颠地围着团团转。"

"唧个尽说些吃喝呢，说大事呀！"

"啥大事？"二黑牛转头眨巴眨巴绿豆眼，盯住刘幺婶。

"嗨，办厂的事呢？咋说的？"刘幺婶急急地问道。她早忘了早上二黑牛给她的不快。

"办哩办哩，咋不办呢。不办厂，县上这伙当官才不会拿自己热脸子去贴人家冷屁股呢，你当书记县长都是二百五呀。"

刘幺婶道："那咋说的？"

"得先吃饭呀。吃人嘴软，拿人手短。没听说吗，杯子一端，政策放宽，筷子一拈，啥都好办。其实，这老家伙还是懂得起的，没等杨书记开口，人家一张口就是五百万，说是他出资金，县里出地皮，建个川东北最大的丝绸厂，就修在白塔旁东门河边，机器技术由香港那边提供，这边先招两百个工人，培训两个月就上岗。产品由这老家伙在港澳地区包销，争取第一年就创产值三千万。哎呀，我的乖乖，一年光税收少说也有四五百万。这一下，我们县就躺在金山银山上了。"二黑牛吹得唾沫直飞，差一点就溅到刘幺婶的鼻尖上了。

"不过，这老家伙有个条件……"二黑牛关键时候又话锋一转，吊起了街坊们的胃口。

郑三伯浓黑眉毛一挑："啥条件？"

二黑牛见是郑三伯在问，不敢在他面前卖关子，赶紧说："要县上帮他找个人。"

"哟，找个人就给五百万，这赏钱不低呀！"有人惊叫唤了一声。

"硬是钱多得没地方用了。"有人感叹道。

远处，李嘉印在静静地听着。

二黑牛神秘地对刘幺婶说："你猜找哪个？"

"背时的二黑牛，他要找的人，哪个舅子猜得到嘛。总不会找老娘我嘛？！"

二黑牛坏笑着说："找你呀！人家眼睛遭裤子笼到了吗？倒回去三十几年人家也不会找你的。他要找的是他的前妻。这个港商当年在这里当团长时的结发夫妻，名字叫'一枝红'。哎呀，真他妈的怪名字，还有姓一的。刘婶，可惜你不姓一，要是你姓一，又叫一枝红，莫说你三个娃儿的工作了，就是三十个，三百个娃儿的工作也莫得丁点儿问题。"

周围的人哄堂大笑，刘幺婶啐了二黑牛一口："狗嘴里吐不出象牙呀，专门拿老娘涮坛子呀?"

"二黑牛，你娃倒是赶紧说呀，找到没有?"听的人中有人急切地问道。

二黑牛说:"找到个屁，公安局局长查遍全县户口，也没有一个姓'一'的。不过，听石头秘书说，这个人可能和我们麻石街有点筋筋绊绊。"

"啥?和我们麻石街有关。是哪个?"刘幺婶又惊风活扯地叫开了。

"我也晓不得。对不起，本大爷要回去吃饭了，欲知后事如何，且待本大爷打听清楚了，下回再分解哈。"二黑牛哈哈一笑，丢下满街的期望，一折身，进自己屋里去了。

郑三伯越听，一张脸越阴沉。

李嘉印不知什么时候走进了他的茅屋，把门紧闭了。

这时，一辆尼桑小车缓缓地挤进了麻石街。

街坊们着实吃惊不小:从第一块麻石板嵌进这条街以来，还没有接受过如此漂亮豪华的小轿车的隆重碾压呢。噫，麻石街要交狗屎运了?

就在街坊们惊魂未定之时，尼桑已端端开到方姨家门口，从车里钻出县委办郑大秘书和方姨女儿方丽玫。

"这娘们还玩起尼桑来了，未必然……"二黑牛听见汽车声，端着碗出来看究竟，一边刨饭一边想。

只见方丽玫一阵风似的飘进屋，没等街坊们回过神来，又一阵风似的刮出来，满脸的焦急失望。郑秘书迎上去:"玫姐，咋的?"

"我妈不在家。"

人们这才发现，二黑牛开新闻发布会时，竟没有见着平日里常常喜欢倚在门口，静静地听街坊们天南海北神侃的方姨。

怪哩，平日里很少离家的方姨，这时候会到哪儿去呢？

"爸，方姨到哪儿去了？"郑秘书问他爹。

"你又没派我守着她，人家长了两条腿，想到哪儿是她的自由，你老子我管得着吗？"郑三伯没好气地说。

郑秘书还想说话，方丽玫赶紧拦着他的话头："郑秘书，杨书记还等着我们呢，走吧。"说着屁股一翘，钻进了小车，郑秘书见状，只好把已到嘴边的话憋回去，跟着也钻进了小车，全然不管他老子黑起一张脸，紧盯着他们想问个究竟的样子。

尼桑"哧哧"着，一溜烟驶出麻石街，消失在南门口转弯处了。

大惑不解的街坊们你盯我，我盯你，盯得满街都是疑惑，满街都是不解。每个人都在对方的脸上寻找答案，结果一无所获。

突然，二黑牛一拍脑壳，大叫一声："对了，肯定是这么一回事……"

满街的眼睛又都齐刷刷地盯了他，用满眼的焦急和期盼，等他的下文。

"二黑牛！"郑三伯一声低喝，浓重的喉音如平地响了个闷雷。

二黑牛一惊："啥事？"诧异的眼光闪向郑三伯。

"到我屋里来一下。税务局老曹昨天来了一趟，没找到你，让我给你转个话。"说完，不等二黑牛再问，转身进了自己的家。

"呃，怪得稀奇了，我一不坑人，二不偷税，税务局有啥了不得的事要给我说。"二黑牛迷惑不解地眨巴着绿豆眼，把最后几粒饭刨进嘴里，拧着碗跟了进去。

街坊们大惑了，二黑牛明明要说出个子丑寅卯来了，偏偏郑三伯突然横杀一枪，把二黑牛的话堵了回去，为啥呢？再说，税务局老曹啥时候光临过麻石街呢？又有啥子话要他转达？这老郑头，真怪！

七

傍晚，方姨从李嘉印的屋子里出来，揉揉微红的眼角，拢拢稍乱的头发，平和的脸色中显出微微的愉悦，步履安详地穿过麻石街，回到自己家里。

街坊们默默地望着她，心里溢满尊敬和同情。

对这个心地善良、性格平和、人缘极善的女人，大家根本不愿意去议论她的是与非。他们觉得，倘若嚼她舌头，就是闲得蛋疼了，要遭报应的。况且，方姨今天能这样做，也是大家多年的期望呀。

一轮明月玉盘似的从南门河边升上瓦蓝瓦蓝的天空，皎洁的月光笼照着如情似梦的麻石街。天河上的牵牛星和织女星，什么时候在一起闪耀了？

琴声陡然在麻石街上响起，一路流过街面，跌落在南门河上，随着水波荡漾。

街坊们感到惊奇，这琴声一反往常的抑郁和忧伤，变得轻快流畅，优美的旋律中闪跳着欢悦之情。

二黑牛和他的女友从河里爬上来，半裸着身子，你搂我抱地跑回屋里去了，把一串散发着青春躁动的嬉戏之声留给了在家门口纳凉的街坊们。

一个下午加一个傍晚，整整七个小时，麻石街的"新闻官"没有发布任何权威性消息，好像失职了似的，全无半点想街坊们之所想、急街坊们之所急的历史责任感。

街坊们好失望哟。

这时，一位面容清癯、阔额方颐、腰身板正、气度不凡的老者从小城南门口走过来，进入麻石街，在街口拦住一个小孩子打听什么，然后一边走一边四下探望，径直来到了方姨门前，引起了街坊们的注意。

"请问，有个叫一枝红的是住在这里吗？"老者向正在琴声中安静纳凉的方姨躬身探问。

沉浸在琴声中的方姨像是被蝎子蜇了一下，浑身一震，脸色大变。她惊异地抬了下头，紧盯着老者看了一眼，然后冷冷地说："你找错了，这里没有叫一枝红的。"

老者久久地立在那里，借着月色和灰黄的路灯打量着方姨，眼里现出迷茫的神色，突然，他摘下金丝眼镜，惊喜地道："如果我没认错的话，你就是方丽玫的母亲吧？"

方姨抬头一看，见满街的街坊们都在看着他们两人，只好冷冷地说："有什么事，到屋里说吧。"

话刚落音，那老者已把眼镜还到鼻梁上，满脸惊喜，急忙弯腰进了方姨的屋子。

方姨快步走过去，与正在纳凉的郑三伯低语了几句，郑三伯脸色大变，忽的一下站起身来："好，我去会会他。"说完便和方姨一起走进了屋。

街坊们好生奇怪：这老者是何人？从何处来？小城就这么大，人们一天抬头不见低头见，大都认识，即使叫不出名，也有脸熟的缘分，这老者断然是没在小城见过的，为啥来找方姨？又与郑三伯有何干系？怎么又知道方丽玫的？一连串的疑问塞满人们的脑子，如一团糨糊似的。

只有二黑牛明白了什么。

晌午那会儿，二黑牛似乎已猜到其中的疑窦，正欲给街坊们发布，却被郑三伯打了个假岔叫到屋里，一顿劈头盖脸的训斥，骂他长了个榆木脑壳，只晓得神吹瞎扯，全然不知道动动脑子，多想点事，对自己的干妈没有一点庇护不说，还公然发布不当言论。枉自变了一回人，白披了张人皮。训得二黑牛如龟儿子一样脑壳耷起，半天不敢开腔。此时，他忍不住率先抢到方姨窗口下，想印证一下自己的判断。街坊们一看，也纷纷围了过来。

好奇好事是麻石街的天性，何况这事与他们尊敬的一个女人相关。

屋里，一场不同寻常的见面与对话正在进行。

郑三伯一进门，对来客一拱手，出口就把街坊们整蒙了。

"麻团长，舍得走啊？"

来客眯起眼睛，透过金丝眼镜久久盯着郑三伯："你是？你……"

"麻团长，你真是贵人多忘事呀！过去只记得住枪，现在只记得住钱了？"郑三伯有点讥讽的口气。

老人一把抓住郑三伯双手："哎呀，这不是石头兄弟吗？"

"兄弟，不敢当，仅仅是你从前的马夫——大石头。"郑三伯接过话，带着哂意，不卑不亢地说。

来客使劲摇着郑三伯的双手："对对，大石头。记得是民国三十一年吧，那时我们团打完长沙会战，刚从抗战前线撤回来休整。有一天，你娘在街上拦住团里的军需官，说家里养不起了，求队伍上赏口饭吃。团里就把你留下给我当马夫了。那时你连大名都莫得，大家都把你喊大石头。"

郑三伯笑笑："团长好记性。还记得这些事？"

"记得，记得，当年你还没马高，行军时你跟不上队伍，还是拉着我的马尾巴跑的。"来客大笑起来。一边说，一边仔细看了郑三伯，"老了，我们都老了。记得我离开县城时，你还是个毛头小子，光阴似箭，白驹过隙，一转眼，我是行将就木，你也是老之将至啰。"来客感慨万千。

"托政府的福，越活越硬朗啊。"郑三伯把手从对方手里抽出来，"坐，坐下来再摆。"

窗外人听得有点眉目，大致可以猜到了，这位夜访麻石街的不速之客就是从前打个喷嚏小城都要抖几下的驻军首脑麻团长，现在拔根汗毛顶个腰粗的，让小城上下官员奉为上宾的麻港商麻老板。街坊们无论如何努力展开形象思维的翅膀，也没把两者对上号。要知道，在小城老人们口中，当年这个麻团长可是个威风八面，残忍暴戾，动不动就要舞刀弄枪的军阀。然而眼前的这位来客，浑身上下已没了半点军旅之气，清癯干瘦，光秃秃的脑袋仅留下小半圈可笑的银丝，肚腹微腴，大热的天却西装革履，"周吴郑王"地笼了一身，竟至鼻子尖都在冒汗。这时，街坊们都大胆地趴在窗口，像看西洋镜一样似的把他看了个够，觉得这位远道来的港商既神气又可笑。

"真是麻石街之幸哟，终于来了位了不得的人物。"窗外，一个男人对另一个男人说，话里藏着讽喻。

"话莫说早了，幸与不幸，还要看下文呢。"另一个男人回应道。

"看哟，他手上那个金戒指，亮晃晃的，怕是有一两重哟。"刘幺婶眼尖，竟盯住了麻港商的手指，惊奇地压低声音叫道。

"这只手还有两个，红的，啧啧，怕是宝石哟。"

二黑牛的女友也挤过来看了，一脸的惊奇和羡慕。

"闭住你那臭嘴，滚一边去。"二黑牛瞪着绿豆眼，低声呵斥她。女友白了他两眼："我还懒得看呢，有这心思，不如到河里凉快凉快去哩。"一扭腰，悻悻地离开了窗口。

方姨给客人端来一杯茶，客人忙不迭地接过来，像宝贝一样捧在手里，一连串鸡啄米似的点头致谢。

方姨并不理他，冷着脸坐到一边去了。

郑三伯道："听你口音，倒没变多少。"

"唉，少小离家老大回，乡音未改鬓毛衰呀。一晃三十多年过去了，这才回故里看看。还有点近乡情怯，不敢问乡人呢。"麻港商摸着脑后那半圈可笑的头发，一阵逝者如斯的唏嘘。

随后是沉默，死寂般的沉默，空气凝固了似的。

难堪的沉默，似乎过了一个世纪。

沉默中，方姨眼前出现了三十几年前的一幕：淫荡的眼睛，凶残的毒打，黑洞洞的枪口，恣意的蹂躏，南门河滔滔的浪波……像电影一样在她眼前拂过。捂了几十年的伤疤，终于要被血淋淋地揭开了，这就是命吗？这就是自己的归宿吗？她问自己。

"听说你这次是专程回来找她的？"郑三伯率先打破了相对无言口难开的死寂。

来客激动了："是啊是啊，三十多年了，我就盼着这一天啊。"

"莫盼了，你这是抱鸡母哈糠壳——搞空名堂啊。她是不会认你的。"郑三伯收起了笑意，冷冷地说："麻团长，哦，现在应该管你叫麻先生，麻老板。我晓得现在的政策，照理我应该对你'相逢一笑泯恩仇'。说实在的，我真的笑不出来啊。念你也是炎黄子孙，也是我们这块地方的乡里乡亲，还算有点人情世故，晓得回来寻根问祖，我们可以不计较你的过去。可是这么多年过去了，你还专程为她们娘儿俩而来，我就不能不戳你痛处，揭你的短了。"郑三伯庄重一拱手，"见谅了！"

"三十年前的今天，你带着卫兵砸了戏班，把她抢到团部，用枪逼着和她成了亲，然后又糟蹋了她。没过多久，城外解放军的炮声响了，是我趁你忙着收拾钱财，准备逃跑，看守松懈时，悄悄打开窗户，把她救了出来。你发现后，派了一个排的兵在城里搜寻，要把她带走。还是我悄悄地把她弄出城，送到乡下我丈母娘家藏起来。一个全城长得最好看的女娃子，就这样在你的淫威下吞下苦果，她心里是如何难过你是不晓得的。她觉得再也没脸见人了，几次打算寻死都被我丈母娘劝了下来。你带着金银珠宝逃跑后，解放军进了城，我才把她从乡下接出来，让她住到麻石街，隐姓埋名地活了下来。这种状况，未必然你和她也算是合法夫妻？未必然这种欺男霸女的万恶行径，你还认为有夫妻情分？未必然你还要她承认你是她的男人？天底下哪有这个道理嘛！"

麻港商结结巴巴地说："我不是也给了戏班三百个大洋，作为娶一枝红的聘礼，那个戏班的老板他，他答应了的呀。"

"不知你是晓得还是装糊涂。那三百大洋，第二天晚上就被你手下的人暗中串通土匪抢走了，戏班老板又气又急，一口气没上来，死了。"

"啊，还有这事呀。可我真是不知道呀。"

郑三伯继续说道："那个土匪头子，后来在剿匪中被解放军抓住了，这件事是他交代出来的。你说，你当年都干了些啥子事？按说，你若不逃到台湾，枪毙你也是绰绰有余的。"

麻港商顿时一脸灰白，头上汗水顺着脖子往下流："应该，应该。当时这事是做得过头了。大石头，你说得太对了，鄙人罪孽深重，罪孽深重，有负国家，有负乡亲，有负一枝红。几十年来，这件事一直困扰得我食不甘味，寝不安床，寝食难安呀。不把这事了结了，我是死不瞑目呀。这次回来，就是专门来负荆请罪，望你们不计前嫌，求得你们的宽恕呀。"一边说，一边站起来，走到方姨面前，一个朝天揖，对着方姨拜了下去，一躬到底，待到直起身来时，街坊们看到麻老板那双精明的商人眼里，滚出了两滴浑浊的泪水。见方姨不为所动，双腿颤动，微微弯曲，眼见得就要跪下去时，被郑三伯伸手一挡："麻老板，不必嘛。"随后又哂笑一下："你现在可是县上的贵客，这样做有失体统呀。"

麻石街的人读书不多，文化水平有限，骨子里却流淌着几千年来老祖宗的血脉，他们有着鲜明的爱憎观念，并常常凭直觉对世间的人和事物做出种种爱憎反应和判断，以此作为生活方向和生命价值的导向。此刻，尽管麻港商以极大的诚心表示赔罪，还欲向方姨下跪，有点老泪纵横，虔心忏悔样子，街坊们终究还是露出了愠怒之色。人不可貌相。想不到这个让小城官场刮目相看，差点顶礼膜拜的赫赫富商，还有这么一段肮脏龌龊得让人恶心令人切齿的劣迹，这不正应了巴尔扎克的一句名言：每一笔巨大的财富后面都隐藏着罪恶。

"真他妈的可恨，天底下的钱竟让这号人挣去了。"一位街坊气愤了。

刘幺婶这时也忍不住，恨恨地发声了："要是他不跑台湾，恐怕要被关监吧？"

"岂止关监，我看敲他狗日的'沙罐'也绰绰有余了。"二黑牛满脸怒火咬牙切齿地说。如果说二黑牛以前的判断仅仅是凭自己的揣测，那么，眼前发生的事就是对他揣测做出的判断，千真万确的事实印证。此时，他觉得自己已经彻底读懂了干妈为什么终身未嫁的悲哀史了。

麻港商拭了拭眼角，将那两滴浑浊的泪水擦掉，然后拿出两根金条，并掏出了厚厚的一沓美元，对方姨说："我知道当年对你伤害极大，几十年寝食难安。这次回来，准备想办法弥补。这是一点点微薄的表示，赎罪的，太轻了，太轻了，请莫见笑。"

方姨垂着眼皮看也不看地说："你收回去吧，别说金条美元，你就是金山银山，我也不稀罕。人活一张脸，树活一张皮，我不能为了你这几个臭钱，就连廉耻也不顾，就忘了你曾经带给我的耻辱。你是有钱，能让县上的官员为你跑上跑下，把你供成活菩萨。有钱能买到良心吗？有钱能把我过去三十年的时光买回来吗？能把当年的一枝红买回来吗？你瞎眼了，看错了人。"

方姨停了一下，显得很激动，又说："你逃跑之前，要不是郑三伯帮助我逃出来，你的卫兵就可能把我绑到台湾去了。逃出来后，我没脸再活下去，跳了南门河，要不是郑三伯救了我，把我送到乡下藏起来，新中国成立后又让我在麻石街住下来，一枝红早不在人世了。这些年，我隐姓埋名活了下来，就是想，老天爷如果眼睛不瞎的话，总有一天会让我们的恩怨得到清算的。今天，想不到你自己倒找回来了。告诉你，一个女人能被人侮辱身子，却不能让人侮辱人格。你希望我认可的那件事，那是让我把脸丢到马路上的灰尘里，让众人践踏。我能这样做吗？你现在是大老板，是县里的贵客，是财神爷。这么多年过去了，你也老了。时过境迁，现在是改革开放了，我晓得国家现在对待你们这些人是什么政策，也知道什么是政府的大事。我们不能把你扭送到公安局去，那样就显得我们麻石街人太小肚鸡肠了。这样吧，我也不难为你，请你从这屋里走出去，从今以后，永生永世我不愿意再见到你。"

同一条街住了几十年，街坊们从来没听过方姨说这样透彻，这样凛然的话。大伙儿感动得差点就要拍巴巴掌了。

二黑牛蹦了起来："我的个干妈也，真正是太有骨气了。"

"难得难得，一个妇道人家，真真有骨气呀！"

"就是应该这样，让这老家伙看看咱麻石街人是不是见钱眼开的人。"

"方姨这是'富贵不淫，贫贱不移，威武不屈'，咱老祖宗说得好呀。"

街坊们一片啧啧赞叹声。

麻港商灰白的脸上挂满汗珠。一路上，他想了千万遍，以为以他的富有和他的慷慨，应该能让一个三十年前自己占有过的女人，满足自己此行的愿望。没想到，这个曾经被侮辱被损害过的女人竟如此倔强、傲岸。她身上一股凛然不可凌侵的力量，把他的富有、优越、自傲以及完美的设想、期望击得粉碎。他第一次不得不承认一个事实，历史的伤痕并非人工所能抹掉的，更不是金钱能够疗治的。

历史就是历史，不是任人打扮的小姑娘。恩怨情仇可以在时间的岁月里淡化，但也绝不是相逢一笑后，就可以改变一段曾经发生过的史实。

在难堪的沉默和遭到重大打击的失败中，灰头土脸的麻港商仍然不甘心，心存侥幸，试图做最后一点挣扎，这是他此行的最终目的："记得……记得离开小城时，你已经有了身孕?"

方姨似乎早就料到他会提这个问题，挺干脆地说："是啊!"

"听政府说，她长得很漂亮，也很能干，我想见见她。"

方姨"囔"的一下站起来："我晓得你现在膝下无子，一辈子赚下的钱财没有人继承。费尽心血，不顾脸面地找回来，就是想把她弄到香港去，做你的继承人。告诉你，这是万万办不到的。"方姨斩钉截铁地说。随后，她又平息了一下胸中的怒气，一字一句像钉子一样射出去："更何况，这孩子也不是……"

"妈!"一声惊叫，不知什么时候回来的方丽玫一阵风似的冲进屋，"妈，你得为女儿着想啊，我给你说过了的呀，求求你不要把我的前程毁了啊——"神色凄惶，声泪俱下，一边哭诉，一边拿眼睛瞟那港商。

麻港商一阵激动："这，这……就是我的……"伸手向方丽玫。

"我就是呀。"方丽玫双膝一弯，直接就跪在港商面前。

突然，方姨横在两人中间，面对方丽玫："玫儿，刚才妈和郑三伯说的那些话你都听见了吧?"

方丽玫惶恐地点点头。

"那你起来。"方姨铁青着脸说。

方丽玫没动，仍跪着。

"起来!"方姨低声喝了一声。

方丽玫仍然没动。

方姨一抬手，"啪"的一记响亮的耳光打在了方丽玫的脸上。方丽玫被打蒙了，不知所措地站了起来，愕然地望着母亲。

街坊们也顿时吃了一惊，平时走路连个蚂蚁都不踩，也从来没对女儿说一句重话的方姨，怎么对女儿出手这么重?!

"玫儿，做人要有骨气，不要这么下贱。莫以为有钱就是大爷，就六亲不认了。"方姨抚着方丽玫的脸说，"妈瞒了三十多年了，今天是该当着街坊邻居的面，把实情告诉你了。你确实不是他的女儿。"

方丽玫惊得停止了哭泣："那，那我是谁的……"

"你的父亲是李嘉印。"一句未完，泪如涌泉。

"啊——"方丽玫惊得目瞪口呆，一张漂亮的脸顿时变了形。她万万没有想到，那个萎弱、清瘦、文质彬彬的琴师就是自己真正的父亲。

街坊们也着实一惊，一条街住了三十多年，只晓得李嘉印一个人过了大半辈子，虽然也常常帮衬方姨，那是因为两人曾经是一个剧团的同事，情理之中嘛，万万没想到他还有这么一个女儿。这是哪儿跟哪儿的事呀?

"不，不，不是!"方丽玫尖叫起来。虽然这是从自己亲生母亲口中说出来的，但方丽玫根本不可能接受这个现实。从小到大她都不知道自己的父亲是谁，也从来没有听母亲提起过，但她总觉得凭母亲在小城曾经闭月羞花的容颜和名噪一时的角儿，自己的父亲不是豪门贵族富家子弟，也是才华出众一表人才的。没想到这么一个一无所有且窝囊的人，就是与自己有血脉联系的亲生父亲？这会让她的脸面受到重大创伤，让她的身价一落千丈，让她从此在小城抬不起头的。

方姨坚定地说："你就是他的女儿。亲生的！"一边说，一边走到门口，"嘉印，你进来。"街坊们这才看到，大家一时只顾看屋里的这出戏，竟不知什么时候李嘉印早已站在人群中看了多时了。

方姨拉着李嘉印的胳膊，带到方丽玫面前："玫儿，他才是你的亲生父亲。"

这时的李嘉印表面上显得异常镇定，可从他那泪光闪闪的眼睛里，街坊们看到他内心的情感波涛在奔腾咆哮，只是不断地压抑着，压抑着。

方姨转向港商："麻团长，你不知道吧，当你带着卫兵来戏班抢亲之前，我已经是他的人了。你把我抢到麻家大院强迫成亲后，为了断我的念想，你的卫兵竟对他下了毒手，将他关进了监狱，打得死去活来，还惨无人道地毁了他的下身，害得我们几十年都不能光明正大地做夫妻。你以为我身上的孩子是你的吗？你看看，方丽玫哪点像你，你又看看，方丽玫哪点不像他？"

方姨这么一说，街坊们突然发现：是哩，方丽玫果真像李嘉印，眼睛、鼻子、嘴巴，像极了。尤其是嘴角边一股清高傲然之气，多年来总觉得似曾相识，这一看，恍然顿悟，那李嘉印一辈子不就带着那么一股子气活在麻石街的吗?!

方丽玫脸色惨白，绝望地看着李嘉印，又转头看了看麻港商，"天哪——"一声尖叫，冲了出去。

夜幕像一只怪兽的巨口，吞没了方丽玫的身影。

沉沉的夜色，黑得有点瘆人。

南门河传来如泣如诉的流水声，麻石街今夜第一次失眠了。

八

几天后，麻石街恢复了往日的宁静。

宁静的麻石街又透着欢乐，溢着喧笑。

方姨和李嘉印住到一起了。街坊们为此热闹了一个通宵。郑三伯破例地喝醉了，还是二黑牛把老人家扶回家去的。

说也奇怪，头天晚上李嘉印搬进了方姨的家，第二天清晨他原来住的那间茅草屋子便垮掉了，无风无雨，垮得蹊跷。街坊们说，这是天意。

婚后的方姨变了，胖了，白了，脸上红润了，惹得刘幺婶常常惊呼："哎呀呀，他姨呃，你是年轻多了，哪像五十多的人哟。啧啧，阴阳相揉，老母鸡变妞。"

方姨宽厚地笑笑，和李嘉印到街道文化站打川剧座唱去了。李嘉印把二胡拉得有滋有味，方姨则来一段王宝钏"寒窑思夫"，唱得人直抹眼泪。唱到兴起时，还上台表演一番，那身段，表演，手眼身法步，一招一式，要多好看就有多好看。年轻人便惊呼，那个大妈是干啥的？咋这么厉害！有知情的老人便道，那是当年戏班的台柱子，艺名'一枝红'，当家的闺门旦，角儿呀！一般人要看她的戏，得花三块大洋才买得到一张票。那个万恶的麻团长，就因为人家长得漂亮，又是名角，才起了打猫心肠，把人家抢到家里估倒成亲的。年轻人更惊愕了：这好像是电视剧里的故事嘛，咋演到我们小城里来了？

　　方姨在这场突如其来的变故中失去了很多，又得到了很多，这使她的晚年生活变得有滋有味温馨多情了。

　　方丽玫在这场变故中失去了很多，又似乎什么都没失去。好不容易做了一个港台梦，却被自己的亲妈一巴掌打醒，瞬间化为泡影烟消云散了。麻石街上最不起眼的人在一瞬间又变成了自己的亲生父亲，而且还是自己母亲偷情产生的结果。这让她情以何堪呀？她为自己是这个不甚体面的结果悲痛万分。她曾经憧憬过，倘若自己的父亲是那个港商，虽然曾经是一个军阀似的恶人，好歹也是个国军团长出身，现在是个国人尽皆羡慕的富商啊，去香港，继嗣，天经地义。想想，那时候，不说小城这些鼠目寸光的人看她若太阳月亮，就是世上所有的人都可能拜在自己的石榴裙下呀。没想到，这个美丽的憧憬一夜之间就被无情地击得粉碎，她一贯的清高、傲慢、优越，一夜之间土崩瓦解了，生命仿佛从此降到冰点。

　　私生女，三十几年前的私生女！天哪天！

　　巨大的打击使这个极爱虚荣的女人精神几乎崩溃了。那天晚上，当她彻底绝望尖叫着冲出麻石街，一路跌跌撞撞地奔跑时，一失足，掉进了南门河，要不是二黑牛多了心眼跟在后面，她早就没命了。

　　从此，方丽玫变得更加玩世不恭，似乎要拿自己与社会赌个输赢。她从此不再回麻石街了，学会了嗜酒、抽烟、跳舞，常常出入舞场，让一群小青年伴着她通宵达旦。

　　她的浮华轻率放浪形骸，使她很快成了小城性解放的先导。

　　据县委郑大秘书透露，方丽玫事后曾去宾馆找过麻港商，一把鼻子一把泪地要将其认作父亲，无奈港商经历了那夜血泪控诉后，早已心灰意冷，且又无医学上的血缘证明，便直截了当地拒绝了方丽玫的认父之请。无论怎样，万贯家财也不能让一个与己全无血缘亲情的人来承继嘛。方丽玫绝望之后，欲以姿色相诱，怎奈港商年逾古稀，早已力不从心，还良心发现，极厌恶地避开了。方丽玫见招招失败，只得掩面而去，死了这份心思。

麻石街人知道了说："人家的女秘书都可编个加强排，哪会把她看上，也不尿尿照照自己是个啥模样。再说，都七十多岁了，就是你把自己扒光了，站在人家面前，也无能为力嘛。"

有一次，李嘉印在街上遇着方丽玫，怯怯地，然而又极慈爱地叫了她一声："玫儿。"谁知方丽玫把眉毛一拧，黑封了脸："玫儿，玫儿都是你叫的吗？你算个什么东西。"说罢，冷冰冰地飘然而去。把个李嘉印定在那里，眼泪像断了线的珠子一样滴下来，只碍于在大庭广众之下，不曾仰天长号罢了。

又据郑秘书私下说，县委专门为方姨与港商之事召开了扩大会议。有人提议采取点组织措施，让方姨认了这段"姻缘"，以实现县里招商引资，促进经济发展，快速致富的宏伟蓝图。不料却遭到县委杨书记一顿好批："扯球淡嘛，都啥时候了，还搞'文革'中的那一套。你拿老百姓的脸当屁股使吗？"提议人的脸立即臊得如猴子屁股似的，缄口无言了。

倒是在一旁做记录的郑秘书，赶紧将港商此行的前因后果目的企图，作了如下补充：

麻先生是香港台洋集团的董事之一，虽然在本地作恶多端，但在抗战中也算是立了战功的。自逃离大陆后，弃戎经商，三十几年苦心经营，成了富甲港澳台的大老板。此人虽曾娶三房太太，然天意注定，未得一男半女，眼见得墓木已拱，行将就木之日临近，巨额家财却无子嗣继承，焦灼无奈中，想起了逃离大陆前，在我小城驻军时，曾强娶当地戏班一个叫一枝红的女艺人，就是新中国成立后在县川剧团当演员，"文化大革命"中受到冲击，提前退休后隐居在麻石街的方姨。这个麻港商记得当时该女已有身孕，本来也要强行带走的，不料，解放军进军西南已经打过来了，恰恰女人此时又突然不见了。四下搜寻未果，危急中，只得自己带着卫队匆匆逃离了小城。改革开放后，这港商通过各种关系，打听到方姨不仅活在人世，而且还有一个漂亮女儿，年龄正好与他走时的年限相吻合。这不，趁着港澳台通商的机会，抱着试一试的心理，先是给县外事办写了一封寻亲的信，紧跟着又不辞辛劳地来到我们小城寻找亲生骨肉。哪晓得愿望很美好，现实很骨感，不仅没找到，还被麻石街方姨、郑三伯等人一顿血泪控诉，只差没把他扭送到公安局了。此人经此一劫，似乎悟出了什么，变得心灰意懒超然淡泊。在宾馆黯然了几天，临走时，曾表示将尽力支持家乡发展经济文化，以赎昔日犯下的罪过。

如此云云。

众人听此一说，众皆释然。只有列席会议的招商局长叹了口气："可惜。"见没人理会，便尴尬地闭了嘴。

杨书记凝思片刻后，打了个总结："麻石街的这件事反映了一个民族意识、民族精神和民族自信的问题，可以提到历史唯物主义的范畴来研究。"众人先是不解，沉思片刻，有人颔首称是，也有人傻瞪着眼睛，看着杨书记，听他的下文。不料杨书记却转头向分管文化的副县长说："此事可否写入县志？"

众人又是一愣，随着副县长的一句"应该，完全应该"，立即鼓掌附和，一致通过。

就在我忙里偷闲，面壁构思这篇小说时，麻港商寄来了一笔巨款，同时有书信一封寄予郑三伯，那信是用蝇头小楷写的，有点颜筋柳骨的风格：

海外数载，故土之情萦系于怀，没齿难忘。追忆往事，孽障深重而噬心；迷途知返，亡羊补牢而赎罪。万里寻根问祖，不为立地成佛，实则谢罪而已。感乡邻们一番教诲，如拨云见日也。麻石街民风淳厚，古风高德，其情其景，至今犹在眼前，不胜感慨系之。余今生无颜再见江东父老，且聊寄十万元，以作翻修麻石街之用。迄纳。

荷罪之人麻某顿首

郑三伯趁晚上纳凉的时候，当众宣读了这封咬文嚼字的信，并告诉大家，十万元县政府已经收下了，说不用翻修麻石街了，这里是县城的棚户区，按县上规划，将拆除此街，在此建高档住宅小区，旁边还要修一个南门河公园。到时候，按面积还房，街坊们都可以搬到高楼大厦去享受新时代的生活了。众街坊听此一说，不舍中又感到欣然。

至于刘幺婶等人关心的丝绸厂是否建立，不得而知。但我知道，她的二娃子始终没有进到丝绸厂当工人，倒是跟在二黑牛屁股后面，在西门市场倒腾服装生意，没几年就发了财，成了麻石街继二黑牛之后的又一个大款。

后来，麻石街也没被拆除，而是修葺了一番，成了小城一条具有明清风味的古街，别有风情地依偎在高楼林立，日渐现代化的城市中间。

麻石街依然如故。

街坊们依然如故。

清凌凌的南门河上，依然飘着从麻石街传来的悠悠琴声。

小城其人其事

宁刻章的气节

我的故乡在川东北的一座小县城里。20世纪五六十年代我在那里度过了童年和少年时光。我所居住的县城并不大，人口约万，城里只有一条大致像样的正街，其余都是由正街派生出来的小街小巷。就是正街，也不甚宽大，阔不过十米，清一色老态龙钟小青瓦房你傍我，我倚你地挤在两边。因为是正街，小城开铺面做生意的"中央商务区"都集中于此。

我家住在县城的正中，名为正东街，过十字口往西去的叫正西街，两条街便成了整个县城街衢的骨架。

宁刻章在我家隔壁开了一间铺子，专门从事雕刻各种印章的营生。

我不知道宁刻章原名叫什么，只知道姓宁，我们叫他宁叔，大人则叫他宁刻章。他是租用隔壁郭伯娘的房子做铺面的，而他的家则在离此较远的外西街。

他的店铺很小，只容得下一张两三米长的尺子拐形柜台，那便是他的工作台。柜台后面横七竖八地堆了一些梨木、黄杨木之类的木头。隔一段时间，他便要用锯子把木头锯成一截一截的。每当这时，他只要看见我放学了，在门口玩耍，便会叫我帮他拉锯。对于此项重体力劳动，我并不是很乐意的。但是看着那些锯末飞洒，长长的木头一会儿便变成一堆木墩，心里就有一些成就感，于是也就愿意帮忙了。宁刻章一边"剥削"我的劳动力，一边还教训我，说什么小孩子家家，就是要多从事劳动锻炼，四体不勤，五谷不分，长大了便是寄生虫。还说人从小要有"天将降大任于是人也，必先苦其心志，劳其筋骨，饿其体肤……"的志向才能成才。对于他的这些咬文嚼字的话，我是听不懂的，但我还是要帮他拉锯的，虽然累得满头大汗，总比在街门口玩烟盒有意思多了。更重要的是，我帮他拉了锯，他就会允许我进入他的柜台里玩。那时候，我对他雕刻印章有极大的兴趣。我常常趴在柜台上，看他先把一截截的木头破开，劈成一小块一小块的，然后又把它们切断，成一寸多长的条形，最后在木砧板上把凿刀抵在肩上，一刀一刀地切成一个个刻章的木坯，码放起来，只要有人需要刻章，随便挑选一个，便可刻了。

那时小城刻章是很便宜的，一枚木质私章，扁平的（三字名），不过两毛钱，方形的四字（名后加个"印"字），才三毛钱。如果是公章，大多为圆形，也不过一元钱。那时印章是人的重要凭证，像现在的身份证一样，人们领工资签契约什么的，必须盖章才行，社会上时兴的是"敲钟吃饭，盖章拿钱"，而不像现在时兴签字。整个小城只有他一个人从事这种营生，每天都是很忙的，故而所挣的钱尚能养活他一家老小。

我对宁刻章的本事是极敬佩的。他不仅能把木头刻得四棱上线，光洁平滑，还能用雕刀刻出一个个字来。一般人连正面字都写不好，比如我那小舅，还是高中毕业，一手字写得就跟鸡刨似的，还没我这个上小学的写得好。宁刻章不仅正面字写得极好，更让人惊异的是，他能写得一手反字。他只需在坯子上用毛笔画上几笔，刻出来后的字，端端正正，漂亮极了。有时候，他给人亮一手，根本不用毛笔在章上写，直接用刀刻，只一会儿工夫，一枚章就刻成了，沾上印泥一盖，字体端正，仍是漂亮得很。我当时想不明白他为何有这般本事。在他的左手大拇指内侧，有极厚的一层茧巴，茧巴的中间，则是一个很深的口子。他的雕刀，全凭着大拇指掌握分寸，在口子里游动。那个口子，就是日积月累而形成的。有一次，他还破例让我摸了一下，硬硬的，像老树皮，粗糙硌手。我问为什么会这样？他从立在柜台上的玻璃小橱柜里拿了一枚玉章，放在桌上，指着它说道："锲而舍之，朽木不折；锲而不舍，金石可镂。"我一头雾水望着他，不知所云。

虽然可镂，但那时小城少有人用金石来刻章，太贵，一般人刻不起。不过，偶尔也会有有头有脸的人来刻上一枚。这时候的宁刻章便异常兴奋，从小柜子里拿出若干稀奇古怪的石头，向人家介绍：这是鸡血石，这是寿山石、这是蓝田玉……从质量到品相，从阴刻到阳刻，说得天花乱坠唾沫飞溅，待到好不容易说动人家选上一枚，他那布满沟壑的脸便灿烂地舒展开来。我知道，他终于揽上了一宗大生意，可以挣到相当可观的四五元钱。不过这种事，一年难得有两三次。

我看见宁刻章刻玉石章的时候是很慎重的。要拿着玉石反复端详、比画，待到差不多时，便用毛笔在章上画些曲里拐弯的笔画，和平时刻章时的字迥然不同。那些字，我不认识，便问他是什么字体。宁刻章便告诉我说，这是篆字，又叫小篆、秦篆，是中国古代秦朝时用的字。于是又卖弄似的告诉我一大通中国文字的演变过程，对于只有七八岁的我来说，当然如听天书。但当时他说的什么金文、大篆、小篆、汉隶、楷书、行书、草书等名词，却很快留在我幼时的脑海里。后来回想起来，这大概可以算作是我书法知识的启蒙。

小城的生活本来就如死水一般平淡，宁刻章当然就更加索然了，值得记录的东西不多。但有两件事予我印象极深。

一件事是小城银行在某一天发生了一件失窃案，一个单位的几十万的存款突然不翼而飞。几十万在当时相当于现今的几千万，数额巨大。消息传来，全城都震惊了。当时公安局就抓了十几个嫌疑犯，连行长都被关进了看守所。但审去审来，皆与案件无关，急得公安局局长上火，嘴巴周围长满了疱。公安局悬赏出来，说谁能提供线索定当重奖。几个月过去了，案子毫无进展不说，局长也被撤换了。正在人们议论不已，银行人员焦虑不堪时，有一天，几个公安人员突然敲锣打鼓来到宁刻章的铺子里，给他送来五百元钱，还有一面锦旗，上面有"心存警俊，破案建功"的字样。

小城顿时哗然，一时间竟不知宁刻章这是何为。有好事者东打听，西打探，原来公安局正在焦头烂额一筹莫展时，宁刻章走进了公安局的大门，他向干警们提供了一个重要线索，他依稀记得一年前，一个干部模样的人到他那儿来，请他刻了一枚公章，名称就是失窃单位。那人眼角斜吊，有疤，眉宇间有一颗不易看见的痣。公安局据此线索，顺藤摸瓜，很快就把一个盗窃巨款的团伙逮住了。公安局不失承诺，一下子颁给了宁刻章五百元奖金。

宁刻章一下子成了小城的新闻人物。

"天啦，五百元呀，我们两年的工资呀！宁刻章，你啷个用得完呀?!"邻居们极羡慕地说。

宁刻章笑笑，没有搭话。第二天，我看他把那面锦旗端端正正地挂在了墙上，样子是十分惬意的。

第二件事便是"文化大革命"开始时，小城在一夜之间突然冒出各种造反组织，一时间，乾坤颠倒，秩序混乱，人们惊慌不已，不知所措。

有一天，在县城板车队当临时工的郑大麻子来到宁刻章的铺子里，开口便要刻一枚章，而且一定要比县政府的大。宁刻章问他叫什么名称？

"××无产阶级造反独立兵团，"郑大麻子气冲斗牛地说出了一个名称，并告诉宁刻章，"老子就是兵团司令！"

宁刻章看了看这位经常见面的街坊，冷冷地说："我这里是特种行业，有规定管着的。如果是私章，没有问题，马上就刻。如果是公章，一定要有单位的介绍信，还得到公安局去备案才能刻。你这是组织的章，属于公章，得按规定办。"

郑大麻子黑着脸问道："这么说老子不拿这些手续来，你就不打算刻了？"

宁刻章很干脆地说："不刻！"

"那好，你等到起啊。"

郑大麻子在小城本是个无赖，穷困潦倒一辈子，好不容易撞着了这个扬眉吐气的机会，心想老子昨天才把县委书记揪出来痛打了一番，他哼都不敢哼一声，你一个刻章的还敢跟老子较劲。立即叫来几个小兄弟，就在店铺门口，把宁刻章一顿暴打。

宁刻章惨遭毒打，一气之下，竟然当着郑大麻子的面，用凿刀"咔嚓"一声，剁掉了自己的两根手指，说："老子今天给你刻了章，就是你娃生的。"这一下，耍横的碰到了不要命的。血淋淋的气势，吓得郑大麻子一伙目瞪口呆，落荒而逃。小城人顿时对宁刻章刮目相看。他的邻居书法家徐春联那天也看到了这情景，无不感慨地说："古有田横断头，今有老宁断指，颇有'贫贱不移，富贵不淫，威武不屈'的名士气节，人活到这份上，也算小城的一号人物了啊。"

宁刻章伤好后关了店铺，不再从事刻章营生，后经公安局介绍，到木器厂做了一名工人，一直到退休。

当年，小城的所有造反组织，俱有机构，有队伍，有旗帜，有办公大楼，甚至有机枪步枪，唯独没有印章。

蔺麻子的书摊

小城的木匠街口，有一租书摊。书摊不大，用两扇门板两条长凳搭就，上面摆着几百本连环画，什么《三国演义》《西游记》《说岳传》《野火春风斗古城》《小兵张嘎》，七股八杂，品种繁多。在那个年代里，这里便是我儿时的天堂。我只需花一分钱，便可租一本连环画看。于是我常常将父母给的一分两分凑起来，放学后便到书摊租书看。我的很多知识，是在这个书摊上学到的。

那时候读书全然没有现在这么多没完没了的家庭作业，下午放学后的时间完全属于我们自己。每天下午最后一节课铃声响起时，不待老师说完"下课"二字，我们便飞一般地冲出教室："走呵，到蔺麻子那儿看连环画哟！"又飞也似的冲出学校。一路跑，一路捏紧口袋，生怕那一分两分的硬币跑丢了。

"文革"前的几年，小城的物质生活还算富裕，钱也颇具价值。一分钱可以买两只卤鸭脚板，两分钱可买一笼卤鸭肝，五分钱则可买一只连了脖子的鸭脑壳。这些于我们并不重要，重要的是书摊上的那些诱惑力极大的连环画，它使我们心甘情愿把藏得像宝贝似的硬币扔给书摊。

书摊的主人（现在叫老板）是一个脸上长满细小麻子的中年人，姓蔺，我们叫他蔺麻子。因了这一脸麻子，便自然带了凶相，我们大都十分畏惧他，租书时不敢违了他定的规矩。比如一分钱租一本书，看完即还，既不能与其他租书的同学调换，也不许再在摊上拿第二本。两分钱则可看上下集，还可再搭上看一本薄的连环画。没钱的人不许在摊边逗留，等等。

时间一长，我们就发现这里面是有空子可钻的。因为下午放学时，租书的同学特别多，有时竟有二三十个，挤坐在书摊的两边街沿上。他一个人忙不过来，我们瞅准他在给别人拿书收钱时，迅速和旁边的同学换书。这样一来，一分钱便可看两本书，胆子大一点时便可看三本书。有时他离开摊子招呼其他看书的同学时，我们便飞快地把看完的书放回书摊，又在上面取一本书来。待他回头过来时，这一切都已迅速完成，没留下任何破绽。那时，我们颇为自己的行为扬扬得意。

后来，我们又发现一个可以无须花钱便可看书的机会，那就是蔺麻子吃饭时间。一般情况下，蔺麻子的饭是他的老婆送来的。但他喜欢喝酒，每逢酒瘾上来时，他便要回家吃饭，摊子便由他老婆来临时看一下。他老婆也是一脸的麻子，不同的是蔺麻子的麻子是黑的，他老婆的麻子是白的，因而看上去比他男人面善，对待我们小孩是极和善的，对我们相互交换看书，甚至直接在摊上换书的行为视而不见。这让我们大喜过望，久而久之，只要他老婆守摊子，我们完全可以不花钱看个够。

当我们把书摊上的几百本连环画看完后，便极盼望蔺麻子买进新书，每当添了一两本，先看见的就会奔走相告："给你说，蔺麻子昨天进了几本新书，好看得很哟！"于是，下午的书摊边就会多了一些同学。那时，大多数同学家里并不富裕，想看书的我们常常在摊边旋来旋去，可兜里却没有一分钱。旋久了，蔺麻子不耐烦了："滚、滚一边耍去，莫耽误老子做生意。"凶巴巴的，一颗颗麻子像要砸下来。吓得我们一溜烟地跑了。跑到巷子口，我们探出头，冲着蔺麻子齐声喊："花椒树做板凳——麻勾子。"蔺麻子大怒，做出要打人的样子，可待到他撵过来时，我们早就没影儿了。

面带凶相的蔺麻子在后来的一件事中，让我改变了对他的看法。

有一次学校组织大家看电影《红孩子》。那时大人看电影一张票是一毛二分钱，学生八分钱。我回家向父亲要，父亲说，八分钱要买一斤多米，是全家一顿的伙食费呀。我交不出钱来，只好不去看。那天，同学们都去了电影院，我则无事可做，跑到蔺麻子的书摊上转悠，想找机会看连环画。恰巧那天书摊旁一个看书的也没有。因为常去，蔺麻子对我已经很熟悉了，他也很健忘，不知道我们曾经骂过他。正当我怏怏不乐地准备离开时，蔺麻子叫住我："你为啥子没跟同学们去看电影？"

我半天才鼓起勇气告诉他，因为交不起八分钱，进不了电影院。

蔺麻子很惊讶地说："那咋办？电影看不看倒没什么，但是你们是要写作文的。你看都没看，咋写得出来？"

我很惊异："你怎么知道要写作文？"

蔺麻子很诡秘地笑笑："我当然知道，这是学校多年的规矩了。"

我一下子着急了，这是我最担心的事。写不出作文，老师是不会放过我的。

蔺麻子笑笑："莫着急，我给你帮帮忙看行不行。"说着从书摊下面抽出一本连环画，"这是我刚从书店进的，拿去看吧。"

我接过一看，原来是一本电影《红孩子》的连环画。那年头，电影拍出后，都要编成连环画出版发行的。

我大喜过望，翻了几下，马上又递给他："可是，我没钱呀。"

蔺麻子很爽快地说："拿去看，拿去看，不要你给钱，只要你能写出作文就行了。"

于是，我坐在他的书摊边，一连把这本书看了三遍，才恋恋不舍地离开了书摊。

后来，我在班上所写的作文——《我看电影连环画〈红孩子〉》，获得了班上最高分。老师让我当着全班的同学，朗读了这篇作文，还说了句我至今都没忘记的话："怪了，看了电影写的作文咋比不上看连环画的呢？"

当我把这事告诉蔺麻子时，他笑了笑："你娃娃还得行嘛。"

这时候，我觉得他并不像我们平时看见的那么凶了，倒显得特和善、特亲切，他脸上的每一颗麻子，都像是闪烁着的一颗颗珍珠。

邮差罗小哥

在我们学校隔壁，是县邮电局。那时的邮政和电信是一家，管着全县的电报、电话、报纸、杂志、信件什么的。罗邮差便是邮电局送信的邮递员。罗邮差叫什么名字，我们都不知道，只知道他姓罗，住在我们家斜对面。我们当面喊他罗小哥，背后则喊他罗邮差。

那时候罗邮差大概二十四五岁，高粱秆一样的身材，皮肤黝黑，脸很长，就跟他身长一样成比例的。罗邮差的工作是给全城送信送报纸。这在大人们眼里并不认为是一件了不得的工作，而是极辛苦的差事。小城人经常看见罗邮差跑得汗流浃背，累得鼻塌嘴歪的样子，都要为之叹息："邮差这事真不是人干的哟！"

然而，罗邮差在我们眼里，却是很不得了的人物。

首先是他有一辆自行车，小城当年叫"洋马儿"。那车是邮绿色的，烤漆光滑明亮，笼头镀铬，钢圈瓦亮，刺得我们眼睛生疼。那年头，小城很少有自行车，私人拥有一辆自行车的简直就是小城的贵族。我们班上郭川的爸爸是县武装部的政委，是随解放军进军西南时来到县城的老干部，组织上给他配了一辆半新不旧的自行车，郭川常偷偷弄出来骑，那个神气劲儿，让全校同学嫉妒得要死，能摸上一摸的，必须是郭川的铁哥们，能骑上一圈的，那简直就是能过命的兄弟了。罗邮差的自行车比郭川他爸的好几倍。因此，罗邮差在我们眼里，简直比郭政委还要高大。

再就是罗邮差的车技了得。常常把自行车蹬得风车斗转，飞驰在小城的大街小巷。小城有很多四合院，他不仅可以把车直接骑到大院，还能接连穿过几个一人多宽的巷子，直接把信送到最后一座院子。最让我们佩服的是他能左右上下车，那个麻利和潇洒，看得我们目瞪口呆。那时，小城有赶场的风俗。遇到赶场天，小城大街小巷都要被进城来的农民塞得满满当当的。这时候的罗邮差便拿出看家本事，把铃铛摇得山响，像一条滑溜溜的鱼，在人群中穿来穿去，如入无人之境。有一次县城的小河涨大水，把一座石桥冲垮了。罗邮差要送信到河对岸公安局看守所，骑拢一看，桥垮了三米多长的口子，下面是滔滔洪水。旁人都说莫法过。罗邮差笑笑，说了声："看我的。"只见他倒回去一段路，然后飞蹬脚踏，疾驰而来，到了断口，只见他把车笼头一提，连人带车竟然飞过了桥，稳稳地落在了桥对面，脚下又一用力，又疾驰而去。看得旁边的人目瞪口呆，愕然不已。

这事后来被传到学校里，很多同学都不相信。为了验证罗邮差不得了的车技，我们搞了个恶作剧。那天我们上学，正好赶上罗邮差从邮电局出来送信。老远看见他飞驰而来，我们十几个同学排成排，把小街塞得满满的，有意不让他通过。却不料罗邮差冲到我们面前时，自行车戛然而止，稳稳地停在地上，我们也立住，不走了，看他怎么办。一秒、两秒……九秒、十秒……见我们丝毫不让，罗邮差笑着说，鬼崽崽娃儿，还想来难我嗦，一边说一边突然将笼头一转，双脚一蹬，自行车竟跳上了一尺高的街沿，然后擦着墙壁，越过我们飞驰而去。这一举动，让我们大吃一惊，服气得不得了。

有一次罗邮差到学校送信，我们便拦住他："罗小哥，亮亮你的车技，让我们开开眼嘛，求求你了。"和罗邮差同住一个院子的莽墩仗着这层关系，便威胁他说："你今天如果不来点绝的，当心我们放你车胎的气。"罗邮差被我们这些半截子大人缠得莫法，便骑着车在操场很麻利地转了几圈便想溜之大吉。没想到我们堵住了出口，说："不行，不行，太一般了，没劲儿。"罗邮差莫奈何，只好又骑回去。只见他飞也似的骑到乒乓台前，大吼一声，双手将车笼头一提，那车不知怎么就飞上了台，而且是用后车轮稳稳当当立在台上，前车轮悬在空中，还没等我们反应过来，只见那车突然快速旋转起来，十几圈后，又飞一样地腾空落在地上，丢下目瞪口呆的我们，疾驰而去。

这件事，在我们学校一直传颂了很久很久，觉得他就是我们心中的"英雄"。

罗邮差没有抽烟喝酒打牌的嗜好，几乎是一个没有缺点的完人。他喜欢集邮，也是小城最先集邮者。但工资有限的他却买不起8分钱一枚的邮票，于是他便在送信上打主意。但他不会违反规定，擅自取下别人信上的邮票，而是把信送到后，很委婉地请求收信人同意他把邮票取下来。那年头，小城人尚无集邮的意识，而且对罗邮差的行为颇不以为然，指甲大的纸片，而且是用过盖了邮戳的，有什么价值？于是便慷慨地说，拿去就是了，客气啥哟。送信久了，小城人都很熟悉他，知道他喜欢集邮，收到信后，主动问："小罗，要不要邮票？"这时罗邮差便喜颠颠地掏出一把小剪刀，仔细地把邮票剪下来，十分珍惜地夹进小本本，送上一连串的"谢谢"，又飞驰而去。

有一次我们下午放学时，正碰见他送完信回局里，便缠住他，希望他把自行车让我们骑一下。罗邮差说，你们还没车高，骑一下没关系，但摔坏了没法跟你爸妈交代。可他又不忍破灭我们的希望，于是让我们爬上车，他推着我们，把我们一个个送回家。路上，我们问他这些年一共送了多少信。他说大约有十多万封了吧。我们好奇地问他有没有给自己送信的事。他说，我一个小邮差，有哪个给我写信哟，这一辈子也没收到过属于自己的一封信。我们听了很为他抱不平，觉得有点像我们课本里说的"卖盐的喝淡汤，编凉席的睡光床"，太不公平了。大家觉得要想一个办法让罗邮差给自己送一封信，不然就太亏了这位我们心目中的"英雄"。于是我们模仿二牛的姐姐的口气写了一封信，大意是夸他人品好，工作好，车技好，是个难得的好人。我们并没有别的意思，只是想找一个替身来写这么一封信，了却一个邮递员的心愿。

二牛的姐姐是县川剧团的当家闺门旦，不仅戏演得很好，常常把我妈看得如痴如醉，而且人长得特漂亮，只要是她走在街上，我们这些半大小子，便会飞也似的奔走相告："杨小梅来了!"于是一街人都会停下手上的活计，饱饱地看上几眼，仿佛是在打牙祭似的。我们之所以以她的名义写信，是以为这么漂亮的一个女人，断不会看上一个小小的邮差，绝对不会有故事发生的。却不料后来二牛的姐姐竟和罗邮差结婚了，而且两人相亲相爱，幸福得不得了，这让我们大惑不解。

多少年以后，二牛才在一次同学会上告诉我，说当时他姐姐正遭到县革委副主任的纠缠。这个人是有家室的，"文革"中当了造反派头头，"三结合"时进了县革委后，仗着权势欺男霸女，尤其对二牛姐姐垂涎欲滴，总想占为己有。可他姐姐也是个硬骨头，宁可玉碎，不为瓦全，誓死不从。那人见搞不到手，便想方设法往死里整他姐姐。他姐姐莫奈何，只想赶快嫁人，远离祸端。没想到那封信倒真成全了他俩。

我忽然一下想起来了，当初我们商量用谁的名字写信时，倒真是二牛提议用他姐的名字的。没想到这家伙当时就有这个心思了。二牛坦白地说："我寻思我姐嫁给他了，我就能骑一骑那辆自行车了。"

三十几年后，我回小城时还看到了已退了休的罗邮差，正和当年红极一时的闰门旦安度晚年。此时，他已担任了县集邮协会的会长，听说有一次在市里举办了他的个人邮展。他收藏的那些珍贵的邮票，震惊并倾倒了所有参观者。其中有一枚全世界只有几枚的邮票——"全国山河一片红"，极其珍贵，有人出资 30 万求购，他都没有出手。

徐春联的书法艺术

在我家右侧隔壁，住着一位老人，年近花甲，长衫，瓜皮帽，一部银髯挂在胸前，一根三尺长的烟杆，坐下时用来抽烟，行走时便为拄杖。此公颇有点仙风道骨的味道。姓徐，名子鹤。排行老大，但小城人不叫他的大号，我们小孩也不叫他徐大爷，一律叫他徐春联。这不是我们不尊重老人，而是因为他是地主，属于当时无产阶级专政的对象——"五类分子"。

听我父亲说，徐春联年轻时便离开了小城，谁也不知道他在外面干什么，抗战胜利后，他的父母突然重病，双双辞世，他回到小城奔丧，安葬了双亲后，见国民党与共产党已在北方打得一塌糊涂，便没有再走，守着祖上留下的老宅，又在乡下置了百十亩田地，靠佃田收租过日子。本来是锦衣玉食的生活，后来境况一落千丈，土地被没收不说，自己还被划为地主成分，被打入"五类分子"之另册。

徐春联虽属地、富、反、坏、右之首，却并未受到严厉的无产阶级专政，这大都得益于他写得一手好字。那时的小城，知识分子不多，读过私塾，念过《论语》《大学》《中庸》，古文根底深厚的人更是凤毛麟角。徐春联不仅饱读诗书，能出口成章，吟诗作赋，且一手毛笔字写得极漂亮。据懂书法的人说他的字有欧体的骨力，柳体的筋脉，颜体的神韵。一般的书法家，只擅长一两种字体。徐春联却金、篆、碑、隶、楷、行、草，样样俱会。写得行云流水，酣畅流利。小城是"进士之乡"，历史上曾有数十名读书人中了进士，自古就有耕读传家、尊师重教的风尚，大凡是有点墨水的人，都会受到尊敬。因此，人们并不因为徐春联是地主成分而鄙弃他，反倒对他客客气气，尊重有加。但是很可惜，小城里能知道他的字的价值的人几乎没有，当时，他的字还处于养在深闺人未识的地步。

真正认识他的字的价值的，是当年小城的第一位县委书记。

那时小城刚解放不久，解放军在剿灭山区"扇子匪"的战斗中，俘获了土匪头目姚老大。此人纠集一伙散兵游勇，地痞流氓，盘踞凉风山山寨十几年，杀人越货，作恶多端，欠下了累累血债。县政府决定在全城召开公审大会。领导指示公审大会声势要浩大，对犯罪分子起到震慑作用。那天全城几乎是万人空巷地聚集在惠民宫外的大操场上，参加公审大会。

说也蹊跷，那天县委书记一进会场，不是被五花大绑的姚老大和十几个匪徒所吸引，而是对挂在广场上"公审扇子匪首姚老大大会"的横幅所吸引，连连说："好字，好字啊！"尔后向县委宣传部部长打听是谁写的这字。部长也不知道，连忙叫来宣传干事一问，才知道这是一个外号叫徐春联的地主写的。这位姓田的干事以为做错了事，一个劲地检讨，说阶级觉悟不高，不该让一个地主来做这事。谁知县委书记笑笑说："想不到我们县城还有如此功力深厚的书法家啊！"

"为啥叫徐春联，没有名字吗？"县委书记饶有兴趣地又问。

田干事是本地人，东鳞西爪地晓得一点情况，便回答道："这个人年轻时在外读书做事，直到抗战胜利后才回来。小城人不知道他在外面干什么，只听说他先前做过省参议员，后来又在京城的画院做过事。回到小城后，两耳不闻窗外事，一心只是写他的字。平时很少和人来往。只是每年春节，他都要在家门口为全城人写上十来天的春联。有钱的给点纸钱，没钱的就白送。时间长了，全城人都叫他徐春联。真名我还不知道呢。"

"这个人今天也来了吗？"书记问。

田干事忙说："来了来了，就挨着土匪旁站着的。写字归写字，地主还是地主。让他们陪陪杀场，也知道人民政府的厉害。"

县委书记顺着干事手指的方向看去，果然见五花大绑的土匪旁边，站着一顺溜低头勾腰的地主、富农一类的"陪审员"。

"那个长着长胡子的老头就是他。"田干事说。

县委书记眉头皱了一下，"哦"了一声，没再问下去。

没过多久，这位县委书记居然登门造访了徐春联，两人谈诗论画，切磋书法，相谈甚欢。第二天县委书记便让县政府安排徐春联进了美术社做正式职工。按当时的政策，徐春联是必须接受管制的地主，绝对是与参加革命工作无缘的。既然县委书记要这样做，总是有缘由的。这件事让全城人惊异不已，从此也对徐春联刮目相看了。

后来，人们才断断续续了解到，这位县委书记参加革命前曾在燕京大学历史系读书，据说也是地主家庭出身。其父写得一手好字。书记从小耳濡目染，深谙书法奥秘，造访了徐春联后，曾对宣传部部长说："此人的存在，是小城之幸啊。"部长是个大老粗，不以为然地说："不就是写得来几个字嘛，看不出有啥不得了啊？"县委书记说："字谁不会写，但要达到一定的水平，就要看功力了。同样是字，有的人的字狗屁不如，王羲之的字，却价值连城啊！"部长眼睛瞪得像牛卵："是不是哟。这个王羲之在哪里做事，让田干事去把他找来，让他给我们也写几个字？"县委书记一听，知道此人是个二百五，白了他一眼，走了。

徐春联成了国营单位的正式职工，却并没有认真去上班，整天还是待在家里写呀画呀。不同的是，每个月美术社都会给他送来几十块钱的工资。这让邻居们非常羡慕。其实，邻居们知道，徐春联并不缺少这几个钱，他的一儿一女，皆在北京工作，常有款项寄回，日子过得并不窘迫。

徐春联写字时，不喜欢别人在旁边看，关起门来，一个人在家里写。但对我是例外。

我那时读小学三年级，常常放了学后跑到他的屋子里去玩，这时候，他便叫我到门外的消防池中去打一小壶水，拿回来后，倒进砚台，把一锭黄瓜粗的墨在里面使劲磨，磨得差不多了，便要焚一炷香，插进香炉，在袅袅香烟中，铺开宣纸，开始笔走龙蛇，几个小时下来，大汗淋漓，最后瘫倒在椅子上。他一边写，一边教育我说，练字要有恒心，古时颜真卿写干了一池子水，才练出了古今闻名的颜体。我告诉他，门外消防池的水，这一年多，也被我舀得差不多快干了时，他笑了笑说："那大半不是用在墨水上，是天气热蒸发了的缘故。"我说："那别的消防池为什么还是满满一缸呢？"他摸摸我的头说："也许是居委会的义务消防员添水时忘了这个池子的缘故吧。"

每次他练完字后，总是到后院的空地上，把那些写了字的纸一火而焚之。当时我并不知道这些字是很有价值的。看着熊熊燃烧的大火，倒觉得很好玩。

小城人能欣赏并获得徐春联的字一年之中只有春节。

春节家家户户都要张贴春联以示喜庆，同时也把美好的愿望融进春联中。那时小城不像现在，有印制精美匠气十足的春联卖，需要春联只有请人写。每年距春节尚有十几天，徐春联就在街门口摆上桌椅，焚了香，磨了墨，摆好笔，等人来写春联。性急的人便早早买了红纸，拿到这里："徐春联，劳驾，劳驾，来一副喜庆的。"徐春联接过纸，大笔一挥：

爆竹一声旧岁去　桃符万家新春来

春联是需要横批的，徐春联当然不会忘记，裁一片短纸，笔走龙蛇：春风绣宇。然后说声："见笑见笑。"让人拿走。这件事，徐春联一直要做到大年三十晚上才结束。一年之中，也只有这时候徐春联才是最忙的。

当时我最喜欢的是给徐春联抻纸，他一边写，我就一边拉纸，写完了，就帮他放在地上晾干。只要一有空，我便溜到那里，做这件自己认为有趣的事。后来我对书法有些悟性，大概就是从这时启蒙的。

在我眼里，徐春联最神奇的是能写金字。

写金字要先把骨胶用火熬化成为水状，然后用笔蘸着胶水在纸上写字，一边写一边把细细的铜粉洒在字上，胶是有黏性的，很快就吸住了铜粉。写完后，把多余的铜粉抖掉，那字便成了熠熠闪光的金字了。当时这是颇为金贵的春联，只有富裕的人家和机关单位才写得起。

大年初一这天，县委书记上街走了一圈，见家家都贴了徐春联写的春联，很高兴，说这些春联，显示了小城深厚的文化底蕴，不得了呵！但小城里总有些人不以为然，不过就是几个字嘛，又不能当饭吃，有啥不得了的。

真正让小城人认识徐春联书法艺术价值的是后来的一件事。

那年，县文化馆要组织一批书画作品去市里参展，既然县委书记都说好，文化馆长便动员徐春联拿几幅书法作品去参展。起初，徐春联不为所动，迟迟未理县文化馆这个茬，还说，就市里那几个写字的，也能办展览，可笑。展览时间逼近，馆长急得不得了，把情况汇报到县里，县委书记听说后便到徐春联家去走了一趟。徐春联第二天便送去了一幅中堂行书。

在市里参展时，据说有一位北京来的人欲买徐春联的这幅中堂行书，问开价多少。市里人皆不知行情，电话打到县文化馆，馆长飞也似的跑去问徐春联。徐春联对馆长伸出三根手指头。

馆长问：“30元？”

徐春联摇摇头。

馆长瞪大了眼睛：“300元！？”

徐春联还是摇摇头。

馆长这回不是惊异了，而是换了嘲讽的口气：“3000？”

徐春联点点头：“少一分不卖。”说完便不再理馆长了，转身进了屋。馆长嘟嚷着说，这徐春联恐怕脑壳在发烧，不知道3000元是个什么数。

据说后来馆长还是把电话打到市里，说了价钱。那个京城来的人二话没说，拿出3000元，买走了这幅作品。消息传来，小城人大惊。要知道，当时的3000元钱，在小城人眼里，是个天文数字，相当于一个在职职工十年的工资呀。

然而，“文革”开始后，徐春联却难逃厄运，被美术社以国民党残渣余孽的罪名开除。还是因为他的字写得好，造反派常常要找他写写标语口号什么的，虽受到批斗，但也未受到皮肉之苦。当年那位颇看重徐春联的县委书记早已升任地委书记，“文革"中则被打成了死不悔改的走资派，饱受批斗之苦。小城是书记曾经工作过的地方，造反派认为有必要肃清流毒。这一天，地委书记被造反派押回小城接受批判。为了开好这个万人批斗大会，造反派们煞费苦心地准备了一番，点名要徐春联写一幅巨大的会标。

任务下达到徐春联这里，他于是铺纸磨墨，拿出斗笔饱蘸浓墨，然后给来人说，你说我写啊。来人便说一个字他写一个字，刚刚写到"万人批斗死不悔改的走资派某某某……"时，突然脸色大变，颓然倒地人事不省，一大盘墨汁被撞翻，泼到刚写好的字上。

由于会标未写成，那天的批斗大会也未如期召开。

第二天，当年的县委书记便被解放军强行接走了。

半月之后，小城的书法家徐春联郁郁而死。听前去送葬的人说，在他的家里，没有留下半个字的墨迹，只有一大堆灰烬。

小城人闻之感叹道：徐春联这是士为知己者死，古有俞伯牙摔琴祭知音，今有徐春联以死筹知己呀！

难得，难得啊！

李跑片的放映人生

20世纪60年代初，小城有两个放电影的地方。

一个是在县城西边的禹王宫，一个是在城东的关帝庙。前者是利用禹王宫的正殿改造的，安了木条座椅，凡是有门有窗的地方都挂了厚厚的布帘子。这里不怕刮风下雨，白天晚上都可以放电影，票价每张一毛二分，相当于当时一斤半大米的价钱。

另一个则是关帝庙的露天电影院。本来关帝庙的规模不算小，有前殿后殿，左右厢房。然而在大炼钢铁的年代，那些雕梁画栋的房子都被拆了，上好的木头被投进了炼钢的火炉，连威风凛凛的关老爷也未能幸免于难，变成了一堆泥土，被送进农村做了肥料。关帝庙只剩下四周院墙和一个山门。当年小城没有现在这样丰富多样的文化娱乐项目，看电影是全县人民最大的精神享受。但一毛二的票价足以让全县城一大半人望而却步，只有机关单位和比较殷实的人家才可能到禹王宫看电影。为了让更多的人看上电影，县上文化部门又在关帝庙开辟了露天电影，仍然要买票观看，每票五分钱，相比之下算便宜的了，小城中产阶级以下的人，大都可以看到电影了。

那时，看电影是我最盛大的节日，渴望看电影并不亚于渴望过年。然而我家并不富裕，即便是五分钱的票价，父母亲也很难满足我的愿望。

当时我虽年少，智商却并不低。我能找到看电影的许多办法。先是到大门口去混，趁着人拥挤，钻在大人的胳肢窝下混进去。这种方法有时能奏效，有时便有被守门员发现而被拧着耳朵揪出来的危险，很丢人的。后来便去翻墙，待电影开始放时，和小朋友们你拉我扛，翻墙进去。但这是极危险的，被逮住事小，顶多挨一顿臭骂（那时不兴罚款，即使罚款也大子儿没一个，电影院的人只好看着我们干瞪眼）、写一篇检讨而已。摔伤了可就事大了。有一次翻墙我被崴了脚，肿了半个月，还撒谎说是在学校上体育课时不小心所致，好歹蒙骗了父亲才得以躲过皮肉之苦。

我当时极想找到一个既不丢人，也不危险的办法。

后来这办法还真让我找到了。

关帝庙虽然价格便宜，但需自己带凳子。为了占好位子，人们便争先恐后地率先占位子，最有效的方法是将凳子事先摆进

155

去。那时小城民风淳厚古朴，只要是你先占的位子，后来者不会把你的凳子挪开，而是依次排下去，绝不会乱的。我当时的办法就是帮左邻右舍占位子。帮人家占一个位子，会有一分半分钱的酬劳。于是乎，我便尽最大的可能，提前帮别人把凳子放进关帝庙。露天电影是天黑了才能放，我往往是中午上学前便飞也似的跑去摆好凳子，又飞也似的跑去上学。下午放学回家便告知别人凳子已摆放好，在什么位置。这时候，往往便能收获到几个宝贵的硬币，整个傍晚我便处于高度亢奋之中，能堂而皇之买票进场，这是多么值得骄傲和幸福的事呵！

黄昏的小城是美丽而和谐的。

人们吃罢晚饭，三三两两步出家门，散步的慢慢悠悠，看电影的便呼朋唤友，慌七忙八地分头向东西两个方向走去。那时放电影，白天是不卖票的，只在开映前一个小时才开始卖票，人们拥挤在售票处，你帮我买，我帮他买，一眨眼工夫便卖完了，与现在的电影院惨淡经营的售票完全是两个世界。

因为小城有两个电影院，而地区电影公司送来的电影拷贝又只有一个，放电影时便需跑片。一个电影拷贝根据长短分成10本左右，1本又叫一卷，放完一本取下来，又放另一本，这叫换片。在西边电影院第一本放完时，便迅速送到东边的露天电影院放，两个影院之间放映时间相差10分钟左右。连接两个影院之间的这个工作便叫跑片。这虽是一个极其简单的劳动，但却是非常重要的环节，也是需要极大的责任心的。这个工作是由电影院一个叫李二黑的小伙子来承担的。

李二黑十六七岁，人长得不是很高，腿脚倒很长，跑得特快。那时小城少有自行车，传片只能靠人来跑。也可能是这个特点，电影院的领导认为他很适合做这项工作。那时候放电影远不像现在这样，有正规的放映机房和高级的放映机，一般都是在观众席里架一台 16mm 的机子，一本放完了，得停下来换片，中间有几分钟的空闲。如果遇到西边发电机出问题了，或是放映机卡片了，这时候，露天电影院就热闹了，人们在等待中便很有些焦急，个个都在问，跑片的来了没有。问呀，等呀，等呀，问呀，待到李二黑满头大汗地捧着拷贝进来时，全场便响起一阵欢呼，"来了来了，跑片的来了。"人们自动地让出一条路，像夹道欢迎凯旋的大将军一样，让他把片子送到放映机前。银幕上立马就有了观众盼望的画面。

久而久之，人们便将李二黑喊成了"李跑片。"

李跑片是小城电影的活广告。只要小城要放电影，李跑片是最先准确知道的。

当年，地区电影公司发行过来的影片并没有专人专车送达，为了节约成本，就委托每天一班从地区开往小城的班车代送，车到站后，必须由李二黑去车站取回，县电影院才能安排售票和放映。那时候无论李跑片也罢，电影院也罢，虽然没有商业机密的概念，但却无一例外地封锁消息。越是人们想知道，就越不让知道，这样的信息才有价值，掌握这种信息的人才最牛气。于是乎，越是封锁消息越是有人打听，变着法，想着方地欲最先得到消息，好捷足先登买到票。以至于当时电影放映是最体面的工作，比县委书记还要受到人们的尊敬，办事比县长还要"关火"（意为厉害）。

每当把片子取回来后，李跑片总是要背着经理到街上走一趟。认识他的人都要尊敬且卑下地问："呃呃，李跑片，今晚有电影吗？叫啥名字？"李跑片很神气地摆摆手："不晓得，不晓得。"两眼朝天地继续往前走，走着走着，便选择一个比较要好的朋友，把人家拉到一边，神神秘秘地耳语几句又向前走。一二十分钟后，全城人都知道了今晚要放啥电影了，而且说"李跑片说的，哄你是个龟儿子。快点占位置去哟"。气得被买票人缠得莫奈何的经理大骂李跑片是内奸，威胁总有一天要把他开销了。李跑片根本不怕，我行我素，照例在街上享受小城人对他的尊敬。经理是他堂姐夫，他才不怕呢。

电影放得多了，渐渐觉得我的办法有些问题了。主要是帮人家占座位，越来越早了，很多时候需一大早去才能占到好位置，有时还要和人家争抢地盘。有几次，因为这事而迟到，被老师罚站，还被告诉家长。我父亲知道后虽未揍我，但也坚决不准我再去干这事。但他又不给我钱，没钱就看不上电影，看不上电影对我来说委实是件很难受的事情。

我必须另想办法。在仔细观察了一段时间后，我盯上了李跑片。

但是，要想让他把我带进电影院，基本上是做梦，不说李跑片没这个胆量，就是有，那守门的姚大个子和伍大疤子就像是俩门神，没票，天王老子也进不去。但是李二黑是跑片的，他最有效的武器是手里抱着的拷贝，没有拷贝，全场人只好鼓起眼睛看着一张雪白的银幕骂娘。姚大个子和李大疤子再横，也不敢拿跑片的怎么样。于是，我便想方设法和李跑片套近乎。二黑哥长、二黑哥短地叫得他满脸灿烂，一时间还真把我当小兄弟看了。然而，当我啰啰唆唆结结巴巴地表述出要他带我进电影院看电影的意思时，他却一口回绝了："你娃莫想。单位有规定，带一个人进去，扣一天的工资。莫看经理是我姐夫，整起人来屁眼儿黑得很哟。"

我一下子心凉了半截，没了主意。

然而，电影的诱惑力毕竟是巨大的。我必须锲而不舍地为目的努力。

又经过一段时间的仔细观察，我发现了李跑片的一个秘密。

这就是他极喜欢看小人书。

别看他已参加工作，毕竟才十六七岁，基本上还是娃娃，我们小孩子的爱好在他身上大都有充分表现。我决定用连环画来拉他下水。第一次诱惑就多有收获。一本我收藏的《大闹天宫》让他喜出望外，竟坐在街沿边一口气看完，临走时，意犹未尽地拍拍我的屁股说："小子，有小人书多给哥子找来看啊！"当我第三次给他送去连环画时，他竟破天荒地答应晚上想办法带我混进电影院去看电影。目的达到了，且并不费太大的工夫，我那时心里高兴得一整天都不知道老师在课堂上讲了些什么。

别看李跑片年纪不大，心眼可不少。西边电影院开始放映时，我在影院门口已经等得心如猫抓，但始终不见李跑片出来。我正在琢磨他小子是不是捉弄我时，十多分钟后，他抱着一本拷贝出来了，让我跟他走，快到东边露天电影场时，他把拷贝递给我说："走拢你就喊，送片子的来了，送片子的来了。守门的就会让你进去。"我说："行不行呵？伍大疤子凶得很哟。"他连连说："莫得问题，莫得问题。记到，明天再给哥子找两本小人书哟。"我抱着拷贝战战兢兢向门口走去，没想到还没等我喊出口，伍大疤子一见到拷贝，根本没看抱拷贝的人是谁，立即招呼姚大个子把围在门口的人赶开，给我让出一条路来，于是我来不及多想，抱着拷贝就跑进了门，高兴得差点打个筋斗。

那天晚上，我竟然坐在放映机旁边，舒舒服服地看了一场名字叫《青年鲁班》的电影。从此以后，看电影于我来说，就不是一件什么难事了。很长一段时间，我把同学们收藏的小人书几乎借完借尽了。然而不用担心，我与李跑片的关系，到后来根本就无须小人书来维系了。

天下没有不散的筵席，好日子终是有尽头的。

当我小学快要毕业时，轰轰烈烈的"文化大革命"开始了，最使我痛心的不是那些在"破四旧、立四新"运动中被砸烂的文物古董，被打倒的"走资派"，而是几乎所有的影片都成为封、资、修的大毒草，受到批判，被封存起来。小城几年之中，除了《地道战》《地雷战》外，几乎没有放过任何故事片。李跑片也失业为一个无所事事的人，全然没了以往的神气。后来听说他拉起了一支造反队伍，接管了县电影院，常常半夜三更邀约几个兄弟伙，躲在小放映室里放电影。有一次还悄悄地邀请我去看过一部名叫《早春二月》的电影。后来，不知被什么人告密了，被另一伙造反派抓住，剃了阴阳头，挂着黑牌游街，说他是文艺黑线的保皇狗。那天，我远远地看见被折磨得人不人鬼不鬼的李跑片，心里说不出个滋味。

后来，听人说他在武斗中被另一派打死了，也有人说他被送进了精神病院。总之，很多年我都未见过李跑片。

二十年后的一天，我在一个极其偏远的乡镇检查农村文化工作，乡长说要给我介绍一位优秀的农村电影放映员，说他二十余年扎根山区，为农民放了近万场电影，从来没发生过事故。当我走进乡电影院时，我意外地发现这位放映员就是当年的李跑片。我激动地握着他的手说，还认识我吗？还记得当年那个送你小人书看，缠着要看电影的小学生吗？谁知李跑片茫然地看着我，嘴里喃喃地说："领、领导，我不该半夜里放电影，是我的错，我有罪。"乡长见我大惑不解，说，这确实就是县电影院的那个李跑片，当年他被造反派打坏了脑子，进了精神病院，出来后被送回这里的老家。奇怪的是，他对过去的一切都不记得了，人也变得傻里傻样，但一看见放映机，就变成了正常人，技术好得不得了，放电影从来不出错，这些年，方圆几十里的农村电影全靠他撑起。

我努力地想让李跑片恢复对过去的回忆，但是很可惜，木讷的李跑片始终只有两句话："我不该半夜放电影，是我的错，我有罪。"我默然无语，知道自己回天乏术，无法唤起李跑片对过去的回忆。我想，就这样也许好些，倘若他的记忆被唤起，说不定他的精神又要崩溃乃至于疯狂。

当晚，我留在乡上，看了一场由李跑片放的电影。

乡长说的是真的，只有在放映时，李跑片才真正是一个正常人。而他的放映技术确实无懈可击，就是我所见过的最优秀的放映技师都无法与之相比。

豆腐技师余啰啰

在小城的北边，有一条名叫北门河的小河蜿蜒地由西向东流过，两岸柳树繁荫，水草丰茂，鱼们在清亮的河水中游弋，白鹭在水边觅食。这里是我儿时的天堂：春秋的垂钓处，夏天的游泳场。

在小河的对岸，有一巨大的水轮日夜不停地转动，水轮旁是几间小青瓦房，这里是小城最有魅力的豆腐坊。

20世纪60年代中后期是一个政治生活特别丰富，物质生活异常匮乏的年代。"打牙祭"是极其奢侈的事情，猪肉需凭票供应，每月每人只有半斤，只有过春节时才增加到一斤。那时有钱都买不到东西，票比钱贵，找一张肉票比登天还难。在吃猪肉比吃天鹅肉还要难的情况下，豆腐便成了仅次于肉的奢侈品。人们的目光自然而然地齐刷刷盯住了豆腐坊。

豆腐坊每天生产豆腐，供应小城的人们。

在我的记忆中，"文革"前的两三年，买豆腐是不凭票的。我父亲的一个名叫余中富的朋友，就在这个豆腐坊工作，父亲每次到豆腐坊去，都能买回白嫩嫩的豆腐，让我们兄弟姊妹大快朵颐一顿。这种好事到"文革"开始时便结束了。豆腐按副食品供给，每人每月半斤，而且须一大早便去排队，才有可能在中午时分买到属于自己的那一份。这时候我已十多岁了，父亲便把每月买豆腐的事交给我，"去找余伯伯。"父亲说。

于是我便把筲箕顶在头上，一溜烟地跑到豆腐坊，找到正在忙得不亦乐乎的余中富："余伯伯，我爸说买这个月的豆腐！"余伯伯一努嘴："放到那里，放学后来拿。"他哪里知道，"文革"一开始所有学校都停课闹革命了，他以为我们还在上课呢。

余伯伯不仅认识我，还救过我的命。有一次我和哥哥去河里游泳，一不小心，被湍急的水流冲进磨坊的水槽口卡住了，吓得我哥哥大叫"救命"，正巧他到河边来打水，跑过来将我从水槽口拉出来，不然我就会被卷进巨大的水轮，弄不好便是粉身碎骨了。当我父亲闻讯赶到河边时，他才知道我是父亲的儿子。接着便把父亲一顿数落，说我父亲是儿女多了不心疼。还说，要不完可以送一个给我啊。我父亲笑笑说，你以为你会做豆腐就养得活啊？我那时还怪我爸爸傻到极点，送一个就送一个嘛，这样我们不是有吃不完的豆腐吗？

余中富小时候生过一次喉炎，据说药用过量了，医好后说话就不利索了，话在嘴里要打好几个转转才能吐出来，这样出来的话既结巴又混沌，于是他就有了一个外号——余啰啰。别看他说话不利索，也未担任经理主任一类的职务，他却是豆腐坊技师一类的人物，十几号职工都得听他的指挥。只要他一进豆腐坊，到处都在喊"余啰啰"，这里是不是该起浆了？那里是不是该下石膏水了？卤水下多少才合适？忙得他风车斗转，晕头转向。

我常常饶有兴趣地待在豆腐坊里看他们做豆腐。

其实，就审美来说，豆腐坊绝对不给人以美感，到处都是流汤滴水的，空气中弥漫着浓郁的豆腥味，待久了会让人感到窒息。然而从生产流程和结果来看，它却具有很大的精神愉悦性。那个时候，文化生活极度贫乏，打铁、补锅、骟鸡一类的事，都是我们很丰富的"娱乐节目"。

把黄豆变成豆腐是一个很复杂的过程。它需要用水磨把豆子磨成浆，摇动吊布，把豆渣和豆浆分离，然后用大锅将豆浆熬开，盛在大缸里，点上石膏水，让它变成豆花，又把豆花舀进铺满纱布的木格里，等到水流得差不多了，把留出的纱布包过来，盖上木盖，在上面压上大石头，一会儿掀开石头，揭掉纱布，白生生的豆腐就做成了。我常常看得眼花缭乱，对这个复杂的过程既感到神奇，又颇为不解，觉得把黄豆变成豆腐真是一项伟大的工程，不知道为什么余啰啰们能把这个伟大的复杂工程做得随心所欲，得心应手。

更让我眼界大开的是，余啰啰能做卤豆腐干和油豆腐。这手艺只有他一个人会，其他人都不行。因为这是比做豆腐更为复杂更为高深的技术。每当他卤豆干时，整个豆腐坊都飘荡着一种令人垂涎欲滴的卤香，一直飘到小河的对岸，在小城上空久久回旋。油豆腐是小城一绝，别的地方是没有的。而小城能炸油豆腐的只有余啰啰。他炸的油豆腐个大空心，黄澄澄、油亮亮、香喷喷的。这种油豆腐用来灌肉最好吃，那味道真是美不胜收，至今都是我最喜欢吃的东西。不过，油豆腐并不是一年四季都做的，只有过年才做，量极少，极金贵，能买到余啰啰做的油豆腐，那是要相当本事的人才能办到的。尽管我的父亲和余啰啰是朋友，他还救过我的命，但也很难买到。余啰啰的油豆腐炸得很好，但他是没有处置权的，这得要商业局局长批条子，豆腐坊才敢卖。

有一次我又奉父命去买豆腐，正好看见他在炸油豆腐。一口锅里，油汪汪的，豆腐在油里"咕嘟咕嘟"冒着泡儿，白生生的一坨坨豆腐，一会儿就变得黄澄澄泡酥酥的了，锅中雾气升腾，满屋飘香。他见我在一旁看得直吞口水，趁人不备悄悄地包了几个油豆腐，递给我："莫，莫开腔，出去，吃，吃。"我如获至宝，一个人躲在小河边，狼吞虎咽地吃了下去，几十年过去了，至今那香味还在我口里回旋。

随着"文革"越来越深入，物质也越来越匮乏，要填饱肚子似乎越来越艰难。父亲看着我们五个兄弟姊妹都是吃长饭的货，愁得一筹莫展。不得已去找余啰啰想想办法。余啰啰说："在豆制品上，肯，肯定是没办法，卡得太，太严了，弄不好要进学习班遭批斗。我给你弄得点豆，豆，豆渣，好歹对付一下，要不要，得？"按理说，豆渣一般是用来喂猪的，人是不会吃的。但当时，就连豆渣都要开后门才能买得到。父亲连忙点头，说好歹能填饱肚子就行。于是，隔三岔五，我便会到豆腐坊端回一大盆豆渣，父亲变着花样地把它弄给我们吃。但豆渣毕竟是豆渣呀，精华都留在豆腐里了，开始吃还新鲜，久而久之，吃得多了，便觉得涝肠刮肚，酸气直冒，继之，糙之如沙，难以下咽，肚子胀气，放屁特臭。不过总比饿肚子强多了。

二十几年后的一天，我心血来潮地试着炒了一盘豆渣，让我八岁的女儿尝尝，谁知她尝了一口，便吐掉了，说："老爸，你小时候就吃这个呀？"我说："对呀！"她说："难怪要推翻旧社会，建立新中国，毛主席真是太伟大了。"我听了后哭笑不得。她不晓得，她老爸也是生在新中国长在红旗下的呀。

当我再次见到余啰啰时，他已年过花甲了。仍然在豆腐坊做豆腐，不过不是为单位做，而是为他自己做了。他所在的单位（副食品公司）早就垮了。他用买断工龄的钱，盘下了小河边破旧的豆腐坊，成了豆腐个体户。听父亲说，他这几年发了，小有积蓄，买了房，娶了儿媳妇，一家人都学他的豆腐手艺，竟然把豆腐坊改建成了一个"余豆腐制品中心"，生意好得不得了，小城搞旅游开发，还把他做的油豆腐作为特产，打造成品牌向外销售呢。

我想起当年的豆腐和豆渣，似乎又闻到油豆腐的香味。临走时便到豆腐坊去买点油豆腐，好带回我所在的城市，让朋友们品尝。余伯伯一见到我，立马装了一大口袋油豆腐给我，分文不取，还直夸我有出息，给我爸爸争了光，长了脸。我说："要不是你当年的豆渣，我哪能出息呢。"余伯伯笑了，用他那依然混沌和结巴的声音说："你这小子，还，还记得当年的苦，苦日子，难得，难得呀。呃，你别说，现在还真有不少，少的人，来买豆渣，说豆渣营，营养丰富，有钙、铁、锌、硒，多，多种维生素呢？能防糖尿病、高血压、冠心，心脏病呢。"

"呵，难怪我有这么出息，原来是豆渣起了大作用。当年可不知道豆渣有这么多的好处呢。"我笑了笑说。

走出豆腐坊，回头望去，原来那差点要了我命的巨大的水轮已经不在了，只有小河的水在静静地流淌，从作坊里飘出的豆香，依然在小河上久久荡漾。

虞美人和她的男人

在小城，与我们家隔街相对，有一虞姓人家，丈夫是教书的先生，妻子持家。两口子平日里待人温文尔雅，彬彬有礼，与街坊和睦相处。

在我记事的时候，就知道虞家有一女，长得非常漂亮。我妈妈说，当我还不会走路的时候，便知道认人了，更晓得"好色"了，当邻居们争着要抱我，倘若里面有虞家小姐时，我一定伸手向她。那时的虞家女儿已有二十五六岁了。不知怎么的，一直在家中待着，既无职业，也无事做。我曾问母亲，小虞阿姨怎么没有工作呢？母亲叹了一口气，说了句我似懂非懂的话："红颜薄命啊。"后来我又发现一个事情，这个在小城极其漂亮的女人竟然经常来我们大院看一个叫作林亚西的男人。

林亚西是我们这个大院活得最窝囊的男人。三十多岁，胡子拉碴，蓬头垢面，一身破烂的讨口子衣服，要多脏有多脏，只有腰间扎了一根在小城里很少见过的军用皮带，还算个像样的物件。林亚西住在我们大院最后边的一间小黑屋里，旁边就是公共厕所。有一次他不在家，我曾大着胆子钻进去看过，除了一架篾笆床和一个灶台外，没有任何东西。那床上蜷缩着一团破棉絮，极脏，散发着阵阵臭气，熏得我赶紧跑了出来。

林亚西在县城煤站做装卸工，挣点糊口的钱。他一天到晚都是被煤灰裹住的。那时小城没有澡堂，即便有，林亚西也没有钱进去洗澡。我常常看到他一个非洲黑人样地回来，胡乱地擦一下便一头倒在床上昏睡过去。第二天，又一脸灰黑地到煤站去干活。有一次我问他干吗不洗脸，他没有回答我，却用脚踢了踢门外那口破水缸。我看到那里面没有一口水。

要说林亚西的形象并不难看，人也长得高大，很多时候还表现出一种军人气质。比如有人喊他，他会一个标准的立正："到！"让人为之一愣。

这人怎么会活得这样窝囊呢？我常常百思不得其解。

虞家小姐每次到后院来，林亚西都不会理她，不仅如此，还像赶苍蝇一样把她轰走。我常常看到她噙着泪水离开后院。有时候她趁林亚西没有在家的时候来，飞快地把那些散发着汗臭气的衣被洗干净晾好，又逃也似的赶紧走了。还有的时候，她提来一小口袋米，或一两把干面，悄悄地放在床上。哪知，林亚西并不领情，不是当天就把被子睡得稀脏，就是把米面给扔出去。在我的印象里，很多小城男人把能与虞家小姐套近乎当成最幸福的事，挖空心思地想接近她，赢得伊的好感。可这个脏兮兮、臭烘烘的林亚西就从来没把小城最美丽的女人看在眼里。这是为什么？

随着年龄的增长，我断断续续从母亲和邻居们口里了解到这样的一些情况。

二十年前，林亚西是本地一个商绅的子弟，抗战爆发时投笔从戎，跟着国民党的部队上了前线。几场战役打下来，一路升迁，到抗战胜利后他已成了上校团长。当时的林亚西是个标准的军人，一身笔挺的美式校官服，皮靴皮带手枪，骑一匹东洋大马，带着卫队回到小城。那英武伟岸，气宇轩昂的气派，令全城人赞叹不已。当时县长为他接风洗尘，商会接二连三地宴请他，学校请他去做演讲，风光得不得了。虞家小姐当时在小城女中读书，不知怎么地竟被在台上做抗战报告的林团长弄得神魂颠倒，借着请他讲抗日故事和他交往上了，并在一个人所不知的夜晚将自己交给了这个团长，完成了从一个姑娘变成妇人的转化。本来两家大人知晓后虽均有不满，然木已成舟，生米已成熟饭，且一个是抗战勇士，一个是小城佳媛，也属般配，便欲举行婚礼。结婚的前一天，林团长接到电报，命他火速归队。军令如山，林团长率领卫队，带着事实上已成为团长太太的虞家小女匆匆离开了小城。

然而，河东河西，世事难测。

三年过后，林亚西回到小城来了。但这一次与上次回来已判若两人，当年气宇轩昂、英武伟岸的林团长已不复存在，走路一瘸一跛，且胡子拉碴、蓬头垢面的形象，令小城人大吃一惊。这是咋回事啊？小城的好事者颇多，费尽周折，大致了解到林团长所在的国民党部队被解放军消灭在淮海战场，他本人在交战中受伤被俘，伤好后，领取了解放军发的几块大洋，带着夫人虞家小

167

姐回到了小城。

然而令小城人惊异的是，战乱并未给虞家小姐的外形以根本性的损伤，几年太太做下来，依然还是那么漂亮那么动人，较之当学生时多了几分成熟和娴雅的风韵，并带有一点小城所没有的洋味。小城的男人以宋词词牌为名，称虞家小姐为虞美人，并常常扼腕而叹：可惜一朵鲜花插在了牛粪上啊。

林亚西一回到小城，便立即把虞家小姐送到丈母娘家，自己则回到父母家中。还没待上几天，小城便解放了，林团长的父亲因为是大地主而遭到镇压，母亲随之病故，房产被政府没收。林团长顷刻之间便成了上无片瓦下无立锥之地的穷光蛋，没奈何，只好在城里胡乱寻一处地方安身，靠打工挣钱糊口。那年头，阶级斗争的这根弦是绷得很紧的，很快，林亚西便被确定为反革命分子而被政府监控起来。

让小城人觉得很蹊跷的是，虞家小姐出去三年有余，竟未带回一男半女。更让人不可思议的是，回来后，不是虞家小姐瞧不起落魄的林团长，而是国民党的残渣余孽林团长竟把虞家小姐休了。这在小城人看来是天大的怪事。更为离奇的是，离了婚的虞家小姐似乎还是对他一往情深，常常来看望林团长，尽管屡遭白眼，却依然痴心不改，一双泪眼悲悲切切、凄凄惨惨，充满了对落魄的国民党残渣余孽的同情和依恋。

于是小城的好事者又继续打听，几经周折，终于打听到个中缘由，原来那林团长在战场上挨了解放军的一发炮弹，不仅伤了腿，还将男人最根本的东西废掉了。

"不孝有三，无后为大"。小城的女人们为此非常怜惜，说虞家小姐真是可怜，倘若有个一男半女，倒还有个盼头，现在后悔也来不及了。小城的男人们却为此非常快意，说那林亚西活该，谁让你去为蒋光头卖命，拿鸡蛋往石头上碰呢。鲜花本来就不应该插在牛粪上嘛，小城最漂亮的美人咋能跟一个太监似的废人一起生活呢？从此以后，男人看林亚西多了一些鄙夷，看虞家小姐则多了一些希望。他们总是盼望自己能和这位美丽的女人发生一些日思夜想的故事。

然而，虞家小姐在以后的十余年中，并没有跟小城任何一位男人发生故事，倒是守身如玉地在小城默默地活着。据说当时有一个南下来的领导干部，几次托人到虞家说媒，不计前嫌愿娶虞家小姐为妻，虞家小姐竟以死抗拒，那人没奈何，只好作罢。

一晃到了轰轰烈烈的"文化大革命"时期了。林亚西遭受到了猛烈的批斗。

有一次，他被革命群众批斗了整整一天，一伙以前对虞家小姐心存幻想而未能得逞的，且身强力壮荷尔蒙旺盛的男人们，把林亚西打得遍体鳞伤鲜血淋漓。天黑之后，他像一只被打断了脊梁骨的癞皮狗一样，一个人艰难地爬回了小屋。

那天我正在街门口玩耍，看见虞家小姐悄悄地走进院子，来到林亚西的小屋里，把一瓶药酒和一些药塞给林亚西，并对他的伤做了简单的处理。尔后抱着他哭得泪流满面，说当初自己千不该万不该鼓动林亚西回到小城来，还说当初如果不是因为她住在南京，要他赶回南京来接自己，林亚西也许就当了解放军，现在也是革命军人了。眼前这一切，都是自己任性造成的。而此时的林亚西已没有力气将虞家小姐拒之门外，更没有力气将那些药品扔出去了。只能任虞家小姐把那滂沱的泪水尽情地洒到他的脸上，始终黯然无语。

没想到这事却给虞家小姐带来了灭顶之灾。

第二天，当革命群众又来揪斗林亚西时，发现了这些药品。有人揭发说看见虞家小姐昨天到过小屋，药肯定是她送来的。那年头，但凡有一丁点问题的人，都会受到革命群众的批斗。我亲眼看见邻居程大妈不小心把裤衩晾在主席像前，被革命群众剃了阴阳头不说，还被抓进了公安局，以现行反革命罪被关进了看守所。虞家小姐本来就是藕断丝连的反革命家属，竟然还敢给反革命分子林亚西送药，是可忍孰不可忍。豪情万丈怒火冲天的革命群众冲进虞家，将虞美人揪出来批斗示众。

按理说，因为这样的事被批斗示众，并不至于让一个人自绝于人世，但要命的是革命群众在抄家的时候发现了数张虞家小姐的裸体照片。这在民风淳厚质朴的小城无疑是一件最最大逆不道的事了。那年头，资产阶级是比狗屎还要臭的东西。这些比资产阶级还资产阶级，比流氓还流氓的裸体照片立即被革命群众在大街上展出。小城顿时一片哗然，几乎是万人空巷地争看这些裸体照片。一边是照片，一边是虞家小姐。妇女们把唾沫毫不吝惜地吐到虞家小姐的脸上，男人们或心满意足地怪笑，或趁混乱摸一把虞家小姐的胸脯。很快，虞家小姐身上的衣服被撕烂了，两个浑圆的白白的东西滚了出来。也许是那两个美妙的东西刺激了人们的斗争激情，人群更加沸腾，有人高喊："把她弄来像照片一样展览"，一瞬间，虞家小姐就被剥得一丝不挂地站在人群之上，肤如凝脂的胴体彻底地暴露在光天化日之下。

就在人们对这个美丽的裸体放肆地狂笑、恶毒地怒骂、大胆地窥视、阴险地蹂躏之际，一个人疯一样地一瘸一跛地冲进人群，将一件衣服裹在她身上，然后扛着她飞也似的冲出人群，待大街上的人们回过神来时，虞家小姐早已没有影了。

当天，虞家小姐就失踪了。三天以后，她的尸体在南门外的河里被发现。林亚西挣扎着安葬了虞家小姐。几天后，人们又在坟前的树上发现了已经死去的林亚西，他是用那根军用皮带把自己吊死的。

据大院的陈老太婆讲，本来他们是要双双跳河的，可林亚西担心虞家小姐的尸体无人安葬，便晚走了一步。

当年，这样的人死了，在小城如同死了一只蝼蚁，是不足惜的。很快，虞家小姐和林亚西便从人们的记忆中消失了。

当年那些照片被展出的时候，我也挤在人群中去看了。那是我一生中最难忘的照片——

虞家小姐，一个美艳绝伦的女人，用各种姿态，将女性的魅力展示得令人心潮澎湃，激情燃烧。几十年过去了，照片上女人的身姿，还深深地印在我的脑海里。

现在想起，那哪是什么裸体女人呀，不过就是穿了三点式游泳衣的女人在海边留下的一组倩影，和现在走在 T 形台上的泳装模特没什么两样。

章扁卦和陶大嘴巴的对决

我一向对武打片不感兴趣，有一阵子，香港武打片风靡大陆时，有时候也瞅上一眼，每当这时，便会想起小城一个叫章继山的人来。

过去，小城人习惯将武术称为扁卦，把练习武术叫作操扁卦，把会武术的人叫作某扁卦。比如小城会武术的名中医章继山就被小城人叫作章扁卦。

20 世纪 60 年代初，武术并不像现在这样流行，更不像现在电视、电影里那样招人待见。因此章扁卦的武术只是听人说，没有人看见，也未引起人们的关注。

有一次，与章大夫住隔壁的我的同班同学三胖子神神秘秘地对我们说，章继山每天早晨都要在自家后院里练扁卦，刀枪剑戟舞得风车斗转。但三胖子只听得"呼呼"风响和章扁卦的"嗨嗨"吼声，没见过他操扁卦的身影，原因是他家的围墙太高，还养了一条大黄狗，没敢去。我们几个小伙伴一合计，决定无论如何也要去看个明白。于是便爬上了章扁卦后院外的一棵大桉树，居高临下，正好把后院的一切尽收眼底。那天章扁卦果然在院坝里练习武术，但全然不像三胖子吹得那样神乎其神，既没听见"嗨、嗨"的吼声，更没有看见什么大刀长矛。只看见着一身白绸衫的章扁卦，慢悠悠地在那里左一个圈右一个圈地比画着，半个时辰过去了，还在那里划过来划过去的，看得我们昏昏欲睡，连连说，没劲，没劲，啥子扁卦哟，全是日白的。正在痛骂三胖子谎报"军情"时，突然见章扁卦家大黄狗跑出来，冲着我们直汪汪，吓得我们赶紧溜下树，屁滚尿流地落荒而逃。

于是章扁卦在我们眼里不过是徒有虚名，而已而已罢了。

直到"文革"开始后，发生的一件事，让我们重新认识了章扁卦，改变了对他的看法，也彻底改变了他的命运。

有一天，县委书记又被造反派揪出来，戴着高帽子挂着黑牌子游街示众，一些豪气冲天的造反派觉得口诛笔伐还未显示出坚定的革命性，便动了手，将县委书记一顿毒打，打得浑身"零件"几乎全散架了，生命垂危。事后，书记家人冒死把他送到章大夫那里时，已是只有出气，没了进气。救死扶伤乃医生的天职。章大夫一见，赶紧放下手上的活儿，抢救、治疗。正当章大夫为其疗伤时，那伙胸中恶气未尽的打手们又冲到了中医院，要抓走县委书记。此时章大夫正给县委书记做包扎，见一伙人冲了进来，便说："请你们出去。我正在看病，看完了再进来。"

领头的是县造反司令部"文攻武卫"战斗团的团长陶二彪。这人嘴巴特大，一口能塞进四五个馒头，一笑起来，嘴角能扯到俩腮帮上去，故有外号叫陶大嘴巴。此人曾因调戏妇女，被判了徒刑，送到农场劳改了两年，"文革"前才被释放回来。运动一开始，陶大嘴巴便扯旗造反，纠集了一伙散眼子、杂皮、天棒槌之类的人，专搞"打、砸、抢"，是个天王老子都不怕的亡命之徒。

陶大嘴巴听章大夫这么一说，冲着他就是一巴掌打去："老子们就是不准你给他看病。你晓不晓得，他是走资派，反革命，死了当球疼。"

章大夫把头一偏，这一巴掌就打空了："我不晓得他是个啥，只晓得他是个病人，给病人看病是我的职责。这里是医院，请你们出去。"

陶大嘴巴火了："哟嗬，嘴壳子还硬呢。兄弟们，给我上，让他尝尝无产阶级专政的铁拳头。"于是一伙人便要动武。

章大夫忙说："慢点，慢点，等我把这点包扎完，要打要杀随你们便。"

陶大嘴巴说："说话算数，老子在门口等着。老子晓得你娃操了扁卦的，有几把刷子，不过老子今天专门要收拾收拾你，让你知道马王爷到底有几只眼。"

章大夫很仔细地将县委书记的伤处理完毕，然后对县委书记的妻子悄悄说："我出去后，你们赶紧把他从后门背走。记着一定要按时换药、吃药。"县委书记妻子担心地问："那你咋办?""莫担心，莫得啥。"说完便走出去对陶大嘴巴说："医院有病人，莫在院里闹事，我们到门外街上去如何?"陶大嘴巴说："要得，街上宽敞些，老子的坨子才撒得开。"

章大夫领头走出医院的大门，来到街上。然后对陶大嘴巴说："是你们要打我哈，不是我要打你们哟。先说断后不乱，你们人多，我就一个人，我伤了、死了，自认倒霉，你们伤了，我不得付汤药钱啊。"

陶大嘴巴说："老子打死你，如同打死个落水狗，该你龟儿子倒霉，付个鸡巴汤药钱。"

当时，陶大嘴巴一伙是六条汉子，都是"文攻武卫"团的铁杆队员，打起人来心狠手毒，绝不会留情的。

这时街上看热闹的人压断了半条街，皆为章大夫捏了一把汗。

那天，我也挤在人群中，亲眼看见了这场小城史无前例的打斗。

章大夫站在街当中对陶大嘴巴说："你们是一起上，还是一个个来。"

陶大嘴巴轻蔑地说："当然是一个个地来，不然，你说老子们人多势众，欺你人少了。"

"那好，都是站着屙尿的人哈，说话算数。"

"当然算数。老子今天就要看看你尿不尿得到三尺高。"陶大嘴巴一努嘴，立即有一个阔脸的汉子冲上去，两手直指章大夫的喉咙，大概是想来一个狠毒的锁喉。没容他手伸到，章大夫迅速一偏头，抬腿照他胸口就是一脚，阔脸汉子一下子被踹出五六米远，躺在地上爬不起来了。陶大嘴巴急了，一挥手，又有两个汉子如饿虎扑食般地冲上去，然而没等众人看清怎么回事，章大夫已从这两人之间闪到他们的身后，两胳膊肘同时击向两侧，只听得"哎哟"两声惨叫，两个汉子背上已遭重重的一击，趴在了地上动弹不得。

陶大嘴巴急了："妈的，你格老子居然敢打造反派。"这时，他也不管站着撒尿不撒尿了，带着剩下两条汉子围了上来。众人正在为章大夫担心之际，只见章大夫不慌不忙，在两个汉子逼拢之际，突然凌空腾起，"唰、唰"两个飞脚，一个汉子脸上被踢得开了花，一个捂着裤裆直叫"哎哟"，退出去十余米远了。陶大嘴巴见势不对，突然从看热闹的一个农民手中抓过一条扁担，劈头盖脸地向章大夫砍去。章大夫左避右闪，陶大嘴巴的扁担竟招招打空，急得他脸红筋胀，挥舞着扁担把章大夫逼到街沿上，没了退路。这时，陶大嘴巴使出全身力气，用扁担拦腰扫过去。倘若击中，章大夫不是腰椎被打断，就是手臂骨折。正当人们为章大夫担心之际，只见章大夫用手一挡，那扁担不知怎么地就到了他手里，他将扁担在膝盖上一磕，扁担"咔嚓"一声，便断成了两节。周围的人情不自禁地叫好。这时，陶大嘴巴见势不妙，拔腿想跑，没容他跑两步，章大夫闪电般地冲过去，一个扫堂腿，只听得"啪"的一声，陶大嘴巴的小腿一软，跌倒在地，疼得喊爹叫娘。

章大夫拍拍双手："要接骨头，莫找我，不是我付不起汤药钱，是不值得为你这种人接骨逗榫。"说罢，走到那个被夺了扁担的农民跟前，掏出一张票子塞在他手上，"赔你扁担钱。"然后扬长而去。

看热闹的人一时没回过神来。待章大夫远去了，才一下子反应过来："哎呀，今天算开了眼界，章大夫的扁卦硬是厉害，一个人对打六个人，自己毫发不损，不得了呀不得了！没想到，我们小城还真是藏龙卧虎，半空中踩高跷——高人啊！"

很快，这一天的打斗过程，就被人们添盐加醋，在全城疯传，眨眼之间，章扁卦便成了人们心目中的侠客义士，对他佩服得不得了。然佩服之后，又为他的处境十分担忧，毕竟，被打的是全县城最有名的造反派头头呀，他们手里有从武装部军火库里抢来的枪啊。

当晚，"文攻武卫"战斗团调集了几十个人，冲进章扁卦家里，却扑了个空，章扁卦一家人不知到哪儿去了。

据小城好事者说，章扁卦那天把家人送到乡下去后，独自一人去了当地的大蓬山，那里有一个唐代建的佛教寺庙，他的师父释然和尚在寺里当住持。章扁卦在那里一躲就是半年。原本想躲过风头就回来，不料陶大嘴巴听到风声后，集合了"文攻武卫"战斗团，攻占了寺庙，用枪逼着释然师父，要他交出章扁卦，还一把火把寺院烧了个一干二净。当时章扁卦已逃出寺庙，走投无路的他，为寻求自保，不得不接受了小城另一造反组织——红色兵团的邀请，担任了兵团武术总教练。有了章扁卦的加盟，兵团名声大振，实力大增，陶大嘴巴的"文攻武卫"战斗团几次和兵团交手，都损兵折将，大败而归。到后来，只要是听说章扁卦的人来了，陶大嘴巴的一方便会一哄而散，躲到外地去避风头。

武斗最激烈的时候，陶大嘴巴一派到外地搬来十几卡车武装队员，配有精良武器，一场血战，终于攻下了红色兵团的大本营——县中学。听说章扁卦在掩护大部队撤退时，一颗流弹击中了他的大腿，被陶大嘴巴的兄弟们活捉了，一番折磨之后，一顿乱棍打死，最后沉入了北门河。

章扁卦从此在小城消失了。

"文革"结束后，陶大嘴巴在清理"五种人"的运动中被抓进监狱，罪状是血洗县中学，欠下十余条人命，其中也包括谋杀章扁卦，最后被判15年徒刑。

二十几年后，有一次我回到小城，看到一个胡子拉碴、头发花白、走路一瘸一跛的老头在街上捡垃圾，我问父亲那人是谁？父亲说，那就是当年在小城赫赫有名的陶大嘴巴呀。

我仔细看了看，除了他张嘴的那一瞬间还有陶大嘴巴的影子外，其余的已不复存在了。

小表姨徐青衣

当年，小城有一个川剧团，是人们心中的最爱。小城人的文化娱乐生活大都从这里获得。本来还有电影院可以享受文化娱乐，但不是天天都有电影放，只有新片来了人们才能打一次精神牙祭，而新片要十天半月才来一次。

川剧团则不同，每晚都要演戏，赶场天还要加个日场，满足进城的农民看戏。川剧团演出的大都是古装戏。那时剧团有句形容戏多的话：唐三千，宋八百，演不完的三列国（即魏蜀吴三国戏）。因此什么《空城计》呀，《铡美案》呀，《杨家将》呀，演得戏院热闹非凡。川剧团偶尔也排些现代戏，比如《夺印》《红珊瑚》呀，更是引得万人空巷，争着到戏院过一把戏瘾。

我的母亲是个戏迷，按现在的叫法是个追星族，或者叫粉丝。她常常去戏院看戏，回来后还咿咿呀呀地唱上几句。有一次，我听她又在唱戏，便问她唱的啥？她说，这是徐小琼唱的青衣。我说，青衣不是衣服吗，咋会唱戏？我妈大笑，说青衣不是衣服，而是戏曲里的行当。我问什么是行当？我妈想了半天，才说就是不同的人物由不同的演员来扮。见我还要问，就说，你太小了，看了戏你就明白了。于是当晚，我便缠着母亲到戏院去看了一场《秦香莲》。

青衣徐小琼就是在这个时候走进我幼小的心中的，当晚她的一颦一笑，一举手一投足，几十年后，在我脑子里都清晰可记。

我万万没想到，青衣徐小琼还是我们家七弯八拐的亲戚，按族谱捋起来她是我母亲的远房表妹。难怪只要剧团演新戏，我妈都能买到最好的票。

我至今还记得徐小琼第一次到我们家来的情景。

20世纪60年代初是一个让人非常痛苦的岁月，史称"三年困难时期"，全国人民都为吃不饱肚子而发愁。我们兄弟姊妹也因此而骨瘦如柴。奇怪的是青衣徐小琼却如一朵花一样娇艳且健康。大大的眼睛，弯弯的眉毛，红红的嘴唇，有点调皮的上翘的鼻子，白皙细腻饱满的皮肤，穿一件小城并不多见的连衣裙，露出莲藕似的胳膊和小腿，看得我都发呆了，觉得她不是人，是天仙，是画中的人了。当时我心里像小鹿一样乱撞，连妈妈让我叫她小表姨都没听见。

让我们异常兴奋的不仅仅是这位漂亮的远房小表姨到来，使我们家有蓬荜生辉的效果，更是她为我们带来了一盒饼干，让饥肠辘辘的我们眼放绿光，垂涎欲滴。在当时，那是非常高级的食品，我们家几乎是从来没有过的。当徐小琼把饼干分给我们兄弟姊妹时，我母亲都感动得流下了眼泪。

后来徐小琼便经常来我们家，一来便和妈妈在里屋说话儿。一说话儿我妈就赶我走："出去玩。"天知道她们怎么有那么多的话说，几个时辰都不出来，连我想多看小表姨几眼都难以办到。

有一天，青衣徐小琼又来我们家了，她又给我妈妈送来了戏票。那天天气热极了，徐小琼红扑扑的脸上汗水不断。她一边扇扇子，一边喊热，说剧团没有澡堂，住的集体宿舍又不方便，想在我们家洗个澡。于是我母亲给她烧了热水，用大木盆盛了，放在里屋，让她洗。这时我心里特别兴奋，一个劲地在心里想象脱掉衣服的徐小琼是个啥样。但我不敢去看，怕小表姨说我是个坏孩子。正在胡乱想着，突然听见徐小琼叫："表姐，麻烦你把香皂拿进来。"我忙说："我妈妈出去买东西去了。""那你给我拿进来。"我大喜过望，连忙拿了香皂推门进去。刹那间，我眼前一亮，一个光溜溜的女人坐在木盆里，正在用水洗那一团白白的亮亮的滑滑的身子，多么美妙的一幅人体画哟。"牛牛，"她叫着我的小名，"放在凳子上，快出去。"虽然我还是一个六岁的孩子，但毕竟是个男的，我见她脸红了，赶紧放下香皂，飞也似的跑了出去。

这是我第一次看见一个没穿衣服的女人，这个女人美妙的身体，很长时间都在我的眼前晃动，晃得世界如花一样美好。

后来又有一个军人到我家来了，听说是母亲的一个学生，在云南边防服役。我记得他当年肩上扛的是一杠两豆。那时我们小孩子对军衔的杠杠豆豆早已烂熟，知道他是解放军的一个中尉。不知怎的徐小琼也来了，奇怪的是在里屋和她密谈的不是母亲，而是换成了中尉，并且连门也关上了。对此我很不高兴，因为这样我就不能借故闯进去多看几眼徐小琼了。

有一次我实在忍不住，悄悄地从门缝里看去，突然见徐小琼被中尉死死地压在床上。我大吃一惊，慌忙去报告母亲，说中尉在欺负小表姨。母亲听了，一边笑，一边给了我一巴掌，说："滚一边玩去，小孩子莫管大人的事。"我不服气地说："小表姨又不是他家的，是我们家的，就不许他欺负人。"母亲哭笑不得说："你还小，不懂这些事，你小表姨愿意让他欺负，关你小娃儿啥事，滚出去玩，不准再去看，再看，我打瞎你的眼睛。"我气呼呼地出去了，但心里总觉得不是味，老是在想，小表姨为什么愿意让别人欺负？

那天，小表姨和中尉很久才从里屋出来，她脸上红红的。母亲悄悄和她说话，她一下子连脖子都红了。末了，她从包里掏出一把糖，塞给我说："牛牛，小表姨和叔叔闹着玩，不是欺负人，莫乱说啊。"

后来小表姨去了一趟云南，回来后到我们家来过一次，不知怎么，说着说着就哭了，哭得很伤心，母亲劝了很久都不起作用，那天小表姨是红着眼睛离开我们家的。从母亲与父亲断断续续的谈话中，我大概知道了小表姨准备跟中尉结婚，人都到部队了，可政审这一关没通过。原来部队派人调查了，小表姨家是地主，她爸爸在土改时被人民政府镇压了。于是，小表姨徐青衣与中尉结婚便成了泡影。

　　小表姨依然回到舞台演她的青衣，但很长一段时间她显然在台上少了精气神，像霜打蔫了的茄子一样，无精打采，还常常走神，把词唱得颠三倒四，让与之配戏的演员接不下去。气得剧团团长狠狠地骂了她一顿，也未把她骂起精神来。

　　后来，小表姨不知为啥到我们家来住了一段时间。那些天，我妈老让她躺在床上不动，给她炖鸡吃，还说什么补身子之类的话。馋得我一看到她吃鸡，便缠住小表姨讲故事，这时往往能捞上个鸡翅膀解解馋。我妈还叮嘱我们兄弟姊妹，不要对外人说小表姨住在我们家。这让我们十分不解，小表姨又没干啥丢人的事，咋不能对外人说呢？

　　就在小表姨离开我们家不久，"文化大革命"一夜之间改变了小城的模样。小表姨所在的剧团已成为封、资、修的代表，服装道具被砸得稀巴烂，那些剧团的名角也被斗得很惨。奇怪的是小表姨既未被批判，亦未被斗争，而是参加了小城最大的造反派组织，成了这一组织的播音员。播音室设在全城最高的商业局大楼上，喇叭就装在楼顶上。每天清晨，只要小城的高音喇叭一放完《东方红》的乐曲，小表姨那清亮圆润的声音便回荡在小城的上空：

　　"革命造反派同志们，风雷激造反兵团现在开始广播……"

　　随着小表姨徐青衣慷慨激昂的声音，小城沸腾了，人们一天的战斗生活便开始了。

　　从那以后，我便只能听到小表姨的声音，很难看见她的芳容了。后来小城开始武斗，开始是双方打瓦片石头，接下来是用木棍铁器打，再后来就用机枪步枪冲锋枪打，打得昏天黑地，惊心动魄。每当两派战斗最激烈的时候，小表姨那富有战斗激情的声音便响彻全城，造反派们便精神抖擞，豪气万丈，也就打得更为激烈。这时候小表姨的广播，便成为了战斗的号角，进军的鼙鼓。而另一派的人则对小表姨的声音恨得咬牙切齿，他们发誓有一天要让这个极富煽动性的女人付出沉重的代价。

这一天终于来了。

那是一个两派血战的夜晚。夜半时分，骤然响起的枪声惊醒了全城的人们，我们听到小表姨的声音刚在广播里播出几句"革命同志们，兵团战友们，保皇派的刽子手们在向我们猖狂进攻了……"时，就戛然而断了，于是便没有再听见小表姨徐青衣的声音回荡在小城的上空了。

过了几天，听父亲下班回来说，小表姨在那一夜的武斗中被流弹打死了。

我当时并不十分清楚小表姨为什么会被打死，但小表姨未穿衣服的身子我是见过的，那是世界上最美丽的身子。我没有想到，拥有如此美丽身子的女人为什么这么快就在世界上消失掉了呢？

我的美丽又可怜的小表姨啊。

短篇小说

金鸡罗二瘸子

　　罗二瘸子翻车了。

　　一条消息风一样在两河镇传遍。

　　人们惊奇地伸长脖子打探：咋又翻车，未必然罗二瘸子又要丢掉一条腿不成？

　　立刻有人回答说，不是，不是，是翻橇了。这次呀，比翻车断腿更丢人，派出所的警察到他家去了。

　　啊！派出所，这混世魔王犯法了？

　　有人诡异地眨眨眼，犯没犯法，等着瞧吧。

　　罗二瘸子何许人也？他翻了啥子橇？又犯了啥子法？且听我慢慢道来。

一

　　两河镇草市街东头住着一户人家，户主是镇上大姓罗氏家族的人，叫罗金吉，在家排行老二，左邻右舍谐他名字的音，戏称他为罗金鸡。说来也不幸，这个罗金鸡后来莫名其妙地弄折了一条腿，成了单腿人，杵着根拐杖一瘸一跛地走路，如划船一般。于是人们又称他二瘸子、罗二瘸子。罗金鸡这个外号反倒被渐渐地遗忘了，只有在他杵着拐杖，立在街边乞讨，货真价实地站成金鸡独立姿态时，才想起他还有外号叫罗金鸡。

罗二瘸子是镇上唯一用一只腿走路的镇民，也是镇上少有的几个能吃上国家救济的人之一。但他既非残疾军人，亦非因工致残的公职人员，更与见义勇为舍身救人的英雄人物八竿子打不着，但他确实享受着镇政府每月发给他的百十来块困难补助。原因就是他只有一条腿。每当有好事者问起他为啥身上少了一个偌大部件时，他就会慢吞吞地抬起那沾满眼眵的眼睛，懒洋洋地道："关你球事!"若再问，那条拐杖便横扫过来了，吓得好事者立即逃之夭夭。不是怕那拐杖，而是怕二瘸子的痞子劲上来了，那就不是赔上一顿饭几碗酒走得了干路的，弄不好得贴上几天的好酒好菜和百十块"大洋"，还不一定脱得了爪爪的。两河镇的人都知道，这是罗二瘸子的难言之痛，千万莫去戳，倘若惹恼了这方圆几十里都有名的赖皮，他会拿一条命和你对半开的。反正他自己活着也觉得窝囊，有机会拉个垫背的，有啥子幺不到台的？弄得好，还能给自己那忍饥挨饿的婆娘娃儿捞点赔偿金呢。

罗二瘸子虽然只剩一条腿，属二级甲等残疾，是完全意义上的残废人，但他却有一个模样长得颇为周正的老婆，是离两河镇三十里地凉风垭唐石匠的女儿。当年，罗二瘸子花了三千块钱彩礼，外搭给唐家修缮了破旧的住房后，才娶进家门的。那时罗二瘸子有两条好腿，人长得还算完整，尤其是拥有从镇搬运社买回来的一辆双排座小货车，这在别人眼里就很不得了了。罗二瘸子先前在搬运社也是个开车拉货运物的司机。那年头，司机是很吃香的职业，不像现在，全民都是司机，而且开的大都是私家豪车。那时的罗二司机，在两河镇算个比上不足，比下有余的人。但他很不满足，因为搬运社属集体企业，他拼死拼活挣来的钱大都进了搬运社的账户，自己每个月拿到手的工资，根本不够养活婆娘娃儿，日子过得清汤寡水。后来搬运社搞改革，罗二瘸子便在他的小学同学，也是罗姓远房兄弟罗三宝，外号叫罗水娃的怂恿下，在信用社贷了一笔款子，加上买断工龄的钱，把搬运社一辆小货车买下来，和单位脱离了关系，自己开车拉货，干起了个体运输专业户的营生。这一干，那还真是运气来登了，门枋都顶不住。罗二瘸子腰包很快就鼓起来了。虽不说"喇叭一响，黄金万两"，但每月挣个千儿八百的莫得丁点问题。那时他简直就是一个完人。手里有车，腰里有钱，家里还有一个还算好看的婆娘，应该说罗二瘸子已经站在人生的 C 位上了，在两河镇除了在巴陵河上用小火轮跑运输，发了财的船拐子罗老么之外，罗二瘸子是第二个数得着的万元户了。那时他拥有两条好腿，人长得精瘦干练，又有车子、房子、娘子、女子、票子，属"五子登科"的人，眼见得日子像"芝麻开花节节高"一样"噌噌"地往上蹿，不料命运突然一下来了个急刹车，让他一落千丈，跌到人生的谷底。

那时，还没有成为罗二瘸子的罗金鸡有个最大的毛病，好色，拈花惹草，见了好看的女人就挪不开脚步。山里人有句谚语：咬人的蛇花儿，日不死的唧巴儿（指精瘦的人）。这类男人外表看精精瘦瘦的，除了骨头没几两肉，但却颇为雄性，荷尔蒙过剩，不守本分，喜欢吃着碗里看着锅里，且总是不饱。罗二瘸子就属于这类男人。

有一次，镇上寡妇顺花嫂家修房子，请罗二瘸子帮忙去桃花湾砖窑拉砖。顺花嫂三十岁出头就死了男人，一个人支撑门户，养活一家老小。这女人长得丰满健硕，一张脸虽历经沧桑，却终是残留了一点姿色，有成熟女人的韵味。罗二瘸子便打起了人家的主意。车开到半路上罗二瘸子一脚刹住，说是车坏了，钻到车肚子下捣鼓了一两个时辰，仍然是哼哼几声便熄了火。眼见天渐渐黑了，又在大山里，前不巴村后不着店，路上鬼都莫得一个。

罗二瘸子问顺花嫂啷个办?

顺花嫂说,你的车,你在开,车坏了,问我啷个办。我倒想问问你,你想啷个办?

罗二瘸子涎着脸笑道,那我们就在车上过夜嘛,等天亮了有过路的车,我搭车去镇上买零件,修好后再回,要不要得?

顺花嫂看着罗二瘸子那涎皮赖脸的样子,心里明白罗二瘸子耍的是啥子套路,很干脆地说:"罗金鸡,看不出你娃瘦啷瘦啷的,风都吹得倒,硬还是个烧鸡公哟!晓得你娃胯痒,莫耍你那套把戏,驾驶室来吧,师傅们还等着老娘把砖拉回去砌墙呢。"

罗二瘸子喜出望外:"你啷个不早说呢,也不用老子院山院岭地费这么大的周折嘛。"

于是罗二瘸子慌七忙八地打开驾驶室,一把把顺花嫂拉进去,二人相拥在里面云里雾里,搞了一场非常前卫的"车震"。完事后,罗二瘸子一打火,油门一轰,车子立即顺顺当当地开走了。

事后,顺花嫂不但没有后悔,反倒私下向要好的女人们夸耀罗二瘸子,说这家伙功夫好得很,全然不像她以前那个男人,银样镶头枪,白长了一套没滋没味的东西。女人们听了,心里怪怪的,嘴上却说,那倒是,你那地也荒得太久了,有人不嫌弃,舍得来犁,就是福气了,哪怕就是瘦得几根骨头的罗嘟巴儿呢。

顺花嫂听了并不生气,还笑得前仰后合地说,你们这些涝死了的,哪晓得旱死了的难熬呀。

二

罗二瘸子确实很行,他不仅拈花惹草,帮人家开荒种地,自己的地也没闲着，娶了老婆不到三年，便有了"一吨半"——三个"千斤"（金）。这本是令人满足的事，却反倒让他十分沮丧。

罗二瘸子是三代单传。他爷爷只有他爸一个独子，他爸倒是有两个儿子，可惜老天不佑，罗二瘸子的哥哥刚满十七岁那年，被镇上派去修水库时，被放炮的石头砸死了，只剩下他一个带把儿的独苗苗。好不容易把他拉扯大时，刚说要给他娶妻延续香火时，他爹又得了绝症。临死前，他爹把他叫到床前，挣扎着坐起来，伸出颤抖的手，使出最后一点力气，扯着罗二瘸子的耳朵叮嘱了又叮嘱，要他把罗家香火传下去，直到罗二瘸子赌咒发誓坚决照办后，才放心地撒手西去。于是，身负老爹重托的罗二瘸子早早地就结了婚，没料想在女人身上深耕几年后，却接二连三地生出几个赔钱货。这让他气不打一处来，常常把女人骂得狗血淋头，说就是个母猪嘛，一窝崽里也有一两个公的嘛，你他妈的一连三个都下成母的，一个"壮丁"也莫得，让老子唧个给我老汉交代啊。骂得女人哭稀流了，觉得自己确实对不起男人，对不起罗家祖先，于是更加小心翼翼伺候着男人。罗二瘸子骂归骂，活儿还要接着干，仍然加紧在女人身上下功夫，一门心思地想弄出个带把儿的来。

这时，老天爷给他开了一个大玩笑，让他丢了一条腿，同时丢了男人最重要的东西，使他的"壮丁"梦彻底破灭。

到底是怎么回事，镇上的人们都不甚了然，只是听处理事故的交警私下说，罗二瘸子车子开到老鸦坡时，莫名其妙地翻到岩下去了，折断了大腿不说，还损伤了男人最根本的东西。还说当时"110"接到一个女人的报警电话，说在某某地方出车祸了。交警迅速出警，找到出事地点，车已摔得稀烂，驾驶室里只有撞得头破血流的罗金鸡一人。交警们费尽力气把他救出来后，在现场反复勘察，也没有发现有任何撞车、剐蹭和急刹的痕迹，只是在驾驶室坐垫的缝隙里，找到一枚女人用的发夹。问罗二瘸子，罗二瘸子支支吾吾地说先前有一个女人搭车，走到半道上下车走了。问是哪个女人？罗二瘸子说认不得，只说翻车是在女人走后的事。问为什么翻车？罗二瘸子说转弯时盘子没打赢，冲到岩下去了。交警虽然觉得事情过于蹊跷，其中定有隐情，然而罗二瘸子始终坚持不说，最后只好认定罗二瘸子操作不当，责任自负了事。

只有顺花嫂明白，罗二瘸子这又搭上了哪个女人，或许是忍不住边开车边伸手在女人身上摸摸搞搞，一闪神，车翻了。或许是又在驾驶室云里雾里，整累了，整耙了，体力和精力都降到最低点了，盘子一把没稳住，车开下岩了。或许是在翻车后，那个未受伤或受伤很轻的女人，怕出人命，赶紧打了个电话报警，然后就匆匆离开了现场。罗二瘸子顾及脸面，死活也不说出实情罢了。

"幸好不是老娘，不然这脸丢大了。"顺花嫂暗自庆幸。

顺花嫂把这些怀疑加上推理判断，悄悄地给要好的女人说了，一时间便在两河镇私下流传。人们都猜到了罗二瘸子断腿的来由了，只是谁都不在他面前提起。"人怕伤心，树怕剥皮"，丢了一条腿的人也是有脸面的。两河镇的人刀子嘴，豆腐心啊。

在医院躺了半年后才杵着拐杖一步一挪回到家的罗金吉，成了罗二瘸子。这让他悲苦万分，既痛惜丢掉了一条腿，更悲怆彻底失去了竞争于男人社会、纵横于女人世界的先决条件。老爹临死前扯着耳朵灌进去的凤愿完全成了泡影，"雀雀梦""壮丁梦""香火梦"像太阳出来后，浓雾迅速彻底消失得无影无踪一样。"不孝有三，无后为大。"罗二瘸子万念俱灰，几次想拿根绳子了结自己的性命。无奈他女人心地善良，宽恭柔和，随时随地保持警惕，让他的愿望不能顺利实现。女人不仅不让他死，还依然如故地对他百依百顺，对他比以前更心疼，更体贴。渐渐地让罗二瘸子觉得自己还是这屋里的主人，应该主宰家里所有人的命运。况且自己女人还年轻，全然不像生了三个"千金"、全身都走了样的黄脸婆，他有责任不使她轻易地成为别人享用的尤物，尽管从此以后他再也无法享受这尤物。

于是，罗二瘸子又忍辱负重地活了下来。

俗话说：男人三十是个宝，女人三十像把草。恰恰相反，罗二瘸子的女人虽然年近三十，根本不像生了三个娃娃，日子又过得十分艰难的小镇女人。尤其是他丢掉了一条腿，损坏了那宝贝疙瘩之后，没有雨水滋润，她却越长越水灵润滑了：白皙的瓜子脸，明净的双眸，饱满的胸脯，丰腴的屁股，在街上一扭一扭地走过时，便会把镇上那些男人们的眼睛扭得掉了下来。有内心躁动的男人便戏谑说：

"二瘸子，把你老婆借给我一夜吧，给你两张大票子，保证，哥子说话算数。"

"二瘸子，心荒了要医，地荒了要犁。你那犁头废了，哥子们的还利得很哟，借给你用，要得啵？"

"二瘸子，想儿子不？老子给你下个种，保证你不绝后！"

罗二瘸子默默盯住说话的人，不开腔，波澜不惊地来了个单腿独立，缓缓把拐杖举过头顶，仍是不开腔。

戏谑的男人惊异了："哟哟，二瘸子，你他妈是真资格的'金鸡独立'呀！厉害到是厉害，未必然你这个金鸡还能搬个石头去打天不成？"

罗二瘸子还是不开腔，却手举拐杖，单腿跳跃，"噌噌噌"，连蹦带跳地进到这人家中，拐杖一扫，"哗啦！"几声，坛坛罐罐满堂开花。开玩笑的人自认倒霉，不敢再惹这尊瘟神。

于是，两河镇便有两句歇后语：

二瘸子的腿——提不得。

二瘸子的婆娘——犁不得。

三

罗二瘸子活下来了，活得十分窝囊，异常卑贱。

先前罗二瘸子在两河镇当个体运输专业户也挣了不少钱，虽然有些银两撒到了一些不三不四的女人身上，但一家人终还有足够的开支，日子过得也还像模像样。自从那一次把车开下岩后，一场医院住下来，把家中所有的积蓄扔进去后，还倒欠医院数千元的费用。本来医院要求他交清后才能出院的，罗二瘸子不管三七二十一，一走了之。医院遇到这号人也只好自认倒霉。那时国家的保险业刚刚才起步，根本就没有普及到罗二瘸子这些人身上，那车摔了就摔了，没人给你半毛钱的赔偿。生活来源断了，罗二瘸子家道迅速衰败，家里五张嘴就是五个无底洞，全靠东借一点，西赊一点度日。坐吃山空，债台高筑，屋里能换钱的东西都卖掉了，就连房屋都拆了一排卖了木料换粮吃，日子挨一天算一天。

人穷志短，马瘦毛长。没有饭吃的罗二瘸子也顾不得脸面了，常常到镇政府去要补助求救济。开始镇政府还给他几十块钱的补助，打发走这尊瘟神，后来去多了，便没有理他了。有好事者给他出主意，说如果认定是因公受伤，就可评个残疾，每月便可享受相当可观的残疾金。罗二瘸子觉得这主意不错，虽然觉得有很大的难度，是不是因公受伤，他自己十分清楚，但受伤是事实，残废了也是事实，吃不起饭更是事实，人民政府总不能不管嘛，更何况有热线电话号的宣传语"12345，有事找政府"呀！

他决定试一试。

于是罗二瘸子一瘸一跛地来到镇政府门前，以自己的独有姿态站了个金鸡独立，把只剩半截的断腿亮了出来，那腿的截面伤痕上事先就抹了些红药水之类的东西，看上去很瘆人，并让三个小女孩跪在旁边，脚下一张大纸上写着斗大的字：救命！救命！救命！下面是读着催人泪下的描写处境艰难的文字。这一下，引得观者里三层外三层围了个水泄不通。晓得内情的人看要猴戏一般，不晓得的人便连声叹息：造孽，造孽。悲天悯人的情绪一时间在镇上蔓延。

终于，门里的人看不下去了，出来个人，问他，二瘸子，你在这里站个金鸡独立，又弄三个娃儿来跪倒，到底想哪个样？

镇民们认得，那是镇政府分管民政工作的刘股长。

罗二瘸子理直气壮地回答，没想啥，就想让政府给我评个残，让一家人有口饭吃。

刘股长说，评残得是公伤呀，那是吃财政饭的人因公务受伤的待遇，你是个体户，哪来的公伤呀？

我也是为国家搞活物流运输才受的伤，嗯个不是公伤呢？

刘股长说，那也得是单位的在职职工呀，得有事故定性，医院证明，个人填表，领导签字，单位盖章，上级批准才行。这可是文件上明文规定的，哪个敢乱报乱评。再说，天晓得你是嗯个翻车的，交警不是有结论，责任自负吗？

这一下戳到罗二瘸子的痛处了，他怕再说下去人群中有人揭短，便说，反正你们不给我评残，我就在这里站下去。人饿急了啥事都做得出来哈。你们不管我一家大小死活，明天我去县城上访，在县政府门口站着，一直站到死。

最后句话让刘股长脸色一下子变了。

这年头，维护稳定是各级党委政府最大的政治任务，罗二瘸子去县政府上访闹事，弄不好镇上的头头脑脑要丢乌纱帽的。去年东河镇的书记镇长，就是因为有人多次到县政府上访闹事而被撤职了。呀，这事大意不得！

刘股长赶紧进去给书记镇长汇报了。领导们一听脑壳"嗡"的一下就大了，研究来研究去，觉得必须付出点才能打发这尊不仅直接影响镇容，影响社会稳定，还特别关乎自己帽子的瘟神。于是集体决定，特事特办，每月给罗瘸子发百十来块钱的困难补助，条件是罗二瘸子从今以后，不能再到政府门口生事了。

就在罗二瘸子在镇政府门口金鸡独立的第三天，镇长出来了，当众向他宣布了这条决定之后，这位全镇最高行政长官实在没有忍住内心的厌恶和愤怒，狠狠地教训道：

"你还有脸在政府门口要饭吃，还有本事在政府门口站个金鸡独立，有本事你独立去呀？在这里撒泼放横，丢你祖宗八代的脸，丢两河镇人的脸。当初，你那手爪爪不发痒，不去摸那个搭车女人的奶子，不去搞那些空名堂，你那车会开到岩下去吗？你那条腿会丢吗？你那个惹是生非的东西会受伤吗？"

周围的人哄然大笑。都说镇长厉害，一下子就戳到要害了。

罗二瘸子乜着眼睛看着镇上这位最高长官，心里狠狠地说，老子又没摸你婆娘，你气个锤子呀？交警都麻麻扎扎没有明说这件事，你给老子月亮坝里耍刀——明砍了，臊老子皮。老子不看你是个镇长，这根拐杖就要在你脑壳上开花了。

但他不敢说出来，怕真的惹毛了镇长，刚到手的困难补助又飞了。

四

每月百十元的困难补助只能勉强糊口，虽不至于危及生命，但也不能从根本上解决罗二瘸子一家的困难。这几年，眼见得左邻右舍趁着改革开放的形势，打工的，做生意的，开公司办厂的，大都渐渐过上了好日子，就连原来成天跟着自己屁颠儿屁颠儿打下手的远房兄弟罗水娃，这几年都成了万元户。长得人模狗样的，还是个罗圈腿，居然找了个喜欢露胳膊露腿的城里女子，成天搂着，趾高气扬地在镇上招摇而过。罗二瘸子那个眼红啊，恨不得当场把那女娃子办了。当看到自己晃着一条断腿，裤裆里空荡荡的情景时，不由得暗自长叹一声：今非昔比，有贼心有贼胆，贼娃子却没有了，认命吧。

罗二瘸子绞尽脑汁寻思着摆脱贫困的根本办法。

一天，罗二瘸子在镇上罗家酒馆赊了二两寡酒，喝完后出得门来，正好碰见罗水娃晃着两条罗圈腿走过来，便喊住他："三宝兄弟，哥子晓得你现在发了，念在你我亲戚的分上，拉哥子一把，行啵？"样子可怜兮兮的，全然没有以前对罗水娃颐指气使的气派了。

"你不是吃着困难补助吗？一天啥事都不干，政府都给你发钱，天大的好事呀，咋还要我拉呢？"罗水娃故作惊诧地说。

罗二瘸子叹了口气说："那点钱，还不够一家人喝稀饭。你看，三个娃儿要吃饭，大的马上要上小学了，你嫂子又没事做，我这又只有一条腿，一天只有拿出去的，没有进账，再这样下去，活不出来呀。"

"嗨，瘸二哥，别看我开了个按摩店，可也是进的少，出的多呀，至今还欠着信用社万多元的贷款呀！"罗水娃一脸的爱莫能助样。

"三宝兄弟，不是我要跟你借钱，是想求你出个主意，想个找钱的活路。"

罗水娃脸上由阴转晴，两眼转了几下，盯住罗二瘸子"嘿嘿"一笑："找钱的活路多的是，就看你舍不舍得干了。"

罗二瘸子眼睛鼓得像牛卵："只要能找到钱，哥子我啥都舍得干。"

"你呀，也不屙泡尿照照自己是个啥玩意儿，你能赚到钱？你能干的不过就是上访，在政府门口撒泼打滚，还有就是在广场上放张'救命'纸，然后站个金鸡独立，把你那半截残腿抹点红药水亮出来，吸人眼球，戳人心痛，求人家一毛两毛地扔钱。那也是人干的？羞先人哩，拉倒吧。"罗水娃大大咧咧地拍拍罗二瘸子的肩膀，"把眼光放开些，守着个摇钱树，还去讨饭吃，你他妈哈儿呀?!"

"摇钱树，在哪?"罗二瘸子迷惑不解地问。

"在你家里呀。二哥，只要你舍得，我保你一年四季吃香喝辣不愁。"罗水娃诡异地眨眨眼，"好好想想，想通了找我哈。"说完转身走了。

罗二瘸子望着罗水娃一盘一圈走远了的背影，半天没想明白他话里意思：狗日的水娃子，你耍老子。老子要有摇钱树，用得着跟你下话吗？心里把罗水娃骂了个祖宗八代。

罗二瘸子一拐一趔地回到家里，见三个脏兮兮的女儿在屋门口玩泥巴，便问："你妈呢?"

已经满八岁的大女儿喃喃地："在洗澡。"接着又说，"爸，我饿了。"另外两个女儿也叫道："我也饿了。"

罗二瘸子厌恶地看了看这三个女儿，拐进屋，走到里屋门前，一拐杖戳开门，吓得女人尖叫一声。罗二瘸子大怒："啥时辰了，还不煮夜饭，洗个啥子卵澡，洗干净了给哪个看呀?"

话是说了，眼睛却盯了女人光溜溜白生生的身子。突然发现自己的女人竟是这样的耐看，虽然二十七八岁了，还一连生了三个赔钱货，生活的艰难并没有让女人身上发生大的变化，依然是该凸的凸，该凹的凹，模样儿周正，身材苗条。只可惜自己的枪坏了，全然没法舞枪弄棒地逗男人的威风了。一时间，沮丧、失意、悲怆搅成一个大疙瘩，堵在心口上，令他一阵阵绞痛。

女人见罗二瘸子紧盯着自己身子上下打量，以为自己男人想干点什么，便温顺地一笑，眼里闪出欢喜的光亮。这地荒得太久了，哪怕是用手，用嘴折腾一番，也比荒着强呀。

不料罗二瘸子却"呸"的一声，吐了口唾沫，转身出来"啪"的一声拉上了门，坐在板凳上发愣。

他终于悟出罗水娃子话里的意思了。"这狗日的，出这馊主意，脑壳烂完了。"

夜半时候，罗二瘸子以少有的温存搂着女人，又以少有的郑重对女人说："我以前的兄弟罗三宝在下河街开了一个发廊，让你去帮忙，白天二十块，晚上对半开。"

"那不是个按摩店吗？咋是发廊呢？"女人不解地问。

"又理发又按摩嘛，收双倍的钱呀。这都不懂？"

女人很惊异："真的吗？"转眼又说，"可我不会理发呀。"

"不会理发，难道洗个脑壳都做不来吗？给人按按肩膀揉揉腰杆捶捶腿也不是啥难事呀。"然后语气凄然地说，"我看你还是去吧。虽然忙点累点，总有点进账，一家人要吃饭，没钱，你就是把锅儿吊起来当钟打，也打不出饭来呀。"

女人很听话，第二天便去了。晚上却哭着跑了回来：

"你这个丧天良的，哪个把人往火坑里推，硬要让自己的婆娘做那见不得人的事呀？你现在干不了，也不能让别人来干呀。你还要脸不要脸，还是人不是人？"

罗二瘸子低声吼道："哭个锤子呀！有啥子么不到台的，又有啥子干不得的？干一回有一回的进账，又不蚀本，老子不开腔，哪个敢说啥！再说，这总比饿死强嘛。"

女人却不肯再去。罗二瘸子嚯地站起来，金鸡独立，提起拐杖。女人以为他又要打人，赶紧躲进了里屋。不料罗二瘸子却从猪圈里找出一根牛皮绳子，搬来个凳子，站在上面，把绳子搭在梁上，一头打了个活结，便将头往里伸，一边伸一边说："要脸就不要命，要命就不要脸。与其一家大小守着锅儿当钟打，不如现在就死了么台，眼不见，心不烦。"边说边丢了拐杖，把自己挂了个二百五。女人听得板凳"啪"的一声倒地，冲了出来，一看这阵仗，要出人命，便急得抱了罗二瘸子的脚杆，哭着说："我去，我去，你莫去死，莫去死。"

女人又去了。半夜时分，女人回来了，虽然神情沮丧，目光慌乱，却扔给了罗二瘸子一张 50 元的票子，让他高兴得一夜都没睡着。

五

罗二瘸子的日子一天比一天松动起来了。他在酒馆里再也不求爹爹告奶奶地赊账了，也不再喝寡酒，下酒菜也不是一碟花生米，几片豆腐干，而是大声武气地喊："老板，切盘猪脑壳肉，再来份夫妻肺片，半斤泡酒。"

老板很诧异地盯着他："二瘸子，你他妈的有钱吗？莫吃了喝了又是'嘴巴一抹，抬屁股开爬'。哥子可是小本经营，经不起你赊欠哟。"

罗二瘸子把拐杖往桌边一放，坐下来，从容地从腰杆里摸出几张"大团结"，拍在桌上："看看，这是啥。放心，老子有钱，不得欠你的。"那样子，比阿Q走进酒馆，从腰间伸出手来，满把是银的和铜的还要气派。

老板惊炸炸地说："我说二瘸子，你娃现在是祖坟冒烟了吗咋的？财大气粗。呃呃，你这钱是哪个给你的，怕是你又到广场去站金鸡独立，求爹爹告奶奶讨来的吧？"

"不是，不是，镇长说了，不能坏了两河镇形象，再说政府已给了困难补助，我还给镇长保证了的，决不能坏了两河镇名声。"罗二瘸子不在乎酒馆老板的轻慢，急忙解释道。

老板向周围酒客眨眨眼："那你这钱是谁给的？"

"你管球那么多干啥？到底卖不卖。"罗二瘸子有点烦躁，痞子劲上来了。

"我是怕你这钱来路不正，卖给你，我走不到干路。"老板故意神神道道地说。

"你管球它正不正，老子拿钱喝酒，你说那么多'聊斋'干啥子。到底卖不卖，不卖，老子就要……"一边说，一边伸手拿拐杖。

老板怕罗二瘸子又犯浑，赶紧说："卖，当然卖，有钱不卖不是他妈个哈儿吗！"赶紧吩咐跑堂的打酒上菜，伺候罗二瘸子吃喝。

从此，罗二瘸子便成了小酒馆的常客。一个人喝得晕晕乎乎的时候，还常常邀别人来喝两口。酒店里的食客们却一律拒绝，不给面子不说，还揶揄他说："二瘸子，你那酒我们消受不起，喝了恐怕要屙痢哟。"

罗二瘸子"嘿嘿"一笑，并不往心里去，展现出少有的宽宏大量："屙痢不屙痢，老子自己晓得。没得吃的你狗日的想屙痢都没那条件。你们他妈的哪里晓得做人的艰难哟。"

俗话说，人要倒霉，喝凉水都卡牙巴！这话对罗二瘸子来说绝对是真理。

一天晚上，几个人趁着浓郁的夜色，把罗二瘸子的女人不动声色地送了回来。虽然这几个人没穿制服，邻居们也认出了其中一个是镇上派出所所长。

一夜之间，"罗二瘸子翻橇了"这信息便传遍了全镇。

镇上的人都明白，二瘸子的女人犯了啥事。两个小时前，罗水娃的按摩店遭到警察的突击检查。包括罗二瘸子的女人在内的十几个洗头女，都被弄到派出所去了，罗老板罗水娃当时就被警车押往县城拘留守所去了。

"罗二瘸子这回车翻大了，看他狗日的哪个么台。"

"出来混，总是要还的。"

"那个女人呀，跟着二瘸子，也活得造孽。"

"人活到这份上，也莫球得啥意思了。"

街坊都这样说。

罗二瘸子倾其所有，也交不够罚款。于是派出所传下话来，三天之内，交不清罚款，罗二瘸子的女人必须到拘留所去蹲个十天半月。所长找人带话说，他们这样做仅仅是依法行政，并不想跟罗二瘸子过不去，晓得他家日子难过。

罗二瘸子这时便显出男人气魄和瘸子的劲头，对一直哭泣的女人说："管球他的，三天后，我替你去蹲，监狱里总要赏碗饭吃嘛。"

女人却自觉无脸见人，无论罗二瘸子再怎么以死相逼，死活不愿再干这营生，也不愿再出门，终日里傻愣愣地望着三个干瘦的女儿，凄然泪下。几天后，女人悄悄地把三个女儿送到了凉风垭娘屋里，对爹娘磕了几个响头，便回到了镇上。

这天半夜，镇民们被一阵惊叫声惊醒。

"救人啦！救命啦！我老婆在屋里。"罗二瘸子在房子外面，拼命呼喊，凄厉的号叫声在镇上传得很远很远。

仓促而来的左邻右舍赶紧救火，但火势太大，无济于事。

夜暗中，罗二瘸子的屋子笼罩在一片火海中，熊熊火焰映红了半边天，火光中，一个身影在踉跄晃动，一瞬间便被大火全部吞没了。

镇民们齐心协力扑灭了大火。罗二瘸子的家已是一片瓦砾。

罗二瘸子悲怆地呼号："完了，完了！"

有人问他火是怎么燃起来的？

罗二瘸子喃喃地回道："不，不想活了。"

人们心里明白是怎么回事，收拾灭火的东西，转身回去，不再理他。

从此，罗二瘸子便有些疯疯癫癫，逢人便喃喃道："她倒是走了，我啷个办，啷个办？"

人们鄙弃地看了看他，"呸"地吐了口唾沫："造孽！活该！"

日子慢慢地过去了，成天忙于生计的两河镇人便渐渐地忘了罗二瘸子和他的女人。

一个寒冷的早上，有人发现罗二瘸子像狗一样蜷缩在女人的坟前，树上飘落的黄叶缓慢而坚定地掩住了他的身体。

小镇上的诗人

他是两河镇上数一数二的知识分子，正经八百的师范专科学校中文系毕业生，拥有令人羡慕的大专学历，这在 20 世纪 80 年代初的小镇上，算得上是高文凭的人了。

两河镇深藏在米仓山余脉中，千百年来封闭壅塞，能走出去读书的不多，人们的文化程度普遍低得可怜。从镇东卖豆腐的汪老二家，一直数到镇西头编篾席的罗三癞子家，祖宗八代考证下来，没有一个念完高中或相当于高中文化程度的人。就是镇上罗家祠堂里的族长，能一天到晚摇头晃脑"之乎者也"地讲《论语》，背《诗经》，还能用一支大如刷子的斗笔写春联的罗七爷，也只上过三年私塾，其中光是《三字经》《千字文》就念了一年半，算起来顶起天相当于高小学历，比起他的大专学历还差八帽子远哩。

他的学历虽高，却生不逢时，毕业后阴差阳错分配到两河镇小学，当了一个孩子王，终日教镇上那些细娃嫩崽们读"大小多少，人手口刀"，日子过得寡淡寂寞。按说刚进入改革开放年代的年轻人，物欲和憧憬是很多的，业余生活也应该多姿多彩。他不是这样的。他别无他好，只喜欢写诗。大把大把的时间，都用在写一些别人读来懵懵懂懂，自己读来也懂懂懵懵的诗上了。写成后，一封一封地寄出去，又一封一封地退回来。退回来的稿子，码在他那三尺见方又是书桌又当饭桌的写字台上，几乎淹没了他的脑袋。上帝保佑，就在这些编辑部"不拟刊用"的稿件，坚定不移地码到两尺来高时，终于有一首短得可怜的小诗发表在一张本市的报纸上了。

但是，他没有看到。

第一时间看到的是镇上文化站的麻站长。

麻站长姓何，因小时候出水痘，医治无方，干疤后成了一个个小坑，芝麻一样撒在脸上，后来变成了繁星满天的麻脸。跟他要好的人不喊他何站长，只喊他麻站长，他也不生气，乐呵呵地答应，结果全镇大人细娃都喊他麻站长了。

那天，麻站长早早地来到文化站，刚打开门，镇上的邮递员就骑着一辆邮绿色的自行车疾驶到门口，把一摞报纸杂志扔给麻站长后，又绝尘而去。文化站是镇上的文化活动中心，要满足小镇人的文化需求，订的报纸杂志比镇政府还多。

麻站长并不急着把报纸杂志摆上书架，让人们先看，而是泡了一杯"三花"，搬出一把竹椅，坐在门前黄葛树下，一边让初升的阳光沐浴着他的麻脸，一边翻阅报纸杂志。

镇上食品站退休职工吴二爷踱着方步走到门口："麻站长，今天的报纸来了没有？"

"来了，这不是吗？"麻站长扬扬，"哗哗"地扇得纸响。

"那不放架上，让大家看看有些啥新闻呀。"

"你急个屁呀，等我翻完了再放。"

这是麻站长的特权，近水楼台嘛，谁让他是文化站长呢。吴二爷只好把往天的旧杂志拿下来翻看。他识字不多，对文字没啥兴趣，只看那些花花哨哨的图片。

麻站长翻着看着，突然一声惊叫："罗尔桂，这不是桂娃子的名字吗？嘟个弄到报上去搁起了呢？"这一声，直接把黄葛树上几只山雀子惊飞了。

如果人们没有看见哥伦布发现新大陆时是何种表情，此时便可参照麻站长惊愕、惊异且惊喜的神态了。

于是，便有好奇的人们迅速地围了过来，伸长脖子鼓起眼睛朝麻站长手中的报纸看去。

"麻站长，莫看花了眼哟。我是晓得的哟，市上那报纸，是党报，重要得很，不是随便哪个能上的。两河镇自打土改以来，除了老镇长罗大山前几年被县上选为学大寨积极分子，出席地区表彰会时上过报，我还没听说过有第二个人上过报哟。桂娃子虽说是个大学生，也不过是个镇小的教书匠，没见他有啥子不得幺台的事情要上报嘛。你们看他那三根筋吊着一个头，晃过去晃过来的样子，能有这福分？只怕大晌午困瞌睡——做白日梦吧？"吴二爷是食品站专司杀猪卖肉职能的职工，人称"刀儿匠"，见多识广，这时，便拗着叶子烟杆不失时机地卖弄了一通，有意无意地把罗尔桂贬得一钱不值。

麻站长把那张报纸递到他面前："你说得白泡子翻，还不如各人拿去看看，未必然老子眼花了吗？"

吴二爷"嘿嘿"干笑两声，用烟杆把麻站长递过来的报纸挡了回去："莫戳二哥肋巴，你晓得它认得老子，老子还不一定认得它。"

"是噻，你哥子何必跟我争嘛。看这上头，白纸黑字，个是个的，印得清清楚楚，"然后指着上面一字一点地，"罗——尔——桂，不是他是哪个嘛！你个咬卵匠。"

他，就是名字上了报的罗尔桂。

"天底下同名同姓的人多了去呢，未必然只有他一个人叫罗尔桂。山溪河湾里罗石匠的老二也叫罗二贵，莫是他哟，听说人家也在外面念书，学问大得很哟。我们镇上这个罗尔桂，莫看他喝了一肚子的墨水，才是茶壶里的汤圆——倒不出来。听贾大嫂的大孙儿说，他连加减乘除都算不大醒豁，经常把书上的算术题教错，学生娃儿都要笑话他。这个水平，未必然还会在报上登文章，那要多高的学问才得行哟。"镇上小有名气的寡妇孙玉花坐在文化站的吊牌下，一边纳鞋底，一边守着烟摊摊，满脸不屑地说。

在全镇男女老少中，可能要数孙寡妇最瞧不起罗尔桂这个教书匠了。说起来她和桂娃子还有点疙瘩亲，论辈分她是罗尔桂出了五服的远房表姨。按理，本家人中有造化自己也有一份脸面，但近来她风闻这个桂娃子先生在打他女儿的主意，甚至有人悄悄告诉她，曾在县城恍眼看到桂娃子和她女儿看电影，亲热得很，俨然一对恋人似的。孙寡妇听后嘴上没说什么，心里却在骂：龟儿子也不屙泡尿照照自己是个啥鬼样，癞蛤蟆想吃天鹅肉。

孙寡妇的女儿叫罗水英，生得俊秀娇美，性情柔和，中学毕业没考上高中，孙寡妇想方设法，在镇卫生院给她找了个临时工做着，目前正暗地里游说医院送女儿去培训，争取当护士。罗水英是孙寡妇的掌上明珠，伊一门心思想让女儿攀个高枝，好脱离这山旮旯，过城里人的生活，对络绎不绝前来说媒的人口封得很死："不是城里头吃财政饭的人，莫来做我的女婿。"那年头，只有机关事业单位的干部职工才能享受这个待遇。桂娃子虽是吃财政饭的，但他不是城里人，也不是镇上人。他的老家在两河镇最苦寒的凉风垭，至今他爹妈和兄弟姊妹还在那里挖泥巴，一家人缺吃少穿，一年四季都难得打几回"牙祭"。这样的人家，孙寡妇是断然看不上的。再说，一个穷教书匠，一个月百八十块的工资，把自己肚子箍圆都成问题，还想养活婆娘娃儿？当娘的是万万不能让自己宝贝女儿去受那活罪的。你罗尔桂想摘镇上这一朵花，门儿都没有！孙寡妇选择这个时候发言，不失时机地在公众场合把罗尔桂贬得一文不值，就是想当众表明自己的严正立场和择婿标准，让人把话带到罗尔桂耳朵里去，好断了他这不知天高地厚的念想。

麻站长颇有些愤愤不平，很想给这个有点风骚的寡妇一个有力的回击，却一时找不到合适的言辞，并且他多少有点虚火，怕与这个骂起人来敢于把对方最隐秘的东西，弄来口头展览的婆娘较量。这事，麻站长是有教训的，他至今都对孙寡妇强行在文化站门口摆烟摊的事耿耿于怀。

那次，孙寡妇推了一个放满香烟和零食、饮料的推车，摆在文化站门口售卖。麻站长觉得挡住了文化站牌子，有碍观瞻，让她摆远点，没想到立即遭到孙寡妇一顿劈头盖脸的臭骂：

"呃，麻站长，这个地方是你私人的吗？市管会的人都不管，你娃手伸得长哟，要管老娘摆摊的事了。莫以为自己当了个文化站长，就幺不得台了，也不晓得自己到底认得几箩筐的字，硬要猪鼻孔里插大葱，装个有文化的象哟。"

麻站长自知不是对手，赶紧缄口，男不跟女斗，让她摆下去，这一摆就是几年。今天见孙寡妇这么噼里啪啦一顿数落，竟无了语言，一时不知道怎么还口。正在难堪之际，一转头，突然发现罗尔桂一摇一晃地从街那头走过来。

麻站长精神一振，像看到救星一样，赶紧向罗尔桂招手："罗老师，来来来。"

罗尔桂手上照例拿了一摞信件，那是他准备去邮电所给编辑部寄的诗稿，听到麻站长喊他，愣了一下，怔怔地看着麻站长，有点蒙。他不明白这个平日里只用"桂娃子"唤他的文化站长，为何忽然称他为"老师"。古人云，"师者，所以传道受业解惑也"，在小镇上理应受到极大的尊重，可他还从来没有享受到小镇人的这个礼遇，能喊一声"桂娃子"就算看得起自己了。

"呃呃，罗老师，罗先生，"麻站长为了挫一下孙寡妇的锐气，一瞬间又把罗尔桂的身份升高到先生的地位上去了，"你看，这是不是你的大名？"麻站长摊开报纸，递过去，指着上面问道。

罗尔桂更加惶惑了。"达者为先，师者之意"，"先生为达"，呀！这是多大的抬举呀！他似乎有些难于承受这突然降临的规格极高的礼遇，脸上肌肉抽动了几下，挤出一丝不像笑倒像哭的表情，慢慢地接过报纸，顺着麻站长的手指看去。不看则已，一看那眼睛便倏地亮了，喉咙里闷雷似的咕嘟了一声："天哪，真的发了！"

"发啥子？发财了？"吴二爷两个眼睛鼓得像"二筒"，惊奇地问罗尔桂。

到底是麻站长见过点世面，对吴二爷哂笑道："你老人家一天就晓得发财，一辈子也盼着发财，到老来也没发过财。人家罗老师说的是发表了。"

吴二爷不在乎麻站长的嘲讽，赶紧问："发表，啥子表？手表还是怀表？发给哪个？"

麻站长大笑起来："你拉倒吧，狗撵摩托，不懂科学，还手表怀表哩。人家说的是作品在报上发表了。"

吴二爷眨眨眼，像是明白过来了："真的呀！这就不得了了，在报上发个表，是比单位发个表要扎称得多。"食品站有一年评先进，给单位的先进个人奖励了一块价值 20 元的电子表。吴二爷不是先进个人，没得到，心里一直疙瘩着。

麻站长再一次哂笑了，却没再奚落吴二爷，转向罗尔桂："罗老师，你发表的这一行行东西是啥子，叫个啥名？"

"诗，就是诗呀。"罗尔桂很兴奋地回答，苍白的脸上有了一团红晕。要知道，这是他写了数百首诗，又投寄了几十个编辑部，才发表的第一首诗呀。那年头，能把自己的文字变成铅字，是一件多么不易的事啊！怎能不让罗老师罗先生激动万分呢。

"对对，就是发表了诗呀，这是文学作品中的一种体裁，和小说、散文一样。罗老师，我说得对不对？"麻站长不失时机小小地卖弄了一下。关键时刻，不能缺位，文化站长岂能没有文化？

罗尔桂听到麻站长问，便点头："嗯，嗯，对，对。"眼睛却没离开报纸，依然在仔细看他那首次发表的伟大作品。

"啥子叫诗？罗先生。"吴二爷冷不防地问，不知他是真不懂，还是想考考这个秀才先生。

"诗就是，就是……就是……"他想用最崇拜的一句名言"诗歌是镶嵌在文学王冠上最美的一颗明珠"来解释，但立刻否定了，不行，太雅，他听不懂的。罗尔桂搜肠刮肚，一时找不到通俗易懂的话，来向这位镇上曾经赫赫有名的刀儿匠阐述这种文学体裁的内涵和外延，竟然怔住了。

麻站长一看机会来了，赶紧说："嗨，亏你还活了五十多岁，连诗都不懂。这个诗嘛就是，就是……对了，就是唐朝李白写的那个，那个诗嘛。"麻站长又抓住机会，大大地卖弄了一番自己的学识。

啊！这话像惊雷炸响一样，众人一惊，立刻肃然起敬了。

天哪，了不得呀！能写诗的人是多么了不起哟。那简直就不是凡人了。李白是凡人吗？肯定不是，戏文里都说了，他是文曲星下凡的谪仙人呀。两河镇自古以来就有李太白骑白鹿路过镇后太白岩，在此地醉酒升天的传说，那陡峭的崖壁上至今还有明朝的一个县令书写的"太白岩"三个箩篼大的字呢。

"啧啧，能像李白一样写诗的人，硬还是不简单。常言道，

'人不可貌相，海水不可斗量'小小年纪就能写诗，幺老弟家出能人哟。"吴二爷认识罗尔桂的父亲，这时称他父亲为幺老弟，纯粹就是套近乎了。

人们随着吴二爷发出的一阵"啧啧"之声，立马随声附和："啧啧，不简单，硬是不简单。"

孙寡妇终于停止了飞针走线，张着耳朵仔细听众人的议论。关乎女儿终身大事，伊不想漏过一丝一毫的信息。

麻站长彻底高兴了，脸上一颗颗麻子放着红光："我就说嘛，人看从小，马看蹄爪。桂老弟从小读书就努力，那时在镇中时，老师就说他是块读书的料，那么大一个镇中，只有他一个考上了师范学校。古语说，读书破万卷，下笔如有神。桂老弟这是读了多少书，才写出这么好的诗来发表在报上。你们没看见，他屋里的书，恐怕要装几箩篼哟。"众人从麻站长一番赞美之辞中，似乎感觉到两人之间的关系，亲近得不摆了。

于是人们更加肃然起敬，吴二爷甚至对刚才自己出言不逊的话追悔莫及了。

"桂老弟，念念你写的诗吧，让乡亲们听听。"麻站长拍拍罗尔桂的肩膀，亲热地说。他已经完全把自己降到与罗尔桂平起平坐的兄弟辈分上去了。

这时罗尔桂已经完全陶醉在铅字里了。读书时就梦想做个诗人的他，已经熬更守夜地写了数不清的诗歌了，但却从来没有一首在正规的报刊上发表过，寄出去的稿件不是一篇篇退回，就是"赵巧儿送灯台，一去永不来"，让他气馁沮丧失意彷徨，好几次都想放弃，但一想到普希金、拜伦、惠特曼的万丈光芒，想到舒婷、北岛、顾城们在诗坛向他招手，罗尔桂没有放弃，锲而不舍地写呀写呀。老天有眼，终于在他换成600度近视眼镜时，有了自己的诗变成了铅字的美好日子。罗尔桂似乎感到，他离舒婷、北岛他们，只有一步之遥了。

罗尔桂被人一拍，猛然一惊，抬起头，兴奋又惶然地看着麻站长，不晓得他说的啥。

"念念，让大伙儿见识见识你的才华。"麻脸上闪烁着少见的诚恳和期望。

罗尔桂惶然地看看周围，见无数双眼睛都期待地望着他，便受到了极大鼓舞，浑身热血涌动，差点滴下泪来。"好吧。"他清清嗓子念道，"《颤语》，嗯，这是题目。下面才是诗。"众人忙点点头说，好好。

"春水涨潮哗啦的时候/感觉到欢欣里的突然吗/世界远离黑洞的时候/体验到愉悦中的惊悸吗/拉着一只无形的手/拉着一个地老天荒的花季/拉着一个相濡以沫的传说/走过急流走过浪荡/拥抱的一定是/彼岸语无伦次的颤语。"

罗尔桂很痛恨自己没有朗诵的天才，把一首本来很抒情的现代诗（他认为是这样的），念得来像一节干笋子似的，干巴巴的，一点水分都莫得。

他抬起头，期待地望着他的乡亲们，想看看大家对他伟大作品，表现出惊讶的佩服和喜欢的赞赏。

然而，大家都愣着，你看我，我看你，最后一致地把困惑不解的目光投向吴二爷。在两河镇上，这个杀猪卖肉的刀儿匠的话往往能起很大的定论性的作用，就像他手中曾经的刀子，决定着镇民们在肉案上的得失一样。尽管他大字识不了一箩筐。

吴二爷呷巴着叶子烟杆，半闭着眼睛，吐了几团烟子，才慢慢地说："嗯，嗯，写得好，写得好。"

众人一听，也附和着说："对，对，是好，写得好。"

麻站长一听，眼睛笑成了豌豆角了："我就说桂娃子兄弟这首诗写得好嘛，不然啷个能上报，那报纸多厉害，不是哪个想上就上得了的。"随即拍拍罗尔桂的肩膀，"罗老师，当了诗人莫把你麻大叔搞忘了哟？"辈分完全乱了，这时麻站长又成大叔了。

"好个屁，听都听球不懂！"半天没开腔的孙寡妇突然甩出一句硬邦邦的话，像炸雷一样滚过众人耳边。

众人一惊，脸上立即露出如释重负的表情：天哪，只有这婆娘才说了句老实话。那是啥子诗哟，硬是没球听懂。

麻站长有点光火了，立即奋起反击："听球不懂，怪哪个？未必然报纸的水平比你低呀？人家编辑记者是胀干饭的？电视机里有人影是哪个回事，你们懂不懂？冰箱哪个会把肉冻得梆硬，你们懂不懂？原子弹火箭哪个造的，你们懂不懂？"麻站长突然转向孙寡妇，"你卖的烟人吃了上瘾又是哪个回事，你懂不懂？唉！"麻站长一阵"乒乒乓乓"，机关枪似的，打得众人措手不及。其实，罗尔桂念的是些啥意思，他也没球听懂，但他觉得理应捍卫小镇上唯一的诗人——罗尔桂罗先生的尊严，从某种意义上讲，这也是在捍卫和巩固自己这个文化站长在两河镇的地位。

"报纸又哪个嘛，还不是人办的。听不懂还是听不懂，哪怕是皇帝老倌写的圣旨呢！人家李白的诗才写得好，我没读过几年书，但他写的'床前明月光，疑是地上霜'，我从小就听懂了的。那才是真的诗。"孙寡妇根本不买麻站长的账，伊要抓住时机，当面杀杀这个想"拐"她女儿的"人贩子"的狼子野心。

"我也是一句都没听懂，不晓得桂娃子说的是啥意思。是不是请麻站长讲解一下，让我们也弄醒豁到底写的啥。"吴二爷出尔反尔，断然否定的他刚才的赞叹，迅速地跟孙寡妇站在一条战线不说，还给麻站长下了一个大大的整脚棋。

麻站长很难堪，一时竟无语反击。他心里明白自己那点水平，是根本无法对这首他也没球听懂的诗作出任何讲解的。

正在难堪之际，孙寡妇的女儿罗水英像是从天上降下来的一样，出现在人群中："你们在说啥子?"

麻站长一下找到了救星："水英姑娘，你来看看，这是罗老师写的诗，发表了，刚才罗老师给大家念了，你妈这些人说听不懂，你来看看，给大家讲解讲解。"

水英接过报纸，看了看，露出欣喜的神色："哇，太棒了。"说完，突然把报纸拿到鼻子边嗅着，陶醉似的说了一声："真香!"

吴二爷不解地问："香! 啥子香?"

"墨香!"水英回答道。

罗尔桂心里一阵狂跳，终于有知音了。就凭这两个字，所有的付出，都值了。

突然，孙寡妇一声断喝："水英，回家去。"

水英望着她妈怒气冲冲的样子，不解且娇嗔地："妈——"

孙寡妇冲过来，一把抓住水英的手腕，不由分说地将她拉出来，轰走了。那张报纸，也让孙寡妇扔到了罗尔桂的脚下。

罗尔桂呆呆地站在那里，望着他的乡亲们。他很想向这位期望中的岳母大人解释诗的意象、意境和蕴涵的情感，甚至想说，这是为她的女儿水英姑娘写的一首朦胧诗，一般人是看不懂的，需要有浪漫情怀和高度形象思维的人，才能悟到其中的诗意。他的乡亲，市井俚巷中的凡夫俗子，哪个有这水平呢? 但他不敢。他知道这位期望中的岳母大人断然听不懂这些高深的文学术语，更不懂贯穿于诗中的浓烈情感，倘若让伊知道自己藏在诗中的"罪恶"目的，未来的岳母大人一定会骂花鸡公一样给他来个狗血淋头。如此，诗人的形象就彻底毁了，给伊当个未来的女婿的期望定会变成泡影。

罗尔桂感到了十分痛苦和孤独，像寒风中的枯树一样瑟瑟发抖，一股加那利寒流掠过他的全身，几乎要将他卷进大海深处，令他窒息绝望。然而突然间，又有一丝墨西哥湾暖流，在心底慢慢地流过来，那是一句"好香啊"带来的温暖，像一座灯塔，为他升起到达彼岸的希望。为了这希望，他必须耐得寂寞，忍受孤独。是的，必须的，"板凳须坐十年冷，文章不写半句空"，只有这样，才对得起这股漾在心底的神圣亲切的暖流。

罗尔桂木然地看着他的乡亲们，脑袋里突然蹦出一句诗人们常常聊以自慰的名言——"诗人都是孤独的"，立刻心平气和，静若止水了，不仅如此，还在瞬间产生了一种近乎崇高的冲动。

他慢慢地将那张报纸捡起来，忽然"哧啦"如裂帛一声，撕成两半。在众人惊愕的目光中，又慢慢地把它撕成一块块碎片，然后像天女散花一样，轻轻地抛在那些听不懂他的诗的乡亲们脚下，转身，坚定地，一摇一晃地，走了，把那些"诗评家"扔在一片惊讶和愕然之中。

半晌，孙寡妇一声惊叫："这娃儿有神经病。"

憨娃进城

　　两河镇靠山村的女人们一夜之间突然像换了个人似的，漂亮了许多，也神气了许多，使得村里的男人们尽都眨巴眨巴着迷惘的眼睛，望着女人们平日里蔫耷蔫耷，东摇西荡，今天却胀鼓鼓地骄傲挺立的乳房发愣：

　　日怪哩，啷个全村的这些女人像是谁喊了"一、二、三"口令似的，一律在胸门前挂上了那白生生新崭崭的玩意儿，这是哪阵风发了？未必然这些女人们硬是要逗得男人冒骚火，心里痒痒像猫抓吗？抑或是要把那两个宝贝疙瘩实施重点保护，不让我们随心所欲肆无忌惮地揉搓吗？

　　男人们一边费尽心思地猜测，一边欣赏自己的女人，不断在心里赞叹："鬼婆娘，是要比往常好看多了。"

　　待到月上中天时，靠山村的男人们终于在自家枕头边，听到了一个让山里男人和女人们既可气又可笑的故事。

　　村里曹三姑家的老二，大名罗建刚，小名叫憨娃，那天进城卖药材，肩负了一个光荣而重要的任务——给他的山妹子买一个不好说出口的东西。为了向憨娃说这事，山妹子费了很大的周折。

那天，已经到垭口了，山妹子还没有回转去的意思，再送下去就到桃花河码头了，走到那里，憨娃就要搭船进城去了。憨娃只好停住脚，对一路紧紧伴着他的山妹子说："莫送了，离村已经七八里路了。"

　　其实，憨娃巴不得山妹子把他送到城里，俩人好一块手拉手地转大街逛公园，再去照张彩色照片，然后花两块钱买张票，坐电梯上全城最高的大楼顶上去，看新修的街道和楼房，看人像蚂蚁一样爬，看奔流不息的嘉陵江。真的，憨娃对城里那些新鲜事很感兴趣，尤其对那些亲热地搂抱着逛街的少男少女羡慕得很。憨娃今年才满二十岁，长得结实精神，浑身都洋溢着对异性的渴望。但是他不能带山妹子进城去。山妹子从来没出过山，就连三十里外的两河镇，长这么大也只去过两三次，还是跟她妈一起去卖山货时去的。他爹把她管得严哩，常常黑起一张脸说，一个姑娘家，满世界疯跑干啥子？有这工夫，多砍几捆柴，多捡几筐菌子，也能换几个油盐钱嘛。山妹子的爹是村里最有威望的猎户，也是憨娃最崇敬又最虚火的长辈。憨娃要是领着山妹子做出了他认为丢人现眼的事，老猎户会像拧野猪脖子一样，拧断他的脖子的。憨娃和山妹子已经好了两年多了，两个人亲热得莫法说，只等山妹子爹开口。憨娃他娘已经说了，秋后就打算请媒人到山妹子家提亲，如果她爹答应，明年开春就成亲。憨娃不想因小失大，山妹子是他的命哩。

　　"憨娃哥，"山妹子眼睛水汪汪的，声音也是甜丝丝的，"到城里莫走失了哈。"

　　"嗯，晓得！"憨娃认真地点点头。

　　"莫看花了眼哟！"

　　"嗯，不得。"憨娃子还是认真地点点头。

　　稍停，山妹子又悄声说："憨娃哥，你进城去，给我买个东西要不要得?"眼光有些闪烁,低着头不敢看憨娃。

"买个啥子东西?"

"买个,买个……"山妹子的脸"唰"的一下子红得像个石榴,"就是,就是你说的城里女人胸口上戴的那个,那个东西。"

话未说完,便飞也似的往回跑下垭口了,把一股山里少女的芬芳和淳朴气息留给他,让他立刻感到一阵莫名其妙的冲动和愉悦。

憨娃不憨,知道山妹子说的是啥。

前天晚上,憨娃和山妹子悄悄约会在村头香樟树下,相偎在树旁的草垛里。月亮不知跑到哪里去了,天很黑,夜幕扎扎实实地把他俩笼罩住了,村里除了偶尔传来几声狗叫,万籁俱寂。

这几年,憨娃多次把在山里挖的一些贵重药材背到一百多里外的城里去卖。城里的药房很喜欢他的这些原生态的中药材,比卖给镇上供销社,价格要高出两三倍。憨娃每次回来,除了给山妹子带些发夹、丝巾一类的小礼物外,还给山妹子讲好多城里头稀奇古怪的事,什么有颜色的电视机哟,戴在手上数字一闪一闪的电子表哟,把满大街都轧断的服装摊点哟,一条裤带要卖二三百元哟,还有一丝不挂地躺在大街当中的石头女人哟……把山妹子那双水汪汪的眼睛弄得满是惊异:天哪,山外边还有那么新奇的地方呀!

"呃,给你说,城里的女人兴戴这个东西。"憨娃神神秘秘地说。

"啥东西嘛?"山妹子好奇地问。

"就是在胸口上戴个罩罩,把那两个肉疙瘩托得高高的,胀鼓鼓的,很好看哩。"憨娃嘴上说着,那手就不老实地在山妹子胸脯上游走。他可不憨,精着哩,坏着哩。

"羞，羞死人了哟。"山妹子连忙捂住脸。

"羞啥子嘛。"憨娃解释说，"人家城里的男人和女人在大街上都是搂着走路的。"

"那就没有人管管呀？"

"管啥呀，都是这样的，就是亲个嘴，也没有管。哪像我们拉个手都要躲在黑凼头。"

"谁让我们是山里人呀。"山妹子叹了口气，看了一眼憨娃，突然发现憨娃两只眼睛冒着异样的火花，呼吸在一瞬间也变得急促起来，她的心就像小兔子一样蹦跳起来了……

也许不是周末，县城百货公司显得冷冷清清，没几个人转商场，售货员在货柜里面百无聊赖地发呆。

憨娃在柜台边仔细寻找女人胸口上戴的那东西，那神情就像在山里寻找当归、三七、贝母一样。他知道，嘴上说羞的山妹子心里却是极想要那东西的。她不光是受爱美的好奇心驱动，而且也是想用它把憨娃的眼睛从城里那些女人身上拉回来。真的，山妹子害怕憨娃看花了眼，瞧不起她这个胸口上没戴罩罩的山村姑娘。同时，她还有一个小心思，想让村里的姐妹们突然大吃一惊，然后羡慕得要死。不然，她才不会开口呢。

转了两大圈，憨娃始终没找到那东西。他简直要大失所望了。都说城里头这些年改革开放，变化很大，啥都有卖的，唧个竟没有女人胸口上戴的这东西呢？这算啥子城里哟！

其实，那东西究竟是个啥样，憨娃并不清楚。他进过几次城，也只在大热天里见过女人们戴那玩意儿，而且是隔着衣服朦朦胧胧，隐隐约约地见过。憨娃绝无胆量请别人让他看仔细，就连这玩意儿叫个啥名字他也不敢问，只晓得全城的女人都戴那东西，胸脯一挺一挺，屁股一扭一扭，很神气地走路，便得出了那一定是一个能使女人胸口鼓胀起来的，并能让男人们动心的东西的重大结论。

憨娃不是诗人，绝不会把山妹子比着太阳月亮鲜花露珠儿什么的，也不会想到"拥雪成双峰""玉山耸罗衣"一类文绉绉的艳词，但他坚信，山妹子倘若也戴那东西，百分之百比城里女人更好看。他了解山妹子的胸脯，用手丈量过那个部位，那是能让每一个山里的男人，只要看上一眼，就不愿意把目光从上边挪开的结实而秀美的胸脯，就像村西头高高耸立的两座山峰。

憨娃正在丧魂落魄地失望，偶然间一转头，突然禁不住一阵脸红心跳，慌忙低下头，像犯了罪似的，心里便不住地埋怨，这城里的女人也实在太不要脸了，哪个光着屁股站在门口呢？也不怕丢人现眼。罪过，罪过！心里这样说，眼睛却又忍不住偷偷地看。多看了几眼后，才发现那个以一种傲然的姿态站在门边橱窗里的女人是假的。憨娃很是惊异，他不知道这是模特架子，只觉得世上还有这般手艺，用什么东西把女人做得这样活灵活现，惟妙惟肖啊。城里人真他妈的鬼名堂多哩。

尽管憨娃看得脸红心跳，血脉贲张，却意外地发现，那个假女人胸口上正好戴着山妹子想要的那东西。哈哈，谢天谢地，终于找到了。

憨娃简直喜出望外了，一阵风似的刮向柜台。

"大姐，买个东西。"憨娃以山里人的质朴和憨厚称呼正在和另一个男售货员吹龙门阵的女售货员。

不知"大姐"是没有听见憨娃对她的尊称，还是不愿搭理这个满身土味的乡巴佬，仍旧和男售货员吹得白泡子翻，猩红的嘴里飞出片片瓜子壳儿和令正经人发怵的阵阵笑声。

"大姐，我买个东西。"憨娃又说了一次。

"大姐"斜睨了他一眼："等一下！"

憨娃于是就等着。已经找到了这东西，只要能买到，就是等个一天半天都莫关系，为了山妹子，他有的是耐心。

　　待到憨娃站得两腿发麻时，"大姐"终于过来了："买啥子嘛？"

　　"嗯，买，买个……"临到要买了，憨娃却突然慌乱了。呀，这可不是男人用的东西呀，哪个好意思当着女人的面说呢，况且，他并不知道这东西叫个啥名称。憨娃感到万分为难，一时间卡住了。

　　"到底买啥子呀？""大姐"有点不耐烦了。

　　"就是胸口上戴的那个东西。"

　　"胸口上戴的东西多了，像章、徽章、纪念章、领带、胸花、别针、项链、丝巾，鬼晓得你要买哪样？"

　　"就是那个呃。"憨娃急中生智，指着橱窗里那个让他脸红心跳的假女人的胸脯说。

　　"我默倒是个啥不得了的东西呢，不就是个乳罩嘛。"这字眼从猩红的嘴里飞出来，轻松得像吐出一片瓜子壳儿，全然不像憨娃这么费劲。

　　"对对，就是……罩罩。"就是顺着"大姐"的话，憨娃也不好意思说出那个让他脸红的字眼。

　　"一个大男客家，连乳罩都不敢说，还要来买，恐怕连是上头用还是下头用都没弄醒豁。""大姐"对男售货员眨眨眼，小声说道，没等憨娃反应过来，即提高了嗓门："多大的？"

　　"啥子？"憨娃反问她。

　　"问你买多大型号的，也就是多大胸围的。"

　　"不晓得。"

　　"不晓得你买啥？龟儿子安心捣乱嘛咋个？""大姐"生气了。

　　憨娃急了，他想找个参照物，看看假女人，不行，太小，又看看周围，没看见一个女人，又转过头来看看"大姐"，惊喜地指着"大姐"的胸部："就你这个这么大的。"

"啪"的一声，"大姐"顺手给了憨娃手背一下："文明点哈，指指戳戳干啥子，莫家教啊！"

"就是你这么大的，我摸了的。"憨娃更急了。

"呃哟！撞到你屋头先人板板哟。认都认不到，你还摸了的？我男人都不敢随便摸，你摸啥？啊，你摸啥？不说清楚，今天输你娃儿走得到干路。""大姐"彻底火了。

那男售货员走过来，一把揪住憨娃的领口："妈的，你小子公众场合下，敢耍流氓，看老子今天怎么收拾你。"

憨娃一把把那男的手掰开："呃，呃，这位大哥，莫听拐了。人家说的是摸了山妹子那个东西的。"憨娃慌忙解释。他很气愤城里人不讲道理，太欺侮乡下人了。昨天晚上，在一个小旅馆睡了一夜地铺，被老板娘敲了十元钱的住宿费，还说便宜了他。今天中午在小店里吃了两碗面外加四个包子，竟收了他十八块钱。十八块呀，在靠山村可以买两担红苕，要吃半个多月了。这不是活抢人吗？看来这城里头是越来越进不得了。

"啥？三妹子，你小子硬是想占欺头哟，她就是三妹子！我们单位的人都这么喊她的。"男售货员指着"大姐"说。这家伙有点不嫌事大，像煞有介事地说："老实说，你啥时候摸过的？"那手又揪住了憨娃的领口。

"拐了，听拐了，我是说我那个对象也叫山妹子，就是大山的山。嘟个的哟，未必然只准她叫三妹子呀。就不准我们山里的女娃儿叫山妹子？我是说我摸过我那个山妹子的，又没摸过你这个三妹子的。"憨娃一边说，一边很生气地扯脱"大哥"的手。山里人脾气上来了，十头牯牛都拉不住。

"大哥""大姐"一听，哈哈大笑。周围看热闹的人也笑开了，说这娃儿耿直得可爱。

憨娃很尴尬地站在中间，恨不得有个地缝钻进去。把他和山妹子最隐秘的事当众说出，他有点后悔。妈的，都是这些城里人逼的！憨娃在心里恨恨地说。

"摸了的。呃呃，说说，有多大，像什么模样？"这位"大哥"正在百无聊赖之中，这一下像吃了鸦片一样来了精神，他想在这个山里人身上寻点刺激，给单调乏味的柜台生活添点麻辣烫。

憨娃陡然感到受到了有生以来最大的侮辱。他对说出了心上人的名字，以至让这样的人来羞辱她的事追悔莫及，回去啷个向山妹子说呀。"妈的，这些城里人也真是太欺侮人了。"憨娃鬼火直冒，他真想一拳把这位"大哥"揍个满脸开花，让他尝尝山里人的厉害。但他没敢这样做，除了山里人根深蒂固的自卑感外，他更清醒地知道，这里不是他讲理的地方。那些吃着他们辛辛苦苦种出来的粮食的人，压根儿就没把他这个乡巴佬放在眼里，这些端着铁饭碗的国营单位的职工，骄傲得很，说不定都在想把他当猴一样耍弄一番，引发他们的笑神经，以便让肠胃里的东西消化得更顺畅些呢。

憨娃狠狠地瞪了"大哥""大姐"一眼："算了，不买了。"转身欲走。

"想走，莫得那么撇脱。看样子，你小子是莫得钱买乳罩，跑到这里来占便宜，耍流氓来了，要不要我们叫警察来收拾你一下？""大哥"向"大姐"讨好似的眨眨眼，看来他是安了心的要扭到憨娃费，让憨娃走不到干路。

"嘿嘿，莫钱，别隔着门缝看人，把我们乡下人看扁了。"憨娃冷笑一声，"莫说买一个罩罩，就是十个百个都买得起。"憨娃一下来了劲，就凭着腰里揣的卖药材的百十来张"大团结"，他自认为是可以和对方较量一下的。

"说话算数。"男售货员挑衅的盯住憨娃。他立马预感到，从这个老实憨厚而又血气方刚的山里人身上，可以小小地敲一回，那么，这个月的奖金就可多领几张了。

"说假话变了牛遭到雷打。"

周围的人都被他的话惹笑了，都说，这娃儿憨得好耍。

"那好，"男售货员突然从柜台下边拉出一个纸箱，放在柜台上，"这里面是一百个乳罩，龟儿子拿钱来。"

"好，"憨娃从腰里掏出钱，"拿去，你龟儿子数清楚哈！""啪"的一声，一摞票子甩在柜台上，顿时让"大哥""大姐"愣住了。这年头，能一下掏出个千儿八百的人，还是山里人，他们真没见过。

憨娃扛起一箱子女人戴在胸口上的东西，高昂着头颅，大踏步地走出了百货公司，把那对"大哥""大姐"和一群看客扔在惊异之中。

大约过了十几秒钟，人群中爆发出一阵哄然大笑，有人伸出大拇指："这娃儿，厉害！"

但是，憨娃没有听见。

据女人们讲，憨娃在愤怒中，本想把那捆让他受尽奚落，受尽屈辱的玩意儿，一股脑扔进茅房，出出心中的那口恶气，后来终于没有扔，一个不落地背回了靠山村。

"未必然只准城里的女人戴，我们山里头的女人就戴不得这东西啵？"女人们在枕头边愤愤不平的对男人说。

"就是嘛，难道只有城里头的女人胸口子上才长了两个肉坨坨，我们山里头女人没长吗？其实，我们山里头女人长得比她们那两坨好看多了。"男人们在枕头边一边愤愤不平地附和着，一边把女人搂得更紧。

从此，靠山村的山妹子们漂亮了许多，动人了许多，尤其是乳房。

老豆腐杨二姐

　　果州麻衣街今年刚满四十八岁的杨二姐，一不小心，成了当今比较时尚，非常前卫的第三者，令街坊们大吃一惊，继而又大惑不解，皆说："老豆腐倘若熬不住空房的寂寞，凭伊的条件，完全可以去找一个单身男人搭伙过日子，犯不着去当啥子第三者嘛。硬是观念更新，赶时尚嘛咋个?!"

　　杨二姐是哪个当了第三者，其间发生了哪些风流韵事，结果又如何? 听我慢慢道来。

　　杨二姐是麻衣街的老住户，在家排行老二，小时候人称杨二妹，长大成家后街坊们叫她杨二姐。

　　杨二姐年轻时颇有一点姿色，身材高挑，苗条匀称，两只大眼睛顾盼流离，特有魅力。她和麻衣街的乔二姐一起在丝绸厂宣传队当过业余演员，主要任务是跳"忠字舞"。跳来跳去，舞技不见长进多少，倒是几个媚眼飞去，把厂宣传队队长的魂给勾住了。那时是"文化大革命"期间，谈恋爱结婚都要政审，经过组织批准才行。那宣传队长满心欢喜一个报告打上去，不料却被组织上浇了盆冷水，不批! 理由是杨二姐作风不正派，居然利用宣传毛泽东思想之机，把厂里重点培养对象宣传队长给拉下水了，没批判杨二姐的资产阶级作风就不错了，还想结婚，没门!

杨二姐一听这事就炸了。伊愤怒已极，一阵风似的跑到厂长室里，一脚踢翻椅子，指着厂长、书记的鼻子一顿臭骂："你们管天管地，还管人家恋爱结婚上床，安了心的让我们打单身呀？莫以为你们打的那些主意，干的那些孬事我不晓得，宣传队里有点姿色的女娃儿，哪个不和你们有点筋筋绊绊。本姑娘不吃你们那一套，你们就不批我们的结婚报告，黑起良心把人往绝路上逼。告诉你们，今天你们不把报告批了，我就把你们那些见不得人的事，在全厂公开，也好让工人们知道你们这些道貌岸然的人是些啥东西。"

厂长、书记知道今天遇到母老虎了，真的闹开了影响太大，不好收场。说人家作风不好，总得有证据呀？！再说男大当婚，女大当嫁，也是天经地义的事，赶紧息事宁人，批了"同意"二字。于是杨二姐便如愿以偿地和宣传队长结为秦晋之好。

婚后，两口子感情笃厚，生有一子一女。正当改革开放过上好日子时，不料那宣传队长患了癌症，久治不愈一命呜呼了，把一大家子人扔给了杨二姐。那一年，杨二姐才满三十八岁，柔弱的肩膀硬是把全家重担挑起来。当寡妇杨二姐含辛茹苦拉扯大两个子女，并操持他们一一结婚成家立业时，杨二姐已是临近知天命年龄的老妇了。后来工厂效益不好，每况愈下，好多工人都下了岗，杨二姐便提前办了退休手续，在家过起了清闲日子。

杨二姐虽然过了如花似玉的青年时代，也基本结束了成熟茂盛的中年时代，但伊却如一个小姑娘一样赶时尚，好流行，喜欢打扮，搽脂抹粉，描眉画眼，一张老脸打了厚厚的一层脂粉，一笑起来，粉屑直往下掉。麻衣街好给人起外号的但家但二娃，背地里便称杨二姐为老豆腐。

街坊们本以为这外号传到杨二姐耳里，伊会愠怒，却不料生性豁达的杨二姐并不在意这个外号的褒贬，十分乐意接受，说年轻时拖儿带女，成天为吃喝拉撒辛苦奔波，顾不上打扮自己，现在儿大女成人，一身轻松，干吗不好好地打扮打扮，好好地享受美好生活，把失去的岁月夺回来呀？还说，人家刘晓庆那么漂亮的人，在《芙蓉镇》里演的角色才叫个什么"米豆腐西施"，人家叫我老豆腐，是看得起我呢。老豆腐总比米豆腐白嫩些嘛。

于是这外号便正经八百地在街坊邻居中叫开了。

老豆腐杨二姐的文化生活非常丰富，仗着年轻时参加过宣传队，对艺术有点基础和感悟，参加了老年艺术团，跟一伙同样年龄的男女唱合唱，跳广场舞什么的。每天天不亮就到体育场练功、压腿、劈叉，硬是把个身材整得来窈窕得不得了，从背后乍一看，还以为是个十七八岁的大姑娘哩！就为这魔鬼般的身材，还闹过一个笑话。

一天早晨，杨二姐在体育场跳完秧歌往家走。伊当时穿一件印有一个大大"舞"字的练功衫，一条健美裤，头发扎成马尾巴垂在脑后，从背后看，简直就是一个舞蹈演员的绝好身材。有一个散眼子娃儿看见了，心慌刨骚地跟了几条街，快到麻衣街时，终于鼓足勇气，大着胆子赶上去，伸手拍拍老豆腐的肩膀："美女，跟哥子耍个朋友要得不?"老豆腐一听，知道这娃儿是只看见自己的背影了，便有心逗一逗这家伙。故意把脸转向一边，拿手帕捂住了嘴，做了个"犹抱琵琶半遮面"的羞涩状。这一下，真还吊起了这散眼子娃儿的胃口，他哪里见过这种阵仗，浑身立马就酥了：有门！便继续跟在后面，涎皮搭脸地问："要不要得?"待走到麻衣街自家门口了，老豆腐这才转过脸来说："要得，要得，进屋来我两个慢慢耍嘛。"散眼子娃儿一见："妈也!"一声，吓得赶紧拔腿就跑。老豆腐哈哈大笑："本来就是你妈，你还当是你妹儿啊，瞎了你娃娃狗眼哩!"

事后，杨二姐把这事添盐加醋地给邻居们说了，惹得街坊们大笑不已。善于对社会现象进行总结的但二娃说:"杨二姐,这娃儿对你是——从远处看是美眉儿;从背影看想犯罪;从侧面看想勾兑;从正面看'妈吔'赶紧撤退!哎哎,小心哟,谨防哪天夜里你老人家走到黑漆麻空的巷子头,被流氓那个什么了,就是我们麻衣街的重大损失哟!"

杨二姐笑骂道:"就数你个龟儿子会洗刷人。"

后来,老豆腐杨二姐觉得跳广场舞实在难以尽兴,主要是广场舞的集体性很难突出和表现自己姣好的身材,这样的资源浪费实在是对不起自己。于是又去参加了老年国标舞蹈队。这一去,便引出了老豆腐杨二姐一段麻麻扎扎惊心动魄可歌可泣的第三者的风流韵事。

应该说,这事开始并没有什么奇特之处,无非就是两个跳国标舞的男女,跳来跳去跳出了感情,这是很寻常的事。因为跳国标不同于广场舞里什么秧歌啊,民族舞啊,那些都是群舞,而国标则是两个人的舞蹈,舞蹈艺术中高层次的双人舞。舞蹈时,既需要拉手、搭肩、搂腰、贴身地跳,还需要肢体语言的整齐协调,眉眼交流传意,更需要情感的投入配合,才能跳出律动感。这样的男女贴身跳舞,难免会擦出一些情感上的火花来。何况老豆腐这样一个已经近十年未和男人有过肢体摩擦的女人呢。

老豆腐杨二姐就是这样和她的舞伴——一个年纪约五十五岁的机械厂工会退休干部,在舞场上潇洒气派且风流倜傥的,大号叫倪宝平,外号叫倪相公的男人好上了。先前一段时间,两人来往仅限于舞场上,虽然是搂腰搭肩,脸对脸,胸对胸,看似亲密,毕竟是在大庭广众下,不敢过分地交流情感,好多心里话逮不着机会说,好多想做的事情没机会做。于是便扩大了交流场所,公园、江边、郊外、电影院都成了幽会的地方。尤其是老豆腐人老心不老,总想像年轻人一样浪漫,常常搞一些"月上柳梢头，人约黄昏后"的情调，把个倪相公弄得心痒痒的，一日见不到老豆腐便如隔三秋，心里像猫抓似的，陷到情网里难以自拔。

但是，这个倪相公是有老婆的，老婆还是一个退休教师。虽然多病，一年有半年时间在医院里度过，毕竟是有妻之人。老豆腐在当中横插一杠子绝对是莫道理的。然而伊不管这些，既然是好上了，开弓没有回头箭，老豆腐就不顾一切舍身忘死地爱下去了。

世上没有不透风的墙。倪相公和老豆腐偷情这事儿，很快就传到了他老婆耳里。这倪宝平的老婆毕竟是知识分子，表现出少有的冷静和大度，根本没对自己男人说半个字的不是，不料他们的两个儿女却不依不饶了，有一天竟直接冲到麻衣街，打到老豆腐家门口。不料刚一交火，那两个怒火万丈发誓要给自己母亲讨个说法的挑战者，却被老豆腐几句轻言细语灭了气焰，成了没子弹的枪——哑火了。

"你们说我是第三者，这是说对了的，大妈我就个第三者。但你们千万不要骂什么烂货、婊子，这于大妈我莫得啥，反正是一张老脸，死猪不怕开水烫。但这样骂对你们的父亲是极大的侮辱，降低了生你们养你们的父亲的人格。你们知不知道我为啥要和你爸好？给你们说，我是在救你们父亲，至于为什么？当着左邻右舍的面，我给你俩留点面子，不说！你们最好回去问你妈，问明白了才来找我兴师问罪。年轻人，莫只图自己年轻快活，不管老年人的死活呀！"

一席话，说得倪相公一对儿女眼睛鼓，面面相觑，不晓得老豆腐话里是啥意思，又怕再战下去真的有损父母的人格、尊严和名誉，或引出家中鲜为人知的隐秘，只得丢下一句"你等到，回头再来找你算账"的话，落荒而逃。

很蹊跷，事情的发展后来有点出乎街坊们的意料。

一个月后，那倪宝平竟然波澜不惊地和妻子和和气气地离婚了，然后与老豆腐理直气壮地耍起了朋友，成天形影不离，卿卿我我，双双出入舞场和其他娱乐场所，俨然一对情深意笃的情人。到公园、江边、电影院幽会也不像以前偷偷摸摸如做贼一般了。邻居们以为两人的结合是顺理成章的事了，没想到好事多磨，正说要办喜事时，却横生枝节，老豆腐的一双儿女高矮不同意老妈的婚事。女儿放出话来："只要当妈的敢把老东西领进门，我就不认她这个妈了！"儿子来得更残酷："那老东西敢跨进我家一步，老子跟他白刀子进去，红刀子出来，竖着进来，横着出去。"女婿、媳妇也是一个腔调，四个"宝器"结成了同盟，决心不惜一切代价，阻止当妈的婚事。

街坊们觉得这几个"宝器"委实可笑，在改革开放多年，现已跨入21世纪的今天，还这样做实在有些过分。老豆腐一个退休工人，养老金并不多，那些年上有老下有小，日子过得窘迫，也没有什么存款，唯一财产是麻衣街的几间老房子，两个儿女犯不着为这几间老房子便出此下着嘛。于是纷纷为老豆腐当说客，劝他们对老年人的个人情感生活要多理解支持，切忌不要自己吃得胀死了，却让当妈的还饿着。不料却遭到几个"宝器"的一顿狗血淋头的痛骂。莫奈何，邻居们只得采取隔岸观火的态度，静观事态的发展。

老豆腐杨二姐万万没料到此事会遭到自己儿女如此强烈的反对。伊伤心至极。要知道，这一双儿女是自己一口水一口饭，一泡屎一泡尿地拉扯大的心头肉呀，原以为长大成家的儿女会有跪乳反哺之心，报答当娘几十年含辛茹苦的养育之恩，十二万分地赞同自己的婚事，却万万没想到养了两个白眼狼，对自己竟是如此的绝情，如此的不理解当娘的心中之痛。

古人云：哀莫大于心死。绝望至极的老豆腐为此走上了极端。

伊不再和儿女们理论，她不吃不喝地躺在床上，开始了她悲壮的绝食行动。她要以此来证明自己的追求是正确的，自己的情感是高尚的，自己的要求是符合道德规范的。她要用自己的生命把两个不孝之子推上道德的审判法庭。绝食行动一天天过去了，不吃不喝的老豆腐杨二姐越来越虚弱。待到邻居们知晓此事时，老豆腐只有游丝在鼻，命悬一线了。

麻衣街愤怒了，人们纷纷斥责两个不孝之子，说这简直是在谋财害命，既是大逆不道也是触犯法律，是明目张胆地侵犯老年人的合法权益。素有侠肝义胆的郑四爷当即就要给新闻媒体打热线电话，让记者们来全面报道这件事。

老豆腐的两个儿女根本没想到自己母亲会采取这一极端的行动，原本以为当妈的不过是想吓一吓他们，迫使他们让步，同意婚事，却不料自己的妈竟如此刚烈，定要以死抗争。事情弄到这种地步，这两个"宝器"竟也吓得不得了，在众家高邻的怒斥下，跪在老豆腐床前磕头作揖求饶不已。那女儿还亲自跑到倪家，请来未来的继父做劝说工作。

此时倪宝平已净身出户，寄居在兄弟家里，正眼巴巴地盼老豆腐带来何时成亲的喜讯。听讯后如五雷轰顶，震骨惊心，立即赶到麻衣街，见老豆腐如此模样，竟拉着伊的手哭成个泪人儿了。

在众家邻居的劝说和倪宝平的哀乞下，老豆腐终于停止了悲壮的绝食行动，但伊并不宽恕这两个不孝的"宝器"，很快，她就把他们赶出了家门，让他们找房子自立门户过日子去了。

两个月之后，老豆腐杨二姐终于和她心爱的老年恋人倪相公结婚了。

婚礼是在麻衣街老豆腐家举行的，办得热热闹闹，喜庆异常。左邻右舍皆来凑热闹。酒酣之际，大家趁势起哄，坚持要老豆腐当众"交代"恋爱经过。老豆腐莫办法，只得说自己和新郎官是在跳国标时认识的，也是在跳舞中好上的。麻衣街大多数人尚未见过国标舞是怎么回事，便高矮要老豆腐当众表演一段国标舞。

杨二姐大大方方把倪相公带到大街上，双双起舞，当众表演了一段国标舞。

当倪相公搂紧杨二姐那魔鬼般的窈窕身材，配合着"华尔兹"优美的舞曲，双双在麻衣街翩翩起舞时，街坊们陶醉了，惊呼道："这简直就是一对金童玉女、郎才女貌的完美配合。这样肉挨肉的国标舞，不跳出感情来，不跳出个第三者来，不跳出个麻麻扎扎的情史来，那才是怪事哩！"

醉爷与醉奶

一、醉爷

果州麻衣街的周八爷嗜酒，喜饮且能喝，每天三顿都要沾酒，没酒就过不得日子。故而一天到晚都是醉眼蒙眬二麻二麻的，走起路来如风摆杨柳溪鸭上岸，说起话来妙语连珠滔滔不绝。麻衣街人戏称他为醉爷。

醉爷年轻时既不会喝酒，也不胜酒力，半两下肚即脸红筋胀得如猴子屁股一般。能喝且能胜酒力的历史当追溯到娶醉奶之前。

醉奶是哪个？醉爷的婆娘也。

那时醉爷还在农村挖泥巴，家里人托媒婆给他介绍了一个姑娘，是十八里铺村的人。相亲的那天，醉爷穿了一身新装，"周吴郑王"地去了未来老丈人家。醉爷看醉奶很中意，不胖不瘦，不高不矮，虽不是增之一分则长，减之一分则短的标准美人儿，但也丰满俊俏，落落大方。用当地人话说，长得还伸展。更重要的是醉奶看醉爷也很对眼。从醉奶那双脉脉含情羞羞答答的大眼睛里，醉爷读出了对方喜欢自己的意思，这令他兴奋得心跳加快，浑身发颤。

那一天，醉奶协助她妈做了一桌很丰盛的饭菜来招待未来的丈夫。吃饭的时候，未来的丈人用大碗盛了酒请未来的姑爷喝。那是自己村坊里酿的高粱酒，六十多度，倒在碗里，一股浓烈的酒香直贯鼻眼，满屋飘香。醉爷连连推让："不会，不会。"未来的老丈人以为他在讲客气，更是盛情相劝："啥子话哟，男儿不喝酒，枉在世上走，来，整一口。"醉爷一脸的苦相，说真的不会喝酒。这一下急了在一旁伺候的醉奶。她深知其父是十里八乡名副其实的酒罐儿，在老爷子眼里，只有能喝酒的人才算男人，因此在择婿的标准里或多或少地掺进了喝酒的因素。醉奶的前两任对象，都因为不会喝酒难引父亲的高兴而最终"搞黄"了。这时醉奶眼看父亲眉毛拧成了一个疙瘩，脸色渐渐难看，急得上前一步道："有酒不喝，瓜娃子嗦？本姑娘喝给你看看。"说罢，端起一大碗酒，"咕嘟咕嘟"一口气全倒在肚子里。然后把碗撂在桌上说："今天你陪老爷子喝个痛快，醉死了，本姑娘给你守寡，醉不死，十天以后来轿抬人。"老爷子大喜，说："好好好，这才像我的女儿嘛。年轻人，你能不能娶到她，就看你今天的本事了。"醉爷年轻气盛，血气方刚，哪里经得起这么一激，端起碗来，也是一口气喝干。说来也奇怪，醉爷的脸虽然瞬间变成了关公，但居然没醉倒，后来又陪未来老丈人喝了两三碗，引得未来老丈人笑嘻了："好好好，我老汉又多了一个酒友。"

那一夜，醉爷留宿未来丈人家，趁着酒兴，醉爷半夜里摸进了醉奶的屋子，钻进被窝，那醉奶半推半就，两个人竟提前把生米做成熟饭了。从那时起，醉爷就与酒结下了不解之缘，且一喝就是三四十年。

后来醉爷进厂当了工人，两口子移居麻衣街，一住就是三十余年。三十年间，醉爷饮酒难以数计。邻居都知道，每月工资领回，醉奶先替醉爷留出足够的酒钱，才安排本月的柴米油盐酱醋茶。醉爷不求好酒，醇香劲大即可，村坊酿的六十度老白干最安逸。下酒亦不求好菜，一盘花生米，一碟泡咸菜，甚至一把炒黄豆，即可饮得有滋有味，其乐融融，安逸得板。

"文化大革命"那些年，是醉爷最难过的日子，不是因为吃穿困难，而是没有酒喝。那时买酒是要凭票的，逢年过节，每家才有能买半斤酒的一张票，那还不够醉爷喝一次的。于是醉奶便托在农村的亲戚们买村坊里烤的红苕酒、苞谷酒。后来农村里连吃红苕都成了问题，哪里还能再烤酒，醉爷的酒源便断了。莫得酒喝的醉爷被酒瘾"烤"得么不到台，成天坐立不安，上班也没精没神。打熬不过，有一次竟然去买了一瓶医药酒精自个兑了水喝，虽不如大曲酒好喝，但毕竟有酒味，过了一下瘾。不料有一次酒精兑多了，醉爷中了毒。当时醉奶还在丝厂上夜班，半夜里回到家时，见醉爷口吐白沫昏倒在地上，大吃一惊，忙唤醒左邻右舍，帮忙送到医院抢救。醉爷在医院里整整昏迷了三天三夜才苏醒过来。

从那以后，醉爷不再喝酒，戒了。

正当醉奶阿弥陀佛地庆幸自家男人不再嗜酒时，醉爷又开戒了。

醉爷再次开戒是在改革开放以后。

那时，人们的生活已逐渐地好了起来，物资一丰富，什么都敞开供应，包括醉爷曾经最喜欢的酒。但醉爷没有喝，一直顽强地坚持着，拒绝被酒香麻倒。

致使醉爷开戒的是他的宝贝女儿。

醉爷的掌上明珠周玉梅长大了，耍了一个男朋友，这一天上门来让未来的岳父、岳母过目。这颇有点像三十年前，醉爷去老丈人家相亲一样，只不过反过来了。这一次不是未来老丈人劝未来姑爷喝酒，而是未来姑爷劝未来老丈人喝酒。那天，未来姑爷似乎是存心要讨醉爷喜欢，一家伙提了一件"五粮液"来。那可是天下名酒啊，看得醉爷心慌刨骚如猫抓似的。吃饭时，小伙子满斟一杯酒，恭恭敬敬地端到醉爷面前，说："爹，我和玉梅相识已久，也都有这个意思，要是你老答应，就请干了这杯酒。"于是一家大小都眼巴巴地望着醉爷，就等他一锤定音。醉爷看未来女婿很中意，但于喝酒这事，自己已经很多年没开这个戒了，害怕一开头又长麻吊线地没个完，迟迟没接酒杯。这一边急坏了醉奶，生怕老头子打个"恩吞"，搅了这一对年轻人的好事，便说："老头子，你稳起干啥子嘛，你不喝我喝。"又要像三十年前一样替醉爷喝酒。醉爷莫奈何，只好端起杯子一饮而尽。顿觉酒劲绵软，满口醇香，一股暖气直贯丹田，上下通泰。醉爷连声道："好酒啊好酒，巴适！"一连干了三杯。这一开戒，不得了，那一天，醉爷和未来姑爷硬是把一件"五粮液"喝得精光，两人皆是气定神闲，精神倍增。喜得醉爷道："好好好，我老汉又多了一个酒友。"这话跟三十年前醉爷的老丈人的话竟一模一样，让一旁的醉奶阴倒高兴。

醉爷又喝酒了，且常常喜欢在家门口的街沿边搭一小桌，让醉奶切一盘卤猪头肉，炒几个小菜，自斟自饮。但凡过往街坊，皆要拉住劝饮一杯。这情景被麻衣街的书画家朱其铭外号叫朱极品的看到了，画了一幅写意。画面上醉爷和街坊们喝酒的情景、神态，惟妙惟肖。旁边题有一行白居易的诗：绿蚁新醅酒，红泥小火炉，晚来天欲雪，能饮一杯无。这幅画后来参加了市上的画展，得没得奖街坊们并不晓得，但却使醉爷的名气大增，附近禹王街、小南街、吉庆巷的人都知道麻衣街有个喝不倒的醉爷。

醉爷渐渐老了，酒喝到六七分醉意时便有吹不完的壳子，说不完的车轱辘话，邻居们常常听他那一段"保留节目"：

"要说喝酒，还是十年前和河南人那回喝酒痛快。当时厂里正下班，厂长派人来找我，让我立马去一趟。我吓了一大跳，以为自己戳了啥子拐，提心吊胆地跟着，哪晓得没到厂长办公室，却七弯八拐地转到厂里的小食堂里。这时候，一大桌人正等着呢。厂长一见，就拉着我向客人介绍：'这是周副厂长，专门来陪各位客人喝酒，今天喝不赢你们几个，算我倒霉，喝赢了，你们就在合同上签字哈！'我一听蒙了，我周福民祖坟冒烟了，啥时候当了副厂长？正要解释说不是，厂长在下面踢了我一下脚，我赶紧闭嘴。厂长悄悄地对我说：'啥都莫解释，给我使劲地喝，喝赢了他们，我奖励你一箱大曲酒。'我一听便来劲了，闷头闷脑地和那些人先是一杯一杯地喝，后是一碗一碗地喝。究竟喝了多少，不晓得，总之最后把那几个人喝得全梭到桌子下去了。世人都说'川八两，陕一斤，河南人喝两斤'，在我周福民面前，也只有梭到桌子底下的份儿哟。"

邻居但二娃赶紧恭维："那倒是哟，醉爷出马，一个顶八！"

有好事的邻居们问："那厂长奖励你一箱酒没得？"

醉爷顿时蔫儿屁了："龟儿子厂长酒醒后，提都没有提。我也不好过问，不过，后来厂长说我为厂里立了大功，喝了一回酒，为厂里换来上千万的合同哩！"

邻居们便笑醉爷："你是厂里的功臣，别说一箱酒，就是奖励一套房子也是应该的哩。"

醉爷笑笑："我们是工人阶级，为厂尽力，该嘛，要啥奖励哩。后来我退休时，厂长也退休了，这时，他才记起那箱酒，见了我说：'嘿，忘了忘了，现在记起来了，可惜如今我连批一斤酒的权力都莫得了。'你们看，这龟儿子才是贵人多忘事哟！"醉爷边喝边说，此时已有七八分醉意了。

"后来厂里又让你去陪客没有？"邻居中有人问。

"没有，没有。后来厂里来了一个真正的周副厂长，那才是真能喝哟，六十度的老窖，喝起来如喝凉水一般。有一次慕名来找我对饮，我俩喝了一整天。我醉得一塌糊涂，走路都脚敲脚了，他却啥事莫得，还牛皮哄哄地对人说：总说姜是老的辣，这话也不尽然啊！后来我一打听，才知道他是从机关里下派来的，是那种一斤两斤不醉，三步四步都会，五个六个不累，喝得老婆背靠背的人。嗨，人家是拿公家的酒练出来的，功夫深哟。我一辈子都是喝个人的酒，哪能和他比呢?!"

醉爷自我解嘲地端起酒杯，"咔溜"一声倒下肚。晃晃悠悠地站起来，唱道："我本是卧龙岗一散淡的人……"接着一句，"老婆子，醒酒汤，拿将上来。"

暮霭中的麻衣街，飘着浓浓的酒香。

二、醉奶

醉奶是醉爷的婆娘，一个和醉爷相濡以沫生活了三十多年的女人。麻衣街人并非因为称了醉爷就顺便称其妻为醉奶，而是因为醉奶之称是与酒有直接关联的。

醉奶能喝酒而且不醉，这是很让人费解的事，邻居们想了一辈子都没整明白。

但是，喝不醉的醉奶不嗜酒，不像醉爷那样只要有酒，一天三顿都要喝，不喝就过不得日子。自从相亲那回把未婚夫逼得陪老爷子大喝特喝，后来喝成了醉爷之后，便遵从古训"夫为妻纲"和"嫁鸡随鸡，嫁狗随狗"的民间俗训，一门心思地伺候醉爷，自己从不沾酒。即使是逢年过节，生日婚宴，也难有一滴下肚。

尽管如此，醉奶一生也有过两次辉煌的，令人惊心动魄的豪饮记录。

第一次是醉爷家搬进麻衣街的第二年，醉奶生了个大胖小子。那时醉爷已届而立之年，在工厂里当车工。三十得子，人生大幸也。醉爷一高兴，便于小子满百日这天，在家里摆了五六桌，请来亲朋好友和众家高邻，猜拳行令，吆五喝六地庆贺开了。众人知道醉爷能喝，也有意让醉爷尽兴，左一杯，右一碗地灌得醉爷稀糊烂醉，大家仍不肯罢休，非要灌得他趴下不可。眼见得醉爷已经招架不住了，醉奶出马了，只见她笑哈哈地把醉爷挡在身后，说："娃儿他爸已经喝得差不多了，再喝，恐怕要三天三夜才能醒来。众家高邻如果还没尽兴，我来替他喝。不过有言在先，喝麻了，回去挨婆娘骂，晚上蹲床脚，跪搓衣板，莫怪我哟。"

众人不知底细，听此一说，一拥而上，轮番进攻，哪知醉奶毫无惧色，一杯一杯，一碗一碗地把酒倒进肚里，虽然是两朵桃花上脸，一片红霞敷面，却是毫无醉意，比平时更加黄绢幼妇，俊俏动人。几个回合下来，已有四五个男的喝趴下了，醉奶却面不改色心不跳，啥事没得。惊得众人直咂舌："不得了，不得了，女人敢端杯，莫人喝得赢。巾帼酒仙！"那一回，直喝得太阳偏西，喝趴了前来灌酒的众家高邻。多少年街坊们提起此事，都心有余悸，说："宁可喝成个二百五，也莫惹周家那媳妇。"

当时，醉奶看着东倒西歪的众家高邻，笑哈哈地当众解怀奶孩，白花花的一片软云，晃得邻居们醉眼迷离，美不胜收。却也奇怪，那孩子吃了奶之后，呼呼大睡，一直睡到第二天中午都没有醒来。醉奶又是拍又是喊，然而任怎么喊、怎么拍都不醒。急得醉奶连忙请麻衣街民间医生曾祥昭外号叫曾扁鹊的来号脉。曾扁鹊来后，望、闻、问、切地折腾了一番说："没事，娃儿是吃你的奶水被醉倒了，三天后必定醒来。"果然那孩子三天后醒来了，依然是活蹦乱跳安然无恙。又引得街坊们一片惊呼："天哪，醉人之奶，稀罕稀罕！"醉奶之名由此诞生。

从此以后，麻衣街人再也不敢和醉奶怼酒了。

二十几年后，麻衣街人再次见识了醉奶的厉害。这是醉奶第二次豪饮。

这一次的起因是麻衣街的孤儿何成鹏小名鹏娃子，考上了复旦大学。接到通知后麻衣街的街坊们很是为他，也为本街荣耀了好一阵子，都道：这娃儿命苦，爹死娘嫁人，嫁得来杳无音讯，丢下鹏娃子孤儿一个，全靠居委会救济维持生活，这一次竟然考取了名牌大学，有出息呀！但是，过不了多久，大家就为鹏娃子担了十二分的忧。原来进大学每年学费就得好几千，加上生活费、书籍费、学杂费等七股八杂，四年大学就得三四万。居委会是断然拿不出这笔数额巨大的费用的。嘟个办？看着鹏娃子愁眉苦脸，眼泪哗哗的样子，醉爷动了恻隐之心，对大家说：

"麻衣街多少年才出一个名牌大学的学生，若是在古代，鹏娃子就该是秀才爷了。如今却因为没钱进不了大学，这样的事，我们这些街坊邻居未必然就坐视不管？"

醉爷慷慨解囊，拿出三百元。街坊们也是你一百我五十地凑了二三千元，然距那笔庞大的费用还差得玄远。侠肝义胆的醉爷便动员麻衣街首富，水果批发商麻老板捐资助学。

那天，麻老板正从市场上回来吃午饭，在家门口听醉爷和众家邻居这么一说，非但未答应，反而奚落醉爷是狗拿耗子，多管闲事。气得醉爷大骂麻老板不是个东西，这种吃人民血喝人民汗的暴发户，总有一天要"翻橇"的。麻老板并不生气，笑嘻嘻地从保险柜里拿出几沓人民币，又从酒柜里拿来四瓶"剑南春"，然后对大家说：

"众位高邻，我麻大安墨水没喝多少，做生意吃亏倒是不少。鹏娃子考上大学，我也高兴，但我麻大安的钱也是凭血汗挣来的呀。今天有言在先，谁要是能一口气喝下这几瓶酒，这四万块钱就归鹏娃子了，如无人能办到，就莫怪我麻大安不给街坊们面子了。"

醉爷一听，心想，狗日的麻老板，屁眼儿黑哟，想用这个来堵我众人的嘴，你娃娃未必不知道醉爷的厉害，老子有一次曾喝过三斤酒，现在不过多一瓶，好！豁出去了，为了鹏娃子能上大学，爷爷今天让你知道马王爷有几只眼。一气之下，抓起瓶子就要喝。

麻老板笑着说："且慢，除你之外。"

众邻居面面相觑，俱道："麻衣街能喝个两三斤的人，就是醉爷了，其他人哪有这个本事？你这样做分明是难为我们嘛。"麻老板只是哂笑而不答言。

正在为难，只见醉奶拨开众人，冲麻老板道："麻大安，你此话当真？"

麻老板道："说假话是龟儿子。出门遭车撞死，喝水遭水噎死！"

醉奶道："那好，一言为定！"话毕，打开瓶盖，"咕嘟咕嘟"一口气喝完四瓶酒，脸不变色心不跳，然后抱起钱说声："谢了。"一阵风似的旋到鹏娃子家，把四万元钱塞到鹏娃子怀里："拿好！这是你醉奶为你娃儿挣来的学费。好好读书，为你醉爷、醉奶和麻衣街的叔叔嬢嬢们争口气。"

感动得鹏娃子珠泪满面，长跪不起。

事后，麻老板对人说，他本来就想帮助鹏娃子上大学，恐左邻右舍说他财大气粗，故意显阔，便用了激将法。又说，早就听说醉奶豪饮，从来无幸见识，这么做不过是想目睹醉奶的海量而已。

这话传到醉奶耳里，她哈哈一笑道："如果麻老板敢拿十万元来捐助希望工程，我就喝一坛酒让他娃娃开开眼界。"

这话又传到麻老板耳里，吓得他从此不敢再提此事。

曾扁鹊后来对街坊们说："麻老板根本不知醉奶的厉害，据我多年研究的结果，醉奶天生就有抗酒精的基因，娘胎里带来的，喝酒如喝水，有特异功能，啷个喝得醉嘛！"

赛麻花的奇葩招数

一大早，麻衣街的街坊们就看见麻大安麻老板的女人外号叫赛麻花的，一双眼睛肿得像两个烂桃，脸上青一块紫一块的，神情颓丧地挎着篮子到市场去买菜。好事的但二娃见了，故作惊诧状："哎哟！麻花嫂，你这是唧个的，昨晚走路撞到鬼了，跶得鼻青脸肿的？"

赛麻花狠狠盯了但二娃一眼："关你娃屁事，有这份闲心，回家找你婆娘折腾去吧。再不然找块煤炭去洗嘛。"一边说，一边黑起一张大饼脸，走了。

街坊一听大笑，说但二娃你莫球事干了，找个虱子在脑壳上来爬呀？关心别人的婆娘比关心自己的老婆还要重要，没想到热脸子碰到了冷屁股，讨了一鼻孔臭气哟。

这时，与麻老板家仅一墙之隔的邹二嫂神秘兮兮地对街坊们说："你们没有听到嘞？昨天半夜里，赛麻花跟麻老板又打得昏天黑地，差点动刀子，要不是他家么女子麻小姐爬起来，把俩人一顿痛骂，说不定就要闹出人命来了。"

但二娃问："为啥事打得昏天黑地的嘛？"

邹二嫂说："为啥事？你娃莫在这里装蟒吃象的。你们这些男人哟，现而今没有一个好东西。"

但二娃惊叫唤了起来："哎哎，你莫一篙竿打一船人嘛，麻老板和我们这些人还是有本质区别的哟。"

邹二嫂撇撇嘴，不屑地说："啥本质不本质的，主要是你娃莫钱，你娃假若有麻老板那么多的钱，不晓得有好多女娃子要惨遭毒手了。没听说这年头，男人有钱就变坏，女人变坏才有钱吗？"

其实，街坊们知道，赛麻花和麻老板这种打打闹闹已经不是一天两天，一次两次了。自从麻老板倒腾水果生意发了财以后，这种事便隔三岔五地出现了。究其缘由，其实很简单，就是有了钱的麻老板，饱暖之后便要思淫欲。子曰："食色，性也"，好色就跟吃饭睡觉一样，人之本性嘛。麻老板有这种生理要求本无可指责，只要在自己女人身上下功夫就可解决问题。然麻老板偏偏觉得自家那块自留地过于贫瘠荒芜，耕去耕来干滋滋的，全然引不起一点愉悦感不说，还把自己的劳动工具弄得失了威力。于是便把眼睛盯到了世上那些肥沃丰美的土地上，在外面养起了"小蜜"，过起了家外有家，屙尿擤鼻涕两头都要捏到的幸福日子。

赛麻花本是城郊一贫苦人家的女儿，自从十八岁嫁给麻老板之后，受过不少累，吃过不少苦，好不容易遇着改革开放，两口子在西门市场倒腾水果批发，一不小心发了财，终于熬到不把钱当数的日子了，如今，伊岂肯轻易让麻老板这些醍醐事，把到手的好日子毁掉。

一开始，赛麻花对老公的一举一动盯得很紧，只要一有蛛丝马迹的情况出现，赛麻花便不管不顾地要找麻老板扯皮，闹着要跳河、抹喉、上吊。开始，麻老板还看在赛麻花既是结发夫妻，同过患难，还给他生了一对龙凤双胞胎的分上，让她几分。后来见赛麻花越闹越厉害，母老虎一般，全然不给自己一点面子，便给伊来了硬的，只要赛麻花搅了他的好事，便对伊拳脚相加，打得她青一块紫一块的，甚至有时候还扔给她一条绳子说："要死你就去死嘛，成天号丧一样，吓哪个？"

昨天就是赛麻花跑到天赐宾馆把正和小蜜干得热火朝天的麻老板逮个正着。当时麻老板没说啥，提起裤子后，还嬉皮笑脸地跟赛麻花一同回到家里。哪知道麻老板一回到家，一巴掌把赛麻花打了个眼冒金花，鼻孔流血，还恶狠狠地说："狗日的孬婆娘，再来管老子的事，老子就把你休了，让你滚回娘屋里去喝稀汤汤。"那凶狠劲儿，简直就是一只公狼。

饱受皮肉之苦的赛麻花一看这不是个好招数，一意孤行地闹下去，没准真的会把麻老板逼到那一步去，上法庭，离婚，最终落个鸡飞蛋打。这是赛麻花最怕做，也不愿意做的事。

其实，麻老板和小秘们厮混一下，赛麻花并不十分看重。男人嘛，哪个不是吃一看二抠三呢？吃腻了，总是要回头的。赛麻花看重的是麻老板创下的百万家业。女人那东西，是个无底洞，弄不好，百万家财填进去，没准填不满不说，全家的好日子就毁了。

但是，狗无论如何是斗不过狼的，要想麻老板回头是岸，得另辟路径，想其他办法。

有一阵子，赛麻花想把麻老板的经济控制起来，心想，这年头，愿意跟大款的，哪个不是为了钱呢？只要麻老板手里没多余的钱，输你娃还养得起小蜜，又有哪个女人肯跟你上床呢？哪知道她这样做才是枉费心机。只有小学文化程度的赛麻花一看那账本就脑壳发昏，对麻老板生意上的合同签订、银行往来账户、信用卡转账等，更是一窍不通。管了几个月，弄成了一笔糊涂账不说，税务局还来查了两三次，说是有偷税漏税的嫌疑，弄得赛麻花不得不乖乖地把经济大权又交到麻老板手里。眼见得大笔大笔的钱财不知去向，赛麻花急得心如汤煮。关起门来反省、思忖了三天，最终决定武斗不如文斗，走"上兵伐谋"之路，改变策略，把自己变成一只狐狸，用奇招怪招来对付这头公狼，治理整顿麻老板的荒唐行径。

赛麻花很长一段时间没有再跟老公扯皮，两口子和和气气地过日子。正当麻老板暗自得意，终于把这狗日的婆娘打服了时，伊却暗中利用各种手段把麻老板和女人们来往的行径摸得一清二楚，于是在一个晚上开始使出自己的狐狸招数。

这天晚上，赛麻花提前进入了麻老板藏娇的宾馆，想办法让服务生打开了房门，对正在床上傻等麻老板的一个年轻女子，不卑不亢地作了一番自我介绍，然后甩出一沓钱说："你不就是为了钱吗？我给你。但要说清楚，如果再来缠我老公，老娘不但要撕烂你那东西，还要报警，告你一个破坏家庭罪，让你到监狱里去找钱哈。"本来已被赛麻花吓得瑟瑟发抖的女子，一见还有这等好事，暗自窃喜，一个劲儿地赌咒发誓："大姐放心，大姐放心，不敢了，再也不敢了。"赛麻花厌恶地："滚！"那女人慌忙爬起来，拿了钱一溜烟地跑了。

赛麻花冷冷一笑，然后沐浴净身，浑身抹上润肤霜，然后在身上喷了那种男人一闻到便欲断魂的"香奈尔"，并想办法弄断了电源，半掩了门，躺在床上静等麻老板前来幽会。

夜半时分，麻老板喝得醉醺醺地进来了，开灯不亮，以为是停电了，便摸索着爬上床，"心肝宝贝"地一边叫，一边搂着赛麻花猴急似的干开了。那赛麻花是过来人，对自己的男人又十分了解，黑暗中便施展出浑身解数，极力迎合，把个麻老板整得筋疲力尽地睡去。一觉醒来，麻老板突然发现是自己的黄脸婆赛麻花睡在身旁，大吃一惊。见赛麻花躺在床上笑得花枝乱颤，正在为自己"狸猫换太子"的绝妙计划奏效而得意，晓得上了这女人的当。宾馆里不好立即发作，只好悻悻地说："好手段，好手段！不愧是赛麻花！"

赛麻花以为麻老板是在称赞自己昨晚侍候麻老板欢娱时的手段了得，便无不得意地启发似的说："女人嘛，关了灯下面都一个样，味道都差不多。是不是？老公。"

麻老板盯了女人半晌："对头，对头，是他妈一个样！"一个巴掌甩去，把赛麻花打了个发昏章第十一，然后拂袖而去。

被打得晕头转向的赛麻花好半天才回过神来。痛定思痛，心想，满以为这样做能使男人幡然悔悟，却不料这家伙是王八吃秤砣铁了心的，自己的狐狸计划彻底破产。这，如何是好？

应该说，赛麻花的这一招既是十分高明的，也是富于哲学意蕴的。她是想用自己来证明事物的普遍性，但她却偏偏忘了事物的特殊性。她只注重了关灯一面，而忘了开灯一面。倘若天下男人都是闭着眼睛行事的，伊的理论是行得通的。要命的是男人们绝对不会只重视女人的普遍性，而忽视女人的特殊性，男人喜欢的是一张脸，性是肉体的碰撞，遵循的是快乐原则。秀色是可餐的本质。他们必须把眼睛睁得大大的，让花一般的外在条件引起审美愉悦感，从而达到生理和精神上的享受。

此招失败，赛麻花又关起门来冥思苦想了三天，皇天不负有心人，伊终于又找到一个治理整顿老公的绝妙招数。至少她自己是这样认为的。

这一天，麻老板去广源寺进香。

麻老板虽是一个天不怕地不怕，阎王老爷都敢摸一下的暴发户，但他却最怕财神爷。这些年做生意一帆风顺，发了大财，他认为这全都是仰仗财神爷对他的青睐看顾。于是对赵公元帅信奉、尊崇有加，除了在家里，门店内供奉财神菩萨外，每年都要到广源寺给财神爷进香、上供品，给寺庙捐功德钱。广源者，广大之财源也。他觉得这个寺的财神菩萨是最灵的，能让他财源滚滚，永不枯竭。

这天麻老板在寺里十二万分虔诚地进完香后，刚走出山门，忽然被一个算命先生喊住了："这位先生，看你面带晦气，似有大难临头，能否让我替你算一卦？"

麻老板本来就是个宿命论者，平时就极相信和尚、道士、算命先生一类人的话。听此一说，吓了一大跳，忙递过一张百元大票："莫吓人呀！我一不偷，二不抢，三不偷税漏税，有毒的不吃，犯法的不做。哪来的啥子大难哟？"

算命先生挡回他的百元大票："你这是小看人了。我给你算一算，说得准，我只收十元，倘若不准，你砸我的招牌，我倒给你百元砸牌费如何？"

麻老板一听，日怪了，见钱不眼开，这算命子可能有点名堂，便慨然允诺。算命先生一开口便让麻老板倒吸一口凉气："你那屁股上有一条小疤痕，是三十多年前，你在"文革"中遭的枪伤吧？"

麻老板惊了一跳："先生是本地人？"麻老板当年读中学时，参加了红卫兵组织，有一次伙同几个同学，把造反派从武装部军械库里抢来的枪弄出来玩，不小心走了火，擦着麻老板的屁股飞过，留下了一道不显眼的痕迹。这事他一直羞于启齿，从没对人说过，甚至连赛麻花也不知道。

算命先生连连摇头："我乃陇西人，年方三十，昨天才到此地混碗饭吃。你挨枪子时我妈还没把我生出来哩。我知道先生怀疑我未卜先知，是暗中打探好了，来套你的钱财。那好，我再算一卦，说得不准你砸我招牌。先生你附耳过来。"

麻老板将信将疑地把脑袋伸过去，那先生在他耳边嘀咕了几句，只见麻老板脸色大变，又是倒吸一口凉气："日怪了，咋这么快就晓得呢?"

算命先生让麻老板斥退左右，然后悄然说道："我观先生天庭饱满，地角方圆，印堂发亮，人穴深邃，乃大富大贵之相，好自为之，日后家产岂止百万千万。然先生目中色气凝淤，肾空阴虚。可能有大难临头哟。"

麻老板惊问道："啥难?"

"轻者蚀财，重者丧命。"

麻老板吓得脸青面黑："有法避没有?"

算命子像煞有介事地说："我观先生面相，当属火。按易经八卦相生相克之说，得有土相配，才能避之。请先生报上家人生庚八字，看有属土之人否。"

麻老板心想，此人凭面相就晓得老子属火，其中是否有诈?便将家里所有人包括儿女父母兄弟姊妹一一报上，其中故意漏掉了赛麻花，他要试一下，这算命子到底有没有未卜先知的本事。

算命先生掐指一算，赶紧收拾摊子："抱歉，抱歉，先生命中无土，避不了，避不了，这钱我挣不到。告辞。"

麻老板慌忙拉住算命子："先生莫慌，还有一人刚才忘了报。"

算命子有点愠色地道："先生还是不相信鄙人手艺哟。这样吧，你只报日、时，不报年、月，看我算得准不准。"

麻老板一听，大惊，他笃信易经八卦，晓得一个人出生年、月、日、时，各有天干、地支相配，每项两字，四项八字，叫生庚八字，可推算出一个人的命运。这算命子竟能仅从日、时，这两项四字中，算出属相，那就是老虎长翅膀——神了。于是赶紧报上赛麻花的出生日、时。

算命先生一听，赶紧拱手："恭喜先生，贺喜先生，能避，这难能避。此人属土，先生属火，土生火，火生金，此谓富贵卦象。然，守土即守金，弃土即弃金。弃土之日，便是百万家财虚空之日。切记！切记！"停了一下，又说，"我观先生色气凝淤，肾空阴虚。色乃是空，空即为色。执色无所有，弃色无虚空。见色起意者，必为赵公元帅所不容。为惩罚你的荒唐行径，他已经收走你一笔钱财，不信，回去即可知晓。"

算命先生一席话说得麻老板冷汗直淌，坐在那里愣了半天。心想，今天硬是遇到高人了，连昨天夜里，老子神不知鬼不觉地把一位看好的女子弄上床了的事，他都一清二楚，看来佛祖有眼，上天有知。人言：欺山莫欺水，欺人莫欺天。人在做天在看呀，再荒唐下去，天理难容我麻大安了。

麻老板丢下大票几张，告辞算命先生，急匆匆赶回家，打开保险柜一看，果然，今天早上才放进去的五万现金不翼而飞，而且，没有任何盗窃的痕迹留下。

麻老板顿时惊得瘫倒在地上。

此时，赛麻花正信心满满地在和邹二嫂一伙娘儿们在来春茶馆打麻将，幺鸡二条碰得欢哩。

从此，麻老板改邪归正，把赛麻花如财神婆一般地供奉起来，百般呵护关爱有加，再不敢亲近其他女色了。

赛麻花心里一块石头落了地。阿弥陀佛，这一招总算显出治理整顿的效果来了，也不枉老娘一番苦心。心里不禁暗暗得意：

"麻大安啊麻大安，饶你奸似鬼，吃了老娘的洗脚水。"

所长麻大炮

果州麻衣街东头的一侧，这段时间里迅速地矗立起一座童话般的小房子，令街坊们大为惊讶，这是干啥用的？

喜欢看热闹的剃头匠六娃子屁颠儿屁颠儿地跑去视察、询问了一番，回来就向左邻右舍们发布了一条重大新闻：

那座漂亮的小房子乃本街的公共厕所，是区政府拨了十万大洋专门修建的。首任厕所所长麻衣街寡妇麻大妈，外号麻大炮的即将走马上任。从今以后拉屎撒尿均得收费，福利性免费排泄的日子将一去不复返了。

六娃子发布完新闻以后，又补充了一句："妈妈的，老子一辈子都没住过这样好的房子，哪晓得政府还花那么多钱，修了这么漂亮的一个房子来装屎，值吗？"

邻居们听了一阵大笑，说这娃儿脑壳里面才有屎，全然不晓得啥叫人居环境，啥叫市场经济。现而今发展才是硬道理，改革开放，既要讲个优化投资环境和人居环境，又要讲个市场运作、经济效益。站要站钱，坐要坐钱，拉屎撒尿要钱也是理所当然。再说，给个两毛三毛散碎银子，总要落个干干净净、清清爽爽、通通泰泰地排泄。未必然以前不给钱的臭气熏天的茅坑厕起来就安逸呀？！

六娃子一听也说："倒也是的，先前麻衣街后面那个茅房，就是典型的龌龊他娘哭龌龊——龌龊死了。不把人脏死，也要把人熏死。这下好了，不用受那个罪了。"

第二天一早，邻居们还在梦里，便被一阵闹声吵醒，纷纷披衣出门一看，原来是麻大炮麻所长双手叉腰，把她那泡臊得如茶壶般的身子伫立在男厕所门前，气势汹汹地和麻衣街有名的老鳏夫，外号叫干黄鳝的唐福来吵架。

"老娘第一天走马上任，清早八晨就遇到你这个丧门星，一毛不拔的铁鸡公，硬是冬瓜皮做衣领——霉起颈项了哟！"麻大炮道。

"你霉起颈项了？老子才是坐到摔断腿，开门遇到鬼，厕泡尿都要收钱，哪里来的臭规矩？硬是要乱收费吗咋的?!"干黄鳝扯起喉咙说。

麻大炮和干黄鳝都是街坊，同一条街住了几十年，平日里两人关系还算可以。一个是不久前死了男人的寡妇，一个是几年前死了老婆的鳏夫，都是麻衣街的单身贵族。平时虽无暧昧之意，却也是同病相怜，打情骂俏，荤的素的搞习惯了的。街坊们见状，并不以为要发生什么重大冲突或者是流血事件。在文化娱乐生活比较贫乏的街坊们看来，倒觉得这事有好戏可看，纷纷围了过来，饶有兴趣地看起了热闹。

"哪来的规矩？政府定的规矩。你娃看清楚。"麻大炮指指墙上，"这是区政府的告示，上面白底黑字，个是个写伸抖了的，大红官印也是盖端了的。如厕收费，不分男女老少，每人每次两毛。写得清清楚楚明明白白。你个龟儿子还敢反对政府不成?"

众人一看，那墙上果然贴了一张盖了大红印章的通知。便知道这项收费确实是有文件依据的，万不可归入乱收费一类之中。

这干黄鳝没有站在道理上，今天是弄个虱子在脑壳上来爬，没事找事了。

"少拿政府吓人，莫说区政府，就是省政府、国务院老子都去过几趟，有啥不得了的。给你个棒槌，你就当针（真）了。"

邻居们一听都笑开了，说这家伙一辈子连成都都没去过，啥时候去过省政府，还国务院哟。你晓得国务院的门从哪边开？日白也不打稿子，提啥子虚劲嘛。

麻大炮道："老娘就是要拿这个棒槌当针用，专门扎你这种不讲道理的人。老娘今天扎你个血骨淋当，未必你娃能搬个石头打天。"

干黄鳝道："哪个给你说那么多的'聊斋'，水火不容情，快让开，尿泡儿憋出沙眼儿了你今天要负全责哈。"一边说，一边解裤腰带。

麻大炮一下将她那茶壶身躯横在男厕所门口："大白天盼月亮出来——休想！今天不给钱，老娘就让你娃憋到裤裆里，莫说憋出沙眼儿，就是憋死你也活该！"

干黄鳝惊风火扯地叫道："咦，这太阳硬是从西边出来了哟，吃屎的把屙屎的估倒了。"

众人一听，大笑，说，干黄鳝，看不出来哟，你娃还说得出这种话，有点房梁上搁暖壶——水瓶高哟。

麻大炮则不依不饶了，一把抓住干黄鳝的衣领："啥叫吃屎的把屙屎的估倒了？老娘收这钱是要上缴财政的，走，今天我陪你到区政府说个子丑寅卯。"一边说，一边就要拉他走。

干黄鳝一看这阵仗，先软了下来："麻大炮、麻大妈、麻所长、麻领导，老子今天起得急，忘了带钱，一会儿给你补上行啵？水火不容情，你就高抬贵手，给个方便嘛。"

"不行！"麻大炮斩钉截铁地说，"开张发市图个吉利，今天不给钱放你进去，乱了规矩，以后咋个办？"

街坊们看出名堂来了，麻大炮这一招既有拿干黄鳝开涮的意思，更多是想拿这事立个规矩，免得以后收起费来扯筋撩皮的。于是，街坊们看热闹的兴趣大增，没有一个人愿意息事宁人化解这场好戏。

干黄鳝又火了："说补起就一定要给你补起嘛。咋个不相信人呢？老子也是胡子一大把的人了，未必然还安了心的骗你这两毛渣渣钱不成?!"

麻大炮不屑地说："哎哟哟哟，胡子一大把，说得么不了台。未必然别人就莫得胡子一大把吗？隔着门缝看人，你娃莫把老娘我看扁了！"一边说还一边向旁边邻居们挤眉弄眼。

周围看热闹的人哄堂大笑。街坊们都晓得麻大炮这话里藏话的意思。六娃子惊炸炸地夸道："咦，真没看出麻所长拽人还有两刷子哩。这话的水平比刚才干黄鳝那句话又高了一个档次。真是高，高家庄的高呀。"

干黄鳝明知故问的挑衅道："哟哟，一个女人家，胡子一大把，亏你说得出口。在哪里？我啷个没看到？"

麻大炮阴阳怪气地笑道："你没看到，有人看到的撒。"

干黄鳝来劲了："哪个？哪个看到的？有本事月亮坝里耍刀——明砍！"

"哪个？我男人撒。"麻大炮慢条斯理地说道，然后轻蔑地对干黄鳝，"你娃娃还没资格！"

众人又是一阵大笑，拱火般地道："就是就是，你娃和麻大妈麻所长非亲非故，啷个有这个眼福嘛?!"

干黄鳝被麻大炮的这句话抵到墙上巴起，竟无了还口之语，又被众人笑得鬼火直冒："让开，让开，不让开，老子就在这墙根脚屙了哦。"

"你屙嘛。那个东西，又不是哪个没见过，有啥稀奇的，这年头连姑娘家都吓不倒，未必然还吓得到老娘啊？"

"硬是不让嗦，老子今天真的要屙了哟。"干黄鳝边说边准备解裤腰带。

"量你个龟儿子敢，你今天敢把你那东西掏出来在这里撒野，老娘一定告你个流氓罪，再告你个妨碍公务罪。让警察把你娃弄到拘留所去喝几天稀汤汤，饿得你娃打偏偏。那时你才晓得牛皮不是吹的，火车不是推的，锅儿才是铁打的哟。"

干黄鳝莫奈何了，大概是尿憋慌了，两手捂住下边，急得直跳。看看周围的人，街坊们看耍猴一般兴趣盎然，乐不可支。其间并无一人打算主动为他垫支二毛钱的排泄费。此时真正是憋急了，急慌了，急不可耐了，干黄鳝突然闪电般地一头扎进了麻大炮毫无防范的女厕所，却不料和不知何时进去解了个手，刚走出来的杨二姐撞了满怀，干黄鳝一下跌倒在女厕所门里，爬起来正要破口大骂，没料想下边一股热流瞬间喷薄而出，那裤子立马水淋淋地湿了一大片，顺着裤腿，流汤滴水地在地上画了一个大圆圈……

麻大炮一愣，众人一怔，片刻间，突然爆发出一阵畅快的大笑。

麻大炮笑得弯腰捧腹，街坊们笑得泪花闪闪，这个喊出不得气了，哪个叫肚子痛哟，你拉我拽，笑成一团。

从此后，麻衣街的饭余饭后，又多了一道调侃的笑料。

胖嫂的罗曼史

果州麻衣街的胖嫂年方三十有五，长得胖嘟嘟白生生的，脸若满月，眉似远黛，一双大眼顾盼流离，尤其是两个乳房小山一般高耸，一动起来闪悠闪悠，颇有几分风韵，几分性感。麻衣街老鳜夫唐福来外号叫干黄鳝的，对胖嫂有点意思，一直赞赏有加，曾公开说："胖嫂就像俄罗斯大婶，胖是胖，却胖得有味道，胖得巴适，不像厕所所长麻大炮，胖得过于泡膜，像他妈个茶壶似的。"

这话传到麻大炮耳朵里，伊勃然大怒："干黄鳝这是癞蛤蟆想吃天鹅肉了，舔肥勾子不嫌屁眼儿臭，也不屙泡尿照照自己是个啥模样，胖嫂还看得上他个龟儿子虾耙。他这是大白天啄瞌睡，做白日梦！"

邻居们皆附和说，那倒是哟，胖嫂如果嫁给干黄鳝，那硬就是竹竿撑轮船——划不来哟。

胖嫂靓是靓，可惜红颜薄命，嫁了个男人却得了个什么痨病，三天两头地咯血，人瘦得只剩下一把骨头，三十岁不到便扔下胖嫂和一对双胞胎儿女一命呜呼了。

胖嫂从二十几岁便守寡，一守便是六七年。这年头，人们并不会为守节的女人写个烈女传，立个贞节牌坊什么的，反倒认为重新嫁人或多结几次婚，饱尝人生滋味才是应该颂扬的主题。于是在这几年中，劝胖嫂改嫁的，介绍对象的，领着男人上门相亲的邻居络绎不绝。然而胖嫂总是高不成低不就，几年之后仍是单身一族。

其实胖嫂并非不愿意嫁人。胖嫂正值女人最成熟的年龄阶段，何尝不愿有个男人白日间支撑门户，夜半里枕边温存，享受男欢女爱的快乐时光。但胖嫂有自己的想法。她那个阴尸倒阳短命的痨病鬼，曾耗去胖嫂全部的青春和女人的情趣，让她心力交瘁，活得干滋滋的，莫得丁点油气儿。现在她要找就要找个大山一样的，有阳刚气的男人，这样的人靠着才踏实，生活起来才有滋味有奔头。然而，现实生活中，哪里就那么好找大山一样的男人，你看得上他，他不一定看得上你。胖嫂如此高的择偶标准，中标率自然就很低了。"茶壶"似的麻大炮曾三分揶揄七分酸醋地说："胖嫂那个找男人的标准呀，只怕是美国猛男史泰龙、施瓦辛格、泰森都不一定如她的意哩。"

这话又传到胖嫂耳里，胖嫂立即反唇相讥："麻大炮这是打熬不住了，在她眼里，只要是个公的就成，如果是这样的话，配种站倒有的是哟，不晓得她干不干。"邻居们大笑，说这话挖苦得安逸！

胖嫂是个很能干的女人。早先是丝厂里的一名缫丝能手，每次技能比赛都能拿一、二名，多次荣获厂里先进生产者称号。痨病鬼丈夫的状况迫使她辞了工作，自主创业，在距家不远的凤仪街开了一家豆花饭馆，挣钱来养活一大家人。先前挣下的钱大都填进了丈夫那无底洞里面，给医院做了巨大贡献。丈夫死后，胖嫂一身轻松，索性把馆子开大些，请了五六个帮工，扩大了二间门面，除了卖豆花以外，还承包各种宴席，胖嫂又仿照酒店管理模式，提高了服务质量，这样一来，饭庄的生意就更显火爆。胖嫂的钱包也就渐渐鼓了起来。这种情况令麻衣街的街坊们羡慕不已，常常戏谑她说："倘若胖嫂的姻缘像财运一样火爆，那就不摆了。"

　　胖嫂饭庄里常有一个三轮车夫来就餐，四十岁左右，长得人高马大，相貌堂堂，一身精肉黝黑发亮，三轮车蹬得风车斗转。每次一来，人往桌前一坐，声如洪钟："老板娘，一斤毛干饭，两碗豆花，二两泡酒。"没有多余的话。东西端上桌后，风卷残云一般扫荡一空，丢下十元钱又去蹬三轮车。天天如此。一来二去，胖嫂习惯了，只要这汉子一到，便将干饭、豆花、泡酒端上桌。双方配合默契，省了许多口舌。

　　天长地久，渐渐地胖嫂觉得此人厚道笃实，体格壮硕，人也长得精神，便动了点心思。

　　那一天，当车夫又来吃饭时，胖嫂便提出愿每月出六百元工钱，让汉子每天定时接送自己那一对在学校读书的儿女，其余时间仍可拉车。有了钱的胖嫂把儿女送到本市最好的一所学校读书，距家较远，胖嫂不放心，总担心路上有个闪失，对不住死去的痨病鬼。当时一个机关干部每月工资也只有四五百块。胖嫂以为这个条件于对方很优厚，贫穷的三轮车夫一定会答应这天大的好事。谁知那车夫听了后，却冷冷地盯了胖嫂一眼："老板娘，莫有了几个钱就烧得心慌泡躁的。小娃儿让他们自己走路去上学，也好练练筋骨，长大了才能经得起摔打。"说完，扔了筷子，抹了抹嘴巴，蹬起三轮车，一阵风似的去了。

　　胖嫂被这句话呛得气了半天才缓过劲来。心想，你一个臭车夫，是我的什么人，竟来教训老娘，真是狗拿耗子，多管闲事，咸吃萝卜淡操心。后来冷静下来细细一想，觉得这汉子的话虽然"打人"，却有几分道理，不同一般人，眼光看得远。于是，不觉得生出了几分敬意。

第二天，这汉子又来吃饭时，胖嫂特意吩咐手下人烧了一碗番茄蛋汤端上。胖嫂远远地看着汉子，汉子冲着她破天荒地感激一笑。吃完饭，汉子扔下十五块钱准备走人。胖嫂忙叫住他，找给他五块钱说："这汤不要钱，是我怕你吃哽到了，送给你的。"汉子正色道："无功不受禄。"笑笑，风一样自去了。

胖嫂望着汉子远去的背影想，不受嗟来之食，硬气！心里不免又动了三分。便暗地里托人打听了，得知这汉子曾经是个复员军人，在一家机修厂当保卫人员，前几年厂子改制，买断工龄下岗了。女人耐不住困顿寂寞，丢下汉子跟一个南方来的老板跑了，撇下汉子和一个上中学的儿子，汉子不怨天尤人，自己靠力气蹬三轮车来养家糊口。

胖嫂心里又动了三分，似乎觉得这是上天的安排。

又过了半月，那汉子照例来饭庄吃饭。

胖嫂的饭馆自开张以来，总有一些社会上的散眼子、混混、杂皮、二杆子、天棒槌之类的人渣来胡搅蛮缠，吃霸王餐。每每遇到这些事，胖嫂大都采取息事宁人的态度，得让且让，得忍且忍，得过且过。要知道，这是些"脱了裤儿打老虎——又不要脸又不要命"的家伙，惹不起的！胖嫂不愿意为几个小钱闹得馆子开不下去。

这天，又有几个散眼子娃儿在这里吃饱喝足了，非但不给钱，还借酒发疯，缠着胖嫂撒野，在胖嫂的丰乳上你摸一下，我抓一把，闹得乌烟瘴气，气得胖嫂直掉眼泪，周围的人皆是敢怒不敢言。正在莫办法时，那个汉子突然横在胖嫂与那几个散眼子中间，笑嘻嘻地说："兄弟，放尊重些嘛，都是本城的几个人，抬头不见低头见，何必呢?"

散眼子甲瞪眼道："爬开些，哪来的野物，敢来插嘴。"

汉子仍是和颜悦色地道："几位兄弟如没吃好喝好，我请客，到皇都大酒店再去整一台，要不要得?"

散眼子乙怪叫道："哟嗬，你小子胆子不小，敢管大爷们的事!"

"人家老板娘开个饭馆不容易，你们白吃白喝……"

还没等汉子话说完，散眼子丙二话不说，窜到汉子身旁，提起啤酒瓶子"咣当"一声，顺顺当当地砸在汉子的头上，鲜血顿时顺脸流淌，吓得胖嫂一声惊叫，捂了眼睛不敢看。

那汉子却没有倒下，说了声："这就不要怪哥子我不讲理了哟。"一边说，一边闪电般地侧身，一手抓住散眼子丙的脖子，一手捞住裤裆，"嗨"的一声，散眼子丙便被"叭"的一声，扔到一丈多远的街当中，王八似的趴在地上不动了。散眼子甲大叫一声："老子整死你个虾子!""嗖"的一下，从腰里拔出一把刀来，顺势刺向汉子腹部。众食客骇得脸青面黑，都在为汉子捏一把汗。说时迟，那时快，只见汉子一闪身，那把刀眨眼间就到了汉子手中，接着一声"去你妈的!"飞起一脚，散眼子甲就被踢到街当中，长扯扯地和散眼子丙躺在一起了。吓得另外几个散眼子拔腿就跑。

周围的人禁不住齐声叫好，拍手称快。

胖嫂忘情地扑到汉子面前，小心翼翼地帮他擦头上的血。那心便像小鹿一样乱撞，只觉得面前立的哪里是人，简直就是一座山，一座喜马拉雅山啊!人们常说，女人是水，男人是山。女人要靠的就是这样的山啊。

事后，胖嫂一打听，才晓得这汉子在部队当的是特种兵，打架不过是他训练时的豆芽科目。

这一下，让胖嫂动了十分心思。

得知胖嫂心思后，麻衣街街坊们趁热打铁，赶紧撮合，几经努力，半年后，胖嫂终于与汉子结了婚。

胖嫂如愿以偿，找到了她梦中的山一样的男人，两口子那日子过得，用麻衣街人的话说，真是"不摆了"。

然而，有件事却让街坊们大惑不解："胖嫂，你家男人咋放着老板不当，还是要去蹬三轮车，风里来雨里去地受活罪呢？"

胖嫂幸福地笑笑："大概是他不愿意抢班夺权吧，也许是图个自由自在吧。男人嘛，他想做啥就让他做啥撒。"

街坊们由衷地笑了。

奇医曾扁鹊

曾扁鹊是果州麻衣街民间医生曾祥昭的外号。

扁鹊乃战国时期的名医，以善治疾病且医术高超而著称于世。古文中有脍炙人口的名篇《扁鹊见蔡桓公》，说的就是扁鹊诊病准确，判断如神的故事。

麻衣街人为啥要给曾祥昭取这么一个外号？这里有几个小故事可见其缘由。

曾祥昭的医道来自祖传。他一家三代都在果州行医，到他这一代，曾家已经在此地行医五六十年了。单就曾祥昭接替他父亲在麻衣街行医来说，就有三十年之久了。曾祥昭虽然行医久远，却未入流，依然是个民间大夫江湖郎中而已，不像现在医院里的医生，大都有正高、副高、主治医师之类吓人的头衔。曾郎中虽未入流，医术却是很高明的，每日到他诊所来看病的人络绎不绝，忙得他一天难得有闲暇之时。他的诊所，常会收到病人为感谢他治好了病而送的锦旗，几十年来林林总总都有百十来面，但他一律不挂，只有诊所正面墙上，悬有一块大匾，据说是当年的县长，后来成了副市长，现已离休了的齐正理齐老革命赠送的，上面镌有两行赞语：

妙手回春盖华佗　悬壶济世真扁鹊

一个"真"字，谐了曾祥昭的姓，于是麻衣街人便称他为曾扁鹊，叫去叫来，他的真名都差点被人忘记了。

曾扁鹊善治人病，医术高超却不循常规，颇有一些奇特之举，常常让街坊们匪夷所思惊叹不已。这里不妨说个二三事。

"文化大革命"初期，齐县长是河东陵江县二号走资本主义道路当权派，一号是县委书记。运动一开始，齐县长就被造反派揪出来批判斗争，三天两头不断。一日，齐县长又被揪出来戴高帽、挂黑牌批斗，造反派们批到群情激奋，怒火填膺时，便对他拳脚相加。造反派里不乏过去因工作上关系与齐县长有过节的人，这时便找到了出气的大好机会，明里暗里打了不少冷坨子。可怜齐县长一个大活人，被打得只有出气没有进气，抬到家时已经奄奄一息了。他的夫人一看，急得莫奈何，又没人敢帮她的忙，羸弱的女人只好强背着齐县长连跑几个医院，可惜没一个医院敢接收。那年月，替走资派看病是要担很大的风险的，弄不好就成了"保皇派"，要被打入另册。齐夫人万般无奈，只好背到麻衣街来找曾扁鹊，求他救命。

曾扁鹊掀开齐县长的衣服左摸右看，上瞧下探，但见皮肉完好，骨节未损，便把眉毛拧成了一团，对齐妻说："打得很在行哟。"

曾扁鹊说这话是有个讲究的。大凡跌打损伤，倘若是鲜血淋漓，断手断腿，看起来吓人得不得了，但对医生来说，都是看得见摸得着的，弄准确了对症施术下药就是了，是好治的。如果是未见皮外伤却病势危急，绝对是伤着五脏六腑了，且一时难以判定是伤着肝脾了，还是伤着心肺了？很难下药，是极难治的。

曾扁鹊这么一说，急得齐夫人心如冰窖，禁不住珠泪长流，"扑通"一声跪在曾扁鹊面前，求他千万要救救丈夫，并说下辈子变牛变马也要报答曾大夫的大恩大德。曾扁鹊沉思片刻，对齐妻说："救命不难，但要依我的办法来治，要不然，走人，再去找高明医生了事。"齐妻此时已急得莫抓拿了，没有半点主意，只求有人救命，哪里会讨价还价哟。忙鸡啄米似的点头应允。只见那曾扁鹊唤来两三岁的小侄儿，让他"哗哗哗"地撒了一泡尿，用碗盛了，撬开齐县长的嘴，一气灌了下去。半晌，这齐县长三魂悠悠，七魄荡荡，竟还过阳来了。齐妻大喜过望，连连说："神医，神医!"看热闹的街坊们也惊得连连咂舌："啧啧，曾大夫如此奇招，怪哉怪哉，不可思议，不可思议呀!"曾郎中笑笑道："非常之伤，当用非常之法。童尿乃舒筋活血化瘀之良方，胜跌打损伤药十倍，如此严重的内伤，非此法莫治。"随后，每日三大碗童尿，定时喝下，未及半月，齐县长奇迹般地康复了。

从此，齐县长与曾扁鹊关系非同一般，常常来他的诊所坐坐，谈医论道，推杯换盏，俨然如同兄弟。后来老干部得到解放，齐县长升任副市长了。有一次，欲将曾扁鹊安排于市上公立医院做大夫，说好歹有个正式编制，也能评个职称嘛。曾扁鹊笑而推辞："散漫惯了的人，受不了那么多的约束，还是当我的江湖郎中，自由自在，多好呀。"竟不去，让街坊们为之好生遗憾。

又有一次，麻衣街以能吃而著称的杨八斗碗肚子痛得异常厉害，到医院去看了几次，都说是有蛔虫，钻胆钻肝了，然吃了若干驱虫药，非但没打下来，反而痛得更厉害了。没奈何，找到曾扁鹊磕头作揖求其救命。曾扁鹊看着杨八斗碗痛得蜡黄的脸上汗珠儿直往下淌，便倒了一杯二曲酒，在里面加了一点大黄，令人想不到是又在里面兑了一小勺"敌敌畏"，然后叫杨八斗碗喝下去。杨八斗碗大吃一惊，忍着剧痛说："曾先生啊，我和你前世无冤，今世无仇，也没抱你娃儿下河吃水，何苦要害我性命?"

曾扁鹊笑笑说："今天你不喝也是死，喝也是死，左是崖，右是坎，长痛不如短痛，喝了死得痛快。"

杨八斗碗道："虽然是这样，毕竟这条命是爹妈给的，身体发肤，受之父母，岂敢轻易丢掉，好死不如赖活，我还是不喝的好。"

曾扁鹊笑道："喝不喝在你。这样吧，众位高邻做证，喝了后倘若你死，以我的命相抵如何？"

杨八斗碗此时已是痛极，又晓得曾扁鹊治病善出奇招，管他的，死马当成活马医，一狠心，一仰脖子将兑了"敌敌畏"的酒全倒进肚子。这一边，众家街坊已做好准备，只待他口吐白沫便立即送到医院开膛破肚做手术。奇怪的是，十分钟后，只听得杨八斗碗的肚子里一阵闷雷似的"咕噜，咕噜"作响，但见他飞也似的跑进麻大炮任"所长"的公厕里，一口气屙出百十条食指粗的蛔虫来，腹痛骤然消失。这一下，惊得众家高邻目瞪口呆，连连称奇，都说，曾大夫这手段令人匪夷所思，世间恐怕是没有第二个医生敢这样做的。

从此，杨八斗碗的饭量锐减，原来精瘦的身板三个月后便肚皮微腆，颇带一点官相了。事后，有人向曾扁鹊请教个中奥妙，曾扁鹊笑笑，只说了一句话："他那肚子里的蛔虫都成精了，再不以毒攻毒，难救其命。"街坊们听了，寻思良久，终是不得要领，只有倍加叹服而已。

不久，曾扁鹊又一次让麻衣街人大开了眼界。

麻衣街的剃头匠周良元，小名六娃子，不知哪股神经发了，迷上了彩票，梦想中个百万大奖，变成富翁。他一天都要去卖彩票的地方跑几趟，剃脑壳挣的几个散碎银子都被他扔进这水凼凼里了。总算老天开眼，有一次真的还中了个两千元的三等奖。正说要到颁奖台上领奖，谁料想欢喜老鸹打破蛋，上台时，一脚踩滑了，从两米高的领奖台上摔下来，一下子就摔断了大腿，痛得六娃子喊爹叫娘。麻衣街的康老邪那天也在场看热闹，见状，忙将六娃子扶到麻衣街曾扁鹊的诊所里，请曾大夫为六娃子疗伤。

曾扁鹊摸了摸六娃子的腿，又端了端的他的屁股，突然变色道："你娃娃哪里断了什么腿嘛，存心取笑我曾扁鹊是吗？出去。"

"哎哟，痛死人了，脚杆都是吊起的，一点力都用不上，还说没断。你老是拿我来涮坛子呀。快点，救命要紧，要多少钱给多少钱，我这里给你磕头了哟。"说这话时，六娃子已经是痛得冷汗直冒，快撑不下去了。

"出去，快走，我这里还有病人，莫耽误我的时间。"曾扁鹊虎起一张脸，又一次下了逐客令。

六娃子见状，知道曾扁鹊是决计不给自己治腿了，顿时来了气："不医就不医嘛，黑起一张脸给哪个看。还曾扁鹊哩，假扁鹊都不如。"一边说，一边拖着腿往外走。刚到门口，只见曾扁鹊飞起一脚，踹到六娃子屁股上，那六娃子"哎哟"一声，一个跟斗直滚到街上，爬起来正要破口大骂，谁知两条腿却行走自如，痛感全无。惊得六娃子直叫唤："咦，咦，咦，这啷个回事？这啷个回事？未必然我这腿杆真没断呀？"

曾扁鹊笑笑道："你娃娃连骨折和脱臼是咋个回来都没弄醒豁，就来找本郎中看病，糟蹋人哩。"六娃子这才知道自己是髋关节脱臼，刚才被曾扁鹊一脚踢复了位。

这种匪夷所思所医术，让街坊们眼界大开，"啧啧"称奇。

最让街坊们开眼界的当属曾扁鹊为麻老板看病那次了。

麻大安是麻衣街在改革开放中率先富起来的人，虽是麻衣街的首富，但麻衣街人只称他的小名大麻娃子，商场上的人才称他为称麻老板。一日，麻老板邀约了几个狐朋狗党，在葛幺师傅的来春茶房里搓麻将，一直搓了两天两夜，连吃饭都是方便面对付。麻老板那天手气特别好，赢的钱简直要用秤称，以至于尿泡憋得难受时也未上卫生间。好不容易打到散局时，麻老板以百米冲刺的速度跑向卫生间，裤腰一松，却不料怎么也尿不出来，折腾来折腾去也无济于事，憋得麻老板双脚直跳。天哪，水火不容情呀，再不放出来，那尿泡要么被憋成沙眼，流到肚子里，要么就要倒流到肾里，形成尿毒症，两种都是要命的事情。众麻友急请曾扁鹊来医治。麻老板老婆外号叫赛麻花，当时闻讯赶来，见状，当众捧出一沓钱，说只要救得麻老板性命，莫说几百几千，就是上万块也莫得丁点问题。

曾扁鹊来了，问明了情况后，围着麻老板慢慢悠悠地转了三圈，未吭一声，众人和麻老板鼓着二筒，大气不敢出地等他拿办法，不料，曾扁鹊却用手中的扇子，突然"啪"的一下，打到麻老板的小腹上，麻老板一惊，一股热尿喷薄而出，直泄了一裤裆。麻老板连声叫唤："爽噢！爽噢！这下子舒服了，巴适了。"泄毕，恭恭敬敬地捧了两千元票子到曾扁鹊面前，文绉绉地说："一点薄礼，请笑纳。"

曾扁鹊笑笑，只取了一张票子："十元出诊费足矣。"欲离去时又转身道："倘若下次依然，本郎中爱莫能助也。"

吓得麻老板从此以后，再也不敢憋着尿泡打麻将了。

病房轶事

护工老寻

2001年清明前一天，我因车祸腿部受伤住进了我市一家医院的骨科，因属粉碎性骨折，医生决定要开刀做接骨手术，这样的话就需要人护理，于是在护士长的介绍下，老寻成了我的护工。

护工所要做的事就是24小时守护病人，完成护士们不能做和不愿做的护理之事。这件事看似简单，其实是很麻烦，很辛苦的一项工作，尤其是护理刚从手术台下来的病人，更为艰辛，需要具备细致耐心，吃苦耐劳，忍辱负重品质的人才能担当，所以这些人大多是来自农村的打工者。

老寻大约60岁出头，个子不高，背微驼，脸上布满岁月蹉跎的沟壑，一看就知道是个典型的农民。他被护士长带来时，刚刚结束对一个病人的护理，也许是立即又找到新的事做，显得很兴奋，脸上的沟壑一下子舒展开来，生怕我们犹豫不决，一个劲儿地让我们放心，他会尽心尽力地做好我的护理工作的。我妻子问他护理费要多少，他说随便给了就行。妻子说，那就每天30元吧。这之前妻子在医院打听过，这个价当时是护工中最高的。老寻连连点头说："要得，要得，你们说了就是。"很干脆很满意的样子。

几天下来，我们对他的护理工作十分满意，诚如他自己所承诺的，他确实是在尽心尽力履行职责的。

因为是腿部骨折，我手术后一动不动地躺了一个星期，伤口倒没啥问题，腰背酸痛却让人难以忍受，折磨得人整夜整夜睡不着觉。老寻也很着急，见状说，我给你按摩按摩，可能会减少一些疼痛。我有些怀疑，问他，你行吗？他说，试试吧。便隔着床单伸手到我背下，手指向上给我按摩。我很惊叹他的按摩技巧，娴熟适度恰到好处，酸痛减轻，颇感舒服。这种难度很高的按摩技能，就是在按摩院里的专业技师都很难达到。接连几晚，我都在他的按摩中静静地进入梦乡，有时一觉醒来，老寻还在轻轻地给我按摩。看着这个乡下来的护工，我心里漾起一种感激之情。我想，在众多进城务工的农民变成城里人之后，老寻身上农民的品质丢弃得并不多，笃诚、淳厚、善良、勤劳仍然是他的本质。

有一次，一个女人给他送来午饭。这女人大约三十多岁，长得也还算周正，结实而干练。他告诉我说这是他老婆，也在这家医院做护工。我惊异地问他，你两口子都来打工，孩子老人咋办？他告诉我他们是川东北偏远山区一个小村里的农民，那里是出了名的苦寒之地，人均只五六分地，日子过得很是艰难竭蹶，好多人都出去打工了。他之所以出来，是因为儿子的缘故。老寻有两个儿子，都在我所居住的城市里读书，大的上高中，小的上初中。我问他，为什么不在本地读书，非要离乡背井到这里求学呢？他说，本地中学教学质量不行，读了也考不上大学，都是花钱，不如找好一点的学校读，这样考上大学的希望就要多几分。

"我们那里穷啊，不读书，一辈子就只能窝在山里挖泥巴了。"耕读传家久，经书济世长，自古便是农耕文明的传统。一个大山里来的农民，有如此见识，我还不多见。

为了两个儿子的前途，老寻几乎是举家来到这个城市。本想租一个房子居住，一问价格，吓了一大跳，仅仅是五六十平方米的住房，每月房租都在七八百元之上。他们在千方百计地把两个儿子弄进本市学校后，身上几乎分文不存，连吃饭都有些拮据，哪来的租房钱呢？正在焦头烂额之时，一位好心的同乡介绍他夫妻二人到医院做了护工。

我问他，打工的方式很多嘛，为啥非要做护工？

于是老寻给我算了一笔细账：

一个护工每月最低也能挣到七八百元，倘若同时护理两个病人，则可挣到一千四五。护工每天 24 小时陪护病人，晚上睡觉租一架折叠床置于病房内，才五块钱，一个月也就 150 块钱，刨去吃 300 元，没有水电气这些费用，一个月下来，少则落个三四百元，多则要落近千元。我们两口子都做护工，既解决了儿子们的学费、生活费，又能就近照看他们（儿子住校），还节约了一大笔房租，划算得很呀。原本我们是准备到深圳打工的，与其把挣的钱送给铁路公路，不如就近打工，钱虽然挣得少点，一家人总在一个城里，相互有个照应，免了很多麻烦事。

末了，他告诉我说，我们两口子在这个医院已干了四年。我问他苦不苦，他十分满足地笑了笑说："嗨，这比在乡下好多了，至少每天可以挣到现钱嘛。哪像在我们乡坝里，一年忙到头，累死累活，到头来刨去吃的用的，根本就没看见钱在哪里。"我看得出，这是一个目前心口子还不厚且给点实惠就容易满足的老实巴交的农民。

"那就没有一点遗憾，比如你们两口子，虽然成天见面，但又没住到一起。"我含含糊糊地问道。

老寻抬起头，闪烁的目光看了我一眼，半天没吭声，随之沉沉地叹了口气说："顾得了这头，顾不了那头，甘蔗哪有两头甜嘛，莫得法，忍嘛。"说完不好意思地笑了。

我知道，当生存的目的大于生理的欲望时，这种选择是相当残酷的，得把情感、本能、人性等统统压缩在身体的角落里，禁锢束缚起来，不能释放。

有一天，老寻接了一个电话后脸色倏然大变，急匆匆地出去了，好半天才回来，然后一整天都忧心忡忡，心神不定。后来他老婆也来了，眼睛红肿的，脸上写满焦虑和悲伤，两人出去在走廊里嘀咕了半天，回来后仍是心神不定的。

晚上，我忍不住问他，是不是两口子吵架了？

"没有没有"他赶紧说。

"那为啥事惹你们伤心了？"我追问道。

他不安地看了我一眼，半晌才嗫嚅着告诉我，是老婆的妹妹的男人，也就是他的连襟，在深圳打工时，从五层楼高的脚手架上摔下来，还没送到医院就死了。这个姨妹上有公婆，下有两个娃儿，一家大小就指望这个连襟养家糊口。听说这事后，姨妹子当即就昏过去了。这不，他老婆和姨妹一家要连夜赶往深圳处理后事呢。说完，他深深地叹了一口气："啷个回事呢？昨天老挑还和我通了电话，说过几天要回来收麦子栽秧，没想到今天就死了，真是人越穷要命的事就越多呀。"

我望着他满是愁云的脸，不知说什么好。

又过了几天，他接了一个电话，从口气中我知道是他老婆打来的，便问他连襟的事处理得怎么样了。他告诉我说，老板说了赔五万。我问，你们答应了。他说，不答应又能怎么样，人已经死了，老板说是他自己不小心掉下去的。再说，他姨妹认为五万元已经不少了，在我们那里，能盖一座二层小楼了。

我急了，告诉他说，千万莫就这样算了，一条人命，哪就值五万元呢?! 老板说的是屁话，哪个愿意自己去摔死呀？那是安全事故，是因公死亡，不追究老板法律责任就是枉法了，赔偿金

269

还这样少，硬是农民的命不值钱，心口子黑啊。不干，不干，跟他们闹，必须提高赔偿金额才行。

听我这样一说，老寻惊得一脸惶惑："这样做要得不？弄不好可能连五万元也拿不到手，听说那是一家台湾老板开的厂子，臂膀子硬得很呀。"

我告诉他说，老板是欺你们乡下人不懂法，好糊弄，拿几个钱摆平了事。不要怕，跟他们斗。

"斗？郭先生，你莫开玩笑了，我们都是农民，莫啥文化，又不懂啥子法，咋斗得过人家呢？听我老婆说，那老板的保镖都有七八个呀！"

"这叫依法保护自己的合法权益，咋就斗不赢呢？"我给他鼓劲说。

接着我详细给他分析了事故的性质及其有利因素，告诉了他如何依法依规争取获得更多赔偿的步骤和方法。他很认真地听了，眼里渐渐闪出希望的光亮。末了，他问我："大概要喊多少才合适呢？"

我说："没有三十万，你们就莫松手，跟他打官司，上法庭！"并且告诉他，真走到打官司的这一步，也不要怕，我在深圳有法院工作的同学，可以找他们帮忙。

他一下睁大惊愕的眼睛："三十万！那么多钱，得用背篼背了。得行吗？"

我说："试试嘛，死马当成活马医，落一个不如捡一个嘛。"

他立即打电话把我的分析和方法给他老婆说了，末了，还特别叮嘱一句："莫怕，郭老师在深圳有同学，实在不行，就麻烦他一下。"从话里听得出来，他是异常疑惑担心的，但又透着极大的希望。

一个星期后，老寻又接到电话了，到走廊里说了一阵后，一下冲进来，兴高采烈地给我说："解决了，解决了！"

我问："怎么解决的？"

他说："还是私下解决的，老板不愿意上法院，一次性给了二十五万。多亏了你呀，没有你的提醒和办法，老板五万块钱就把我们打发了。这一下，多了二十万，我那姨妹往后的日子就好过得多了。"

此时的老寻，脸上透着掩饰不住的喜悦，所有的沟壑都一下子舒展开来了，流淌着舒心的欢笑。看来，这二十五万已完全掩盖了他那个连襟死亡的悲哀。

后来的一段时间，老寻对我的护理简直可以用无微不至来形容，我常常在夜半醒来时发现他坐在床边，等着为我服务。我知道他心存感激，但不知道如何表达，于是只好用这种尽心尽力的勤勉来表示。

一个月后，我出院了。结账时，老寻说什么也要把每天三十元的护理费降到二十元，说做人要讲良心，要知恩图报。我笑了笑说："俗话说'举手之劳'，我连手都没举，不过动动嘴皮而已，哪有什么恩？还图什么报呢？"最后我让妻子以每天四十元计算付给他，也算是对一个乡下来的备受命运捉弄的护工，尽一点绵薄之力吧，毕竟，这个社会需要同情和扶持，需要人性的张扬和润滑，更何况他们是支撑整个社会大厦最底层的人群啊。

从那以后，我再也没见过老寻，也不知他在这个城市里生存得怎么样了。

护工头薛老大

日子一晃又过了两年多，我骨折之伤终于痊愈，经医生检查后说需要再做一次手术，把股骨内固定骨折部位的钢针（髓内针）取出来。于是我又住进了先前住过的病房。有上次住院的经验，我和妻子商议决定还是要请一个护工。我给一个护士说了此意，护士立即在走廊里叫了一声："薛哥，你来一下。"

很快，一个四十多岁的汉子来到我的面前，高高的，大骨架，精瘦，马脸，一口大牙尤显凸出。护士对他说，这是郭老师，要做髓内针取出手术，需要一个护工，你给安排一下。这个被叫作薛哥的汉子看了我一眼，显出为难的神色说，这两天莫人手了。转而立即又说，如果郭老师不嫌弃，我来吧。护士说，有你薛老大亲自出马当然更好。接着又对我说，薛哥是这里的老护工了，对护理这一套事儿熟悉得很，一般人薛哥还不接呢，你尽管放心好啦。我问老薛护理费多少，老薛想都没想就说："一天六十元。"我没有料到，护工的价格在两年多时间里就翻了一倍。想想人家一个打工的，累死累活地挣俩钱也不易，六十就六十吧。我和他约好，待我从手术台下来，他便正式开始对我的护理工作。

"莫得丁点问题，你放心好了。"这位护士叫他薛哥，又称他薛老大的人大大咧咧地说回答道。

"为啥叫薛老大呢？是你在家排行老大吗？"我问。

"不是不是，她们是取笑我，喊着玩的。你叫我老薛就行。"他赶紧解释。

我不知道薛老大是什么时候来护理我的。

当天由于麻药的作用，我下手术台后一直昏睡不醒，等我完全清醒时已是半夜了。

准确地说，我是被一阵鼾声震醒的。说实话，这一辈子我听过很多奇特的鼾声，却从没有听到过震得墙壁都在发颤的鼾声。我不知道这鼾声是谁发出的，便努力偏着头在黑暗中寻找，终于在窗台下边看见一张简易床,这震耳欲聋的声音就是从这张床上发出来的。哦,这就是我的护工薛老大了。我想,做护工也不容易,他肯定是护理我太累了吧。尽管我醒来时口渴得要命,也没有叫醒他,就让他多睡会儿吧,于是这鼾声就一直山响到天亮。

早上,妻子送饭来了。老薛一晃便不见了,我问妻子老薛呢?她说可能吃早饭去了吧。等到再见到他时,已临近中午了。我对妻子说,这个护工和老寻比简直差得太远了,他的鼾声让我没法睡觉,问问护士,老寻还在不在这里,如果在,就把老薛换了。妻子出去了一会儿回来告诉我,老寻虽在,但早已不在骨外科了,说是在肝胆科做护工。末了,她漫不经心地对我说,忍忍吧,不就几天的时间,弄不好得罪人。我很诧异,得罪人?得罪谁?妻子神秘地笑了笑,小声对我说,你不知道,老薛是这里的护工头。护工头?护工还有头儿,这事怪了!我越发惊异了!

“人家喊他薛老大,总是有原因的,你慢慢看就知道了。”妻子说。

第二天,病房里安排进来了一位七十多岁的老太太,不小心摔了一跤,把股骨头摔折了,躺在床上不能动弹。随同而来的是一位女护工,大约三十来岁,很干练的样子。老太太称她为“叶姐”,告诉我说,叶姐是她请来的护工。

老薛一看见叶姐,本来就长的马脸就拉得更长了,问她:“哪个介绍你来这里的?”那个被称为叶姐的女人怯怯地回答:“是病人家属来找了我几次,我才接下来的,薛大哥你多关照哈。”老薛没说话,一脸冰冷如霜。接下来的事让人匪夷所思,这个让病人很满意的叶姐竟多次遭到护士的训斥,不是指责她不爱干净,就是训斥她不懂基本护理常识,再不就直截了当地说做不下来就走人嘛。我感到很奇怪,老薛基本不管我,却没有任何护士对他进行指责,这个一天二十四小时不离病人护理得异常耐心细致的女护工，却不时地遭到无端的指责，这是为什么？我没想明白。

在一个病房待久了，叶姐的话也多了起来，她悄悄地告诉我们说，她在这个医院已做了五年护工了，本来在六楼胸外科，是病人家属了解到她做护工很有经验和耐心，专门找她的。妻子不解地问她，那为何这些护士老是要指责你呢？她笑了笑说："大姐，你不晓得这里面的内情，这个医院每个科室都有一个护工头，护工要找活儿一般都要由头儿来安排，每个科室的护工原则上不得交叉，交叉了头儿就要给你小鞋穿，让你在这里做不下去。"

"小鞋，怎么穿呢？"我妻子问。

"挤走呀，让你干不成。我是老护工了，在医院护工中也有点名气，他拿我还不敢怎样，这不，就让护士来拿捏我（找碴儿的意思）嘛。"

"不可能哟，护士凭啥要听他的？"我觉得她说得太天方夜谭了，连连摇头地说。

"咋不可能？！你们不是都看到了，那些护士小妹像训龟儿子一样训我嘛。其实我哪里做错了嘛，不就是我是胸外科的护工，没按他们的规矩接活路嘛。"随后她压低了声音对妻子说："他们之间有利益关系。"

利益，啥利益？我再一次惊异了。

她犹豫了半天才回答道："这事不好说，也莫法说。"随后又压低了声音说："反正我晓得护工每月都得向护工头缴介绍费的。"

"还有介绍费？"我更惊异了。叶姐慌忙看着外面说："我乱说哈，莫当真，莫当真！不过说真的，这些护工有一个头儿管着，倒是省了护士们很多麻烦事。"

我说，仅仅一个骨外科就有百十号病人，护工至少有五六十人，都归老薛管，他管得下来吗？

"有什么管不下来的，这里的护工大都是老薛的亲戚朋友，舅子老表，还有就是他那个村那个乡的人，都抱成团了，哪个敢不服管，除非你不想在这里找饭吃。大哥，你是不晓得呀，这年头，收破烂捡垃圾，讨口要饭都要有一个头儿罩着，不然你就啥子事也不好做，弄不好还要吃苦头呀。"叶姐叹了口气说。

哦，垄断经营。我恍然顿悟。此时我才知道老薛为什么常常不在我的病床前晃悠，原来他除了打工，还有重要的管理工作要做呀。恕我眼拙，委实是小看了老薛。

"难怪有人要叫他薛老大。"我说。

"就是，叫老板、叫头儿，太张扬了，叫老大多气派呀。"叶姐小声说。

又过了两三天，我已能下床自如地走动了，老薛见我病床上留有术后的血迹，立即从护士那里拿来全套干净的床单、被子和枕套，三下五除二就换得整洁一新。我知道，这是别的病人不太容易享受到的事，他却不费吹灰之力就办了，正要感谢他，老薛却把自己的被子抱到另一个病室里去了。哦，难怪常常不见他的身影。原来他在护理我的同时，还护理着另一个病人，挣的双份钱。

从这以后，老薛很少再来我的病房，偶尔来一下，看看没事，转身就走了。我有时走出病房活动活动，常看见老薛在护士台前立着，和护士们有说有笑。令人奇怪的是，那些如花似玉，高雅矜持的护士对他尽皆一口一个"薛哥、薛老大"叫得挺欢的，全然不怕降低了自己白衣天使的身份。叶姐悄悄告诉我说，他是守在那里接活路，只要有病人入院，立即就会把是否请护工的事敲定，完全不允许其他护工与病人直接联系。

有一次，我听到走廊外有大声训斥人的声音，便走出去看，见老薛在对一个女人发火，说她不懂规矩什么的，还扬言要开除她。那女人一个劲地认错，眼泪"吧嗒吧嗒"直往下掉，极其可怜。我劝他大可不必对一个女人发那么大的火，他看了我一眼说："郭老师，你莫管。莫得啥，这是我老婆的一个隔房表妹，自己家里的人。"我问她犯了啥事，他说，她不懂规矩，把一个妇产科的护工介绍到骨外科来做工了。

我心里"咯噔"了一下：妻子和叶姐没有说错，老薛确实是这里的护工头，尽管他也是来自农村，生活在这个城市的最底层，尽管这是一个无须任何组织任命，无须任何人选举而产生的头儿，但他就是个头儿，就是护工里的老大，是一个对这个毫不起眼的护工圈子实施严格管理的领导人。我在心里感叹，真是时势造英雄，是改革开放的大气候和医院的小环境造就了农民工中的佼佼者——护工头薛老大啊。像这样发展下去，老薛成为一个管理偌大行业的老总没准也是可能的，君不见，那些腰缠万贯，拔根汗毛顶别人腰粗的老板，很多不就是从大山沟里出来的吗？

又过了几天，我出院了，妻子付给老薛七天的护理费，他接过钱，连声谢都没道一个，立即消失在走廊里了。

此时，我倒十分怀念那个朴实敦厚且勤勉耐劳的护工老寻，并产生了一种欲到肝胆科去看一看老寻的愿望。刚走出病房，又立即打消了这个念头。我想，倘若老寻经过几年的打拼，也当上了护工头，我见了他还不知该说些什么好呢？

孤独的曹大爷

曹大爷是我两年多前住院时的一个病友。当时，我因骨折被抬进病房时，他已在医院住了半个多月了。

据曹大爷自己介绍说，他今年七十一岁了，退休前是一家街道企业的会计，后来厂子垮了，每月依靠社保局发的几百块钱退休金度日。此次是被一辆"奥拓"车给撞了，医生诊断是腰椎骨裂，做手术稍有不慎就会伤着神经，引起瘫痪，因此决定保守治疗。

我问他，怎么被撞的？他一下来气了说："我那天出去买方便面，刚走到体育馆门口，一辆小车突然开过来，一下就把我撞了个跟斗，当时就爬不起来了，不是周围的群众把他拦到，那个龟儿子娃儿就开起车跑了。你看嘛，把我送到医院，只交了两千元的医疗费，就一个谜儿头（意为消失）打得不见人影，害得医生都不给我用药，说账上早就没有钱了。"

"跑了？那你这住院费哪个给？"我问。

"跑得了和尚跑不了庙。那天交警出现场时已把他身份证核对清楚了，是市里的人，就在柳林街住，是个待业青年。"

"待业青年还能开私家车，说明家里有钱嘛。"我说道。

"有个铲铲钱，那龟儿子是借别人的车在开，装洋浑子嘛。"老人气呼呼地说。

我心里暗暗为他叫苦，一个待业青年，有多大能力来支付曹大爷的昂贵的医疗费用，这事够他老人家受的。

按常理，一个人尤其是一个老人出了车祸住进医院，大都会有儿女在床前伺候，有亲戚朋友前来探望，然而令我奇怪的是，连续几天，我既没看见他的儿女忙前忙后，也没看见一个亲朋好友前来探望，仅有一个护工在照看他。我想，这个老人恐怕属于鳏寡孤独一类的人。

几天后，我终于看见了这个肇事者，十六七岁，一脸稚气，完全像是一个刚刚毕业的中学生，一问，果然。让人好笑的是，这个稚气未脱的学生竟然有一个打扮得花枝招展的女朋友，也像一个中学生样子。双双来到病房，也不问老人病体如何，更不问医生用药否，来了就耷拉着脑袋坐在那里玩手机，任凭老人数落，始终一言不发。临走时，只说了一句，等你女儿回来再说。

哦，我这才知道老人并非鳏寡孤独者，还有一个女儿。我顿时为他感到高兴，父亲出事，女儿总是要过问的。

"你还有个女儿？在哪儿工作呀？"我问他。

"北京，在北京工作啊！"

说起女儿，老人便是一脸灿烂，兴奋之情难于言表。从他的口里，我知道他目前确实是孤身一人生活在这个城市，二十年前他的妻子就病逝了，一直未曾再娶，含辛茹苦带大了女儿，本想和女儿相濡以沫地安度晚年，女儿却嫁给了北京一个医生，目前两口子在京城开了一家诊所，几次要接老人去北京同住，都被老人拒绝了。"哎呀，人老了，在四川住了一辈子，莫法习惯北方的生活和气候。"接着老人又告诉我说。女儿已经买了机票，说明天就回来。"哎呀，我已经五年没见到玲玲了。"说话间，老人苍黄的颊上露出兴奋的红晕，看得出，女儿是老人的骄傲和希望。

他的女儿叫玲玲，我凭名字猜想，他的女儿可能长得水灵且漂亮。

但是，

第二天老人的女儿没有出现。

第三天老人的女儿也没有出现。

第四天老人的女儿依然没有出现。

第五天老人的女儿还是没有……

我忍不住问他："你女儿怎么还没回来？"

他有点言辞无措地："可能，在飞机上了，在路上了。"

到第八天时，我有些为他担忧，又忍不住问："你女儿怎么还没回来呢？这么拖下去也不是个办法呀。"

老人半天没有吭声，末了，他无可奈何地说："玲玲怕是走不脱哟。"

"走不脱，为啥？"我好奇地问。

"北京的诊所也不好开呀，女婿虽然是个医生，但只有他才有行医资格，请个帮手工资又高，家里才贷款买了房子，小外孙刚上小学，玲玲走了，家里谁照顾，诊所不是要关门呀，关一天就少一天的进账，北京那个地方，没有钱哪能立住脚呀。"

"你女婿不是北京人吗？总归有亲戚朋友帮忙照看嘛。"我说。

老人底气不足地说："不是，女婿也是我们市里的人，他说北京钱好挣，又是首都，以后孙子读书可以受到良好的教育，一家人就去了北京发展。唉，玲玲也有她的难处呀。"

"那你这事咋处理呢？"

"拖吧，能拖到啥时候就啥时候，反正我已活了七十多岁了，早晚也得一死，只是时间问题，死了还免得拖累玲玲一家人。"

我听了心里很不是个滋味，没想到老人竟是如此境遇。赡养父母是儿女们天经地义的责任呀，难道那个老人一手拉扯大的玲玲女儿竟然不顾老父的伤病，不回来照看一下吗？百善孝为先啊，养儿防老，这防的是个什么老？子欲养而亲不待。现在的年轻人，有这意识吗？我想不明白。

十几天过去了，老人的女儿依然没有出现。

这段时间里，医院要么不断地来催老人交钱，要么催他出院。让老人难堪不已。

有一天，破天荒地来了一个三十来岁长得敦敦笃笃的小伙子，跟老人嘀咕了一阵后，便急匆匆地出去了。我问老人这小伙子是他的什么亲戚？老人思虑了半天才小声地说，这是我远房的一个侄儿，听说我遭车祸了，主动帮忙来了。

在我记忆中，这是前来看望老人的唯一的一个亲戚。

两天后，小伙子又来了，掏出一叠票子递给老人说，这是那个撞你的娃儿家里赔你老人家的钱，一共两万，住院费我已结清了。医生说，像你这样的伤情，用不着做手术，回家慢慢养几个月就会好的。

老人捧着钞票的手一个劲地发抖，浑浊的泪水立刻盈满了眼眶，连连说："多亏你了，多亏你了。"

一会儿，小伙子推来一个轮椅，把老人扶上椅，让护工推出了病房。

小伙子收拾东西走在最后，我忍不住叫住他："你真是曹大爷的侄儿？"

小伙子愣了一下："也算是吧？"

我不解地问："怎么也算是呢？"

小伙子说："给你说也没关系，其实我不是他的侄儿，和他没有什么亲戚关系。我是他女儿原来的男朋友。曹晓玲和我谈了两年恋爱，本来都准备结婚了，有人插了一脚，没结成。"小伙子两手一摊，做了个无可奈何状。

我惊奇地问："咋没结成呢？她不爱你？"

小伙子说："还不是钱闹的，嫌我这个出租车司机赚钱少嘛。"

我问："是那个北京的医生？"

小伙子笑笑告诉我："不是他是哪个嘛，其实他是个二婚，前妻还留下一个娃娃，也不知曹晓玲是怎么想的，硬要去当后妈。唉，现在她才晓得这个后妈是不好当的了，老汉出了这么大的事都不回来看一下。"小伙子叹了一口气。

我望着这个不计前嫌，以德报怨的男人很感叹地说："你是个好人，天良未泯呀，难得哟。"

小伙子无奈地说："老爷子这个样子，我不帮他哪个帮他嘛，未必然我看着他去死呀。"

"他还有女儿嘛，应该回来照顾老父亲嘛。"我说。

小伙子摇摇头说："他根本就没告诉曹晓玲自己遭车撞了！"

"什么？没说，他不是天天说玲玲就要回来了吗？"我惊异地问。

"那是做给你们看的，老人心疼女儿又爱面子，宁愿自己活受罪，也不愿给自己的女儿增加一丝麻烦，还要在别人面前装幸福状。我还是从一个朋友那里才知道老爷子遭车祸了。看在过去老爷子瞧得起我的情分上，我来帮他把这事处理一下。"

小伙子说完，便提起东西离开了病房。

我默默地看着空荡荡的病床，一丝凄凉掠过心际，风树之悲，可怜天下父母心哟。本该享受含饴弄孙晚年生活的曹大爷，是在用自己的痛苦和孤独换取女儿所谓的幸福生活啊。

我在猜想，有一天，当老人生命走到尽头时，也许会在一个黑暗而冰冷的角落里默默地耗尽自己的残生，并且不会告知心爱的女儿一声的。

这种以自己的宝贵的生命而换取女儿幸福的父亲，究竟是不是伟大？

我不知道。

掌上之珠靳小虎

就在老人出院后的第二天，空出的病床又安排进一位新的病友。

病友的入院仪式很特别。

最先出现在病房里的并非是我的新病友，而是四五个男男女女，进来后便稀里哗啦地把所有病床上的东西一股脑地扔出病房，接着又把病床、柜子、窗台、地板等里里外外，擦得干干净净，最后弄来喷枪，用消毒水把他那块领地狠狠地喷了一遍，弄得满屋都弥漫着来苏水味，这才让护士抱来全套的住院用具，一一安放妥当才稍稍消停一下。

我躺在床上，静观这一切，心想，这个病友不是个大人物，就是这家颇有威望的老爷子，否则，值得这四五个男女累得汗水直淌，忙乎大半天?!

配角们终于退到一边，轮到主角上场了。

走廊里传来一阵"咚咚"的脚步声。一个年轻女人进来看了看，伸头对外说了声："宝贝，快进来，就是这里。"

随着话音，一阵风似的冲进一个小孩，一头扑到床上，打了一个滚，高声叫道："这就是我的床啊，好安逸哟。"

我这才看清楚，这个看样子不过十多岁的小男孩就是我的新病友。

小男孩一点也不诧生，爬起来看见我便问，叔叔是啥病?

叔叔股骨断了。我回答说。

股骨，是屁股上的骨头吗?

不是，股骨就是大腿骨头。

大腿骨头啷个叫股骨嘛，错了，肯定错了!

我望着这个顾名思义的小男孩笑了。

咋断的? 小男孩瞪大眼睛问。

车祸，撞断的。

小男孩一脸惊恐，天啦，好吓人呀。叔叔你痛吗?

当时痛，现在不痛了。你呢? 看你手脚好好的，住院干吗? 我笑了笑问道。

医生说我的脚杆骨头上长了一个小包，要开刀切除。小男孩捞起裤子，指着小腿说。

年轻女人可能是他的妈妈，怕我误会，赶紧说，医生说了，是良性的，不要紧。

哦，原来如此。我笑笑说，这么多人送你来，嗨呀，你这个医院住得轰轰烈烈哟。

是他们自己要来的，我才不稀罕呢。小男孩虽然这样说，但还是很懂礼貌地给我一一介绍了在他身边一字儿立着的人，这是我爷爷、奶奶、外公、外婆、爸爸、妈妈、大姨。还有两个叔叔，两个姑姑，三个姨妈，两个舅舅，十几个表哥表姐，他们要等会儿才来。看着小男孩这么快就游刃有余地结识了我这个新病友，大人们的脸上显出由衷的欣赏和欢笑。

我知道这肯定是一个三代单传的男娃儿，在这个大家庭里是核心中的核心，重点中的重点，要不然，就不会有这么多的人围着他转了。

小男孩的母亲，一个洋气且漂亮的女人不好意思地笑了说，叫他们不来，都偏要来，不就是个住个医院嘛，一来一大帮人，把你给吵到了。

没啥，没啥，同病相怜，可以理解。我笑笑说。

小男孩的手术安排在第二天下午，按说，当天晚上可以回家去住。但小男孩对医院和病床颇为新鲜，坚决不回去。一家人拿他没办法，只得随他，但一家人却为谁留下来陪他睡觉而发生了争执。爷爷、奶奶、外婆、外公、爸爸、妈妈、大姨都要争着留下来陪他，各有各的充分理由，几番争执，最后还是外公以一个"我住过院，病房里的事有经验"的理由赢得了留住权。外公见大家一致同意后，便高兴地搂住小男孩说，好呀，今晚上我要好好陪我乖孙睡一觉了。

终于等到这一大家离开医院，稍稍清静一会儿时，小男孩又闹着要吃麦当劳，外公立即去买，刚把麦当劳买回，小男孩又要喝可乐，外公又去买，可乐还没喝完，小男孩又要吃丹立炸鸡，外公又去买。院外院里，楼上楼下，一趟又一趟，虽然跑得外公气喘吁吁汗流浃背却全无怨言。看着外孙吃得像个大花猫，外公乐得自己的胡子眉毛都不知道摆放哪里好了。可以看出，平时能够轮到外公含饴弄孙的机会并不多。当晚，外公几乎一夜没睡，不时起来给这个睡觉不老实的外孙盖被子，最后干脆坐在床边，看着小男孩呼呼大睡一直到天亮。

也许是小男孩对什么叫手术并不了然，也许是他的爸爸妈妈误导了他，也许是医院严格的手术规范化操作吓着了他。第二天下午，当两个医务人员头戴蓝色帽子，嘴捂蓝色外科口罩，全身着消毒服装，像煞有介事地进病房来推他上手术室时，他突然害怕了，哭着闹着，横板竖跳地坚决不做手术了，谁劝都不听，急得一家人不知所措。医护人员不得已，一把抱住他，按在推床上，用皮带扣住，迅速推走了，留下一家大小在那里发愣。那个漂亮妈妈突然惊叫一声："天啦，万一他上了手术台也是这样，那一刀下去划错了地方，咋个么台哟！"

我暗暗发笑，这个当妈的，连做手术要打麻药都不知道，真是溺爱得昏了头哟。我在思忖，这可能才开个头，麻烦的还在后头哟。

果然，两个多小时后，望眼欲穿的这一家人终于盼到小男孩从手术室里推出来了。一大家人如一块石头落地似的长舒了一口气，跟着手术推车，仪式似的鱼贯地把他送入病房。此时麻药还没过去，小男孩昏昏沉沉的。医生叮嘱说，把他喊到，莫睡过去了。就这一句话，使病房立刻热闹起来，十几号人"小虎，小虎""儿子、乖孙"的叫喊声此起彼伏不绝于耳，全然不管我这个同房病人的感受。

半个小时后，这个被叫作小虎的小男孩终于在全家人的叫喊声中醒来。

醒了醒了，阿弥陀佛。外婆不住地合掌拜谢。

一家人欢呼雀跃，兴奋不已。

不料还没高兴到两分钟，小虎突然大叫一声"哎哟！"如裂帛一般在病房炸响，吓得十几口人全都愣住了，面面相觑，不知所措。

我告诉他们说，这会麻药刚过，知道疼了就一切正常，放心，没事的。

我的劝慰并没有起到多大的作用，随着小虎一声声惨叫，先是当妈的泪流满面，一口一个"心肝宝贝"地叫个不停，然后是奶奶珠泪长流，一口一个"孙儿，忍到忍到"，外婆则不断地"菩萨保佑，菩萨保佑"。最后连爷爷外公也心痛得胡子眉毛挤成一堆，不住地喃喃自语"这咋个办，这咋个办？"整个病房笼罩着一片焦虑悲伤的气氛。小虎的父亲竟为医生不打止痛针而和护士发生了小小的冲突。

我看着气呼呼的小虎的父亲，告诉他说，医院的处置是对的，止痛针就是杜冷丁，有麻醉作用，打多了会上瘾，还会影响大脑的。听我这么一说，小虎的父亲这才稍稍气顺一点。

当晚，小男孩的惨叫声彻夜未绝，我也在他的叫声中彻夜未眠。这天晚上，留下来陪伴小虎的是两对老人，他的爷爷奶奶和外公外婆。让人感到且不可思议的是这四个六七十岁的老人竟一夜未睡，围在小虎的床边守候了一个通宵。

第二天一早，病房里就人满为患了，小男孩的七大姑八大姨络绎不绝地来了，花篮水果，糖果糕点，红包什么的山一样地堆满了小男孩的床头床尾。尽管小虎经过一夜折腾，此时已昏昏沉沉地睡去，但这些人并不走，耐心等待小男孩的醒来，那眼神里充满对这个小病人无微不至的关爱和无限希冀。

此时的病房，已完全像个人来人往的自由市场了。以至于送花的太多，整得我都花粉过敏了。

这天晚上，一家大小对谁留下来照看小虎又发生了激烈的争执，两个爷爷外公更是不相让，争得面红耳赤，非要亲自照看小孙子不可。

我实在看不过去了，对他们建议说，你们都没有必要留下来陪护，请一个护工，每天三十元，啥事都不要你们操心。你们几位老人家也是六七十岁的人了，别以为伺候病人是件轻松的事，把自己整病了，多的事都出来了。

我的好心立即遭到小虎妈妈的反对，理由是三个字"不放心"。我知道这三个字下面的潜台词是"说得轻巧，三代就一颗单传的种子，出了问题就天大了"。在激烈争执之中，终于达成了一致意见，爷爷、奶奶、外公、外婆一人一晚，轮流当班。奇怪的是，这种极繁重的事，小虎的爸爸妈妈竟没有轮上。后来我曾对一个也有孙子的老年朋友谈起这事，他笑着告诉我说，这有啥稀奇的，人家两口子齐心合力生产出的产品，等于送了四个老人一个能传宗接代的大活玩具，谢都来不及呢，哪能让他们来值班守夜呢？我茫然一声：天哪，是这个样子哟，不可思议。朋友说，少见多怪，等你今后有了孙子就可思议了。

是夜，爷爷打头阵，独自一人看护小孙子。看着爷爷十分辛勤地为小虎端屎端尿，喂水喂饭，嘘寒问暖，我想起先前的曹大爷，都是睡在同一张病床上的病人，二者相比，其境况简直是一个天上，一个地下哟。我在想，当今天心甘情愿围着小虎服务的老人们明天住院了，小虎们可能心甘情愿地围着他的爷爷奶奶们端屎端尿嘘寒问暖吗？小虎们是否会为谁留下来看护爷爷奶奶们而争执不下呢？

对了，我忘记了，他是三代单传，是没有任何人和他争护理权的，但他会不会行使自己的护理权，就像他的上辈们精心护理他一样？我不知道。然而我从小虎今天的表现，断定明天他的爷爷奶奶父亲母亲可能会像曹大爷一样，在病中与孤独寂寞做顽强斗争，直到生命结束。

过了几天，我提前出院了，告别了喧嚣的病房，回到家里，终于可以安安静静地睡个囫囵觉了。

外祖父的红色往事

　　我的故乡在川东北一座小城里，城不大，当然也谈不上名气了，改革开放以前，人们在这里很悠闲很清贫地生活着。

　　在小城里，外祖父是个很普通但却是有一点名气的裁缝。从我记事起，就见他终日在案桌上将一块块上好的布剪破，然后又把它们连接起来，做成一件件漂亮的新衣裳。新中国成立前他用这手艺养活一家大小，新中国成立后，他的儿女们都成家立业了，他用这手艺挣钱来养活外婆。他一辈子就是这样周而复始翻来覆去地做相同的事，累了，便卷支叶子烟，安插在他那三尺多长的既作烟杆又作拐杖的家伙上，颇为悠然地吸上几口烟。每当此时，我就会缠着他讲故事。外祖父肚子里的故事很多很多，什么《西游记》《水浒传》《三国演义》啊，讲得头头是道，我小时候很多的知识都是从他那里获得的。

　　我读小学六年级时，有一次，他听到我在做家庭作业，反复地背诵反映红军长征的课文《金色的鱼钩》，便慢慢走到我面前，卷了支烟，一边抽，一边问我知不知道红军，我便凭老师在课堂上讲的那些，大大地吹了一通红军的故事。他说，你这是从书上知道的，我却是亲眼见过红军，还给他们做过事。我瞪大眼睛，像是不认识外祖父一样："真的呀？"

"真的，不信问你妈去。"外祖父回答道。

我连忙跑回去问了妈妈，没想到真的引出了外祖父的红色故事。

外祖父年轻的时候，川北一带闹红军，大巴山以南的很大一块地方都成了红色根据地。有一天，红军攻占了外祖父所在的小县城，富人们都跑了，穷人们则欢欣鼓舞，分田分地分浮财，建立苏维埃政权。外祖父是个穷裁缝，只知道凭手艺吃饭，照样忙他的营生，并不去关心县城发生的这些天大的事。

这一天，外祖父正在裁缝铺里忙活，忽然走进来一个大个子红军，八角帽，红五星，腰扎皮带，脚打绑腿，威武雄壮，态度非常和蔼，一口一个师傅地叫得外祖父都不好意思了。他坐下来和外祖父拉家常，问日子过得怎么样，裁缝手艺是否能养活一家人，家里是否有人读书。外祖父一一做了回答，然后指着正在旁边写字的当年才七岁的妈妈说："家里穷，没多余的钱，全家只供了一个娃娃读书。"大个子红军摸了摸妈妈的头说："好好读书，穷人有了文化，才有活路呀。"然后又问外祖父全城有多少裁缝，每一个裁缝一天能做几件衣服。外祖父也一一做了回答。临走时，大个子红军握住外祖父的手说："师傅，给你添麻烦了，再会。"

外祖父觉得他太客气了，拉拉家常，问几句话，有啥麻烦的？也没多想，继续忙他的营生。

第二天，外祖父突然被两个红军战士请到了红军军部。军部设在县城的福音堂里，离外祖父家不远。

当外祖父忐忑不安地来到时，一位身穿灰布军装，腰扎皮带，脚打绑脚的大个子红军来到他的面前："师傅，还认识我吗？"

外祖父一看，正是昨天和他拉家常的那个大个子红军呀。忙说："昨天不就是你吗？"

大个子红军笑着说："正是，正是呀，昨天是在搞调查，多谢你给我提供了许多情况哟。今天请你来，是想请你来帮助红军做一件大事。"

原来，红军攻占县城后，缴获了一批棉布，红军决定用这批棉布做一批军装，请外祖父来具体筹划和负责这件事。外祖父本是个裁缝，做衣服是他的本行，而且红军给的工钱又不菲，于是满口答应，立即动手。

那段时间，恐怕是外祖父一生中最为辉煌的日子了。全县城十多个裁缝，二十几个打工，全归外祖父指挥、安排。他们用最好的手艺，在一个多月的时间里，赶制了几千套军装。一时间，驻扎在县城的红军尽皆换上了新的军装，他们扎着皮带，扛着钢枪，精神抖擞地走在街上，威武极了。

这期间，大个子红军常来裁缝铺看看，一来就和外祖父摆龙门阵，夸他的手艺好，给红军帮了很大的忙。夸得外祖父心里很高兴，在外祖父眼里，这个大个子红军长官，是天底下最和气的人了。有一次，他悄悄地问一个红军战士，大个子红军是个什么官。

红军战士既惊讶又自豪地对外祖父说："你不知道呀，他就是我们的军长呀！"

外祖父吃了一惊：天啦，军长，这是多么大的官呀，我活了半辈子见到最大的官莫过于县城的团总了，没想到红军的军长就站在自己的面前，真是有眼不识泰山呀！后来，他又听战士说，就是这位军长，指挥着红军把杨森的川军打得屁滚尿流，几天之中，就解放了川东北两座县城。

外祖父对这位军长从心里感到敬畏。

军装快做完了的时候，军长又来了，他握着外祖父的手说："师傅，谢谢你哟，你帮了红军的大忙了。"外祖父很高兴，看着军长那一身补了疤的军装，一个念头冒了出来，他要为军长亲自做一套军装。军长很高兴地答应了。外祖父仔细地为军长量了尺寸，用他那最好的手艺，连夜赶做了一套军装。第二天天刚亮，红军军长就来到了外祖父的裁缝铺，笑着问道："师傅，军装做好了吗？"外祖父连忙拿出军装，让军长穿上，军长连声说："好，好，很合身，做得好，做得好。"

外祖父很满意，因为那军装让军长显得更加威武，他觉得这是他一辈子做得最好的一套衣服了。

这时候，军长让警卫员拿出一个很精美的砚台："师傅，谢谢你给我们做了军装，也没什么送给你的，这个砚台送给你的女儿，让她好好读书，长大了做个有出息的人。"外祖父自然是十分感动，军长能送东西给自己的女儿，这是多么大的人情呀。

军长说完，道了声"再会！"骑上马，飞驰而去。

回到家中，外祖父才猛然记起，忙碌中军装上还有两个扣眼忘了锁。他急急忙忙赶去军部补锁那两个扣眼，却不料军长已到前线指挥作战去了。当天夜里，全县城的红军都开拔了。从此没再来小城。

外祖父为此后悔了一辈子。

就因为外祖父给红军做了军装，国民党回来之后，还把外祖父抓去坐了十几天的牢，吃了不少苦头，后来是亲戚朋友用了一大笔钱，才把他赎出来。

"你后悔吗？"我问外祖父。

"后悔啥子哟，要不是当时你的外婆还年轻，你的妈妈和舅舅们还小，我就跟红军走了，说不定现在也是个老红军哩！也许还会当个什么营长、团长哩！"外祖父调侃地笑了，"要说后悔，就是做了一辈子衣服的外公，竟忘了锁两个扣眼。"

"那个军长叫什么名字，你晓得吗？"我好奇地问。

"当然晓得。"外祖父很郑重地说出了一个我曾在历史书中读到的那个著名人物的大名，而且我还知道这位当年的红军军长现在还活着，并且在中央担任要职。我把我所知道的告诉了外祖父。外祖父愣了半天才说："真的吗？唉，唉，那衣服上还有两个扣眼没锁哩！"眼里充满对那件往事的深沉回忆。

后来，外祖父省吃俭用，用节省下来的钱买了一个收音机。每当收音机里播出一长串中央领导人的名字时，他都要对外婆说："哎，老太婆，给你说，他还在呢。"多皱的脸上放出灿灿的光辉，随之又喃喃自语地说："唉，还有两个扣眼忘了锁哩。"

"文化大革命"中，外祖父很长一段时间没有听到这位军长的大名出现在收音机里，他显得很担心，总要对外婆说，难道出了什么事吗？"9·13"事件之后，他又听到了这位军长的大名出现在收音机里，外祖父很兴奋，对外婆说："我就知道他还会出来的，那是个好人呀！"

有一天，突然从收音机里播出那位红军军长逝世的消息。外祖父听到后，颓然地坐在椅子上，目光陡然暗淡、滞重，清癯的脸上便显出异常的悲哀，好像一下子老了许多许多。

三天后，外祖父无病无痛，溘然长逝，享年八十岁。

在葬礼上，外婆对赶回小城给外祖父送葬的我说："你外公临死前还说，唉，还有两个扣眼忘了锁呢。"

附一:《河祭》网络座谈实录

【编者按】

本刊（《西南文学》杂志）2021年第一期刊发了郭宪伟、郭怡然中篇小说《河祭》之后，反响空前，收到大量读者来信、来稿。为此，我们组织了一次网络座谈。现刊出郭宪伟先生的创作简谈和一组座谈稿件，以飨读者。

只想写个好看的小说
——中篇小说《河祭》创作简谈
郭宪伟

小说的本质是讲故事。一个好故事，就是一篇好小说。故事从何而来，当然是从生活中来。

我十三岁时，正值"文化大革命"武斗期间，家乡的造反派们在县城里打得很闹热，常有人被打了和被打死了的事情发生。我妈怕我有什么闪失，让舅舅带我去了他家住了一段时间。舅舅家在川东北米仓山一个小城里，有两条大河在城东头汇合，往南一直流到嘉陵江。两条河汇合处，是一片开阔的水域，叫王家沱。河边是清一色的吊脚楼，舅舅家就在其中，他家的窗临河而开，每天我都能看到沱上来往的船只，听到长声吆吆的船工号子。几十年后，我写《河祭》，这便成了小说中的典型环境。

我表哥叫黑娃，当年十九岁了，长得黑瘦精壮，是一个天不怕地不怕的主，一天到晚不是带我上山砍柴捉鸟，就是下河划船弄鱼。有一天，不知他从哪里弄来一些炸药和雷管，带我去河湾，点燃导火线，把炸药扔进河里，"轰"的一声闷响，天崩地裂，水柱冲天。随着水面平静下来，一条条大大小小的鱼翻着肚皮浮了上来。我被这景象惊呆了！表哥水性极好，扒掉衣裤，跳到河中，把鱼一条条扔上岸。那天我们弄了一背篼鱼回来，分送左邻右舍后，还打了好几天的"牙祭"。从此，我对表哥五体投地。小说《河祭》中的猫子，就是以他为原型的。

表哥肚子里的奇事很多，告诉我说，鱼最多的是王家沱，但不敢在那里炸鱼，怕惊了河神。说有一年两河涨大水，一片汪洋，沱里形成了一个大漩涡，冒出一个小圆桌似的王八，后面跟着成千上万条大大小小的鱼，就在沱里游啊游啊。吓得小城的人不断向河里投公鸡。我问为啥？"祭河神呀，王八成精了，不祭就把小城给淹了！"这故事给我留下了极深的印象，后来成了写《河祭》的主要故事情节。

距小城30里处有座险峻之山，叫佛头寨，山上残存着一个寨门和几段石墙。表哥带我上去砍过柴，并告诉我说，过去山上有土匪，打家劫舍，杀人越货，无恶不作，但就是不来骚扰小城。我很惊讶："为啥？"表哥说，当年城里有个裁缝铺老板的女儿，极漂亮，在河边洗衣时被土匪掳上山，当了压寨夫人。她爹妈认为丢了脸，跳沱里了。土匪从此再也不来骚扰小城了。还说，后来土匪被民团打垮了，祠堂就把压寨夫人沉到沱里去了。

这故事一直压在我脑子里，挥之不去，总想有朝一日把它写出来。

若干年后，我成了作家，有一次，和朋友聊起读小说事，告诉他我有一习惯：一篇小说倘若在半个小时内吸引不了我，则会弃之如敝屣。朋友调侃说，那你有本事就写个让我们看得下去的小说啊！这一激将，就把存在脑子里这些七零八碎的素材，按小说的架构，构思成故事，写成了中篇小说《河祭》，郭怡然又进一步作了修改。让我很意外的是，很快得到总编的青睐，被《西南文学》2021年1期重磅推出了。

我绝没想到让它成为自己的扛鼎之作，仅仅想写个好看的小说。从当代小说大多内容空洞，情节单调，人物干瘪，脱离现实的情景来看，这个目的基本达到了。依据小说三大要素，《河祭》虽不圭臬绳墨，但至少讲了一个起伏跌宕的传奇故事，塑造了几个性格鲜明的人物，展现了典型环境中人性的善恶美丑。让读者觉得好看了。更重要的是"把人生有价值东西毁灭给人看"了，多少产生了一点悲剧的震撼力量，令读者发出了一声沉重叹息。这，就足够了。

至于题材的广度深度、人物形象、主题立意、结构语言、技巧风格优劣，等等，是评论家的事，我当缄默倾听则是。

《河祭》网络座谈摘要

四川某出版社编辑沙溪《悲剧愈悲的〈河祭〉》：

一口气读完中篇小说《河祭》，久久不能从故事中走出来。感动、激动、愤怒、悲伤，情绪随着人物命运跌宕起伏，仿佛自己走进了小说，成为故事中的人。这种感觉记得还是当年读陈忠实小说《白鹿原》时有过。

作者可谓编故事的高手，能从自己生活过的地方的传说入手，运用川东北方言，鲜明、生动、准确对人物的命运、性格、心理等进行精心细腻的描写，辅以众多民间精妙词语，使故事起伏跌宕，一波三折，增强了小说的趣味性、可读性。一篇好看的小说，这是作品的一大特色。

作者多愁善感、心如溪水般柔软的个性，使他创作悲剧得心应手。作者对猫子和桃花的性爱、情爱描写以及其后的悲惨结局，正如鲁迅先生说的那样诠释了悲剧的真谛，将人生有价值的东西毁灭给人看，让悲剧悲且愈悲。《河祭》故事如同作者精心制造出的一件美好艺术品，然后当众砸碎，令人心痛、震撼。这正是悲剧的力量所在。

《河祭》，一篇可比肩众多悲剧名篇的上乘之作。

四川作家晏良华《虚化的"河神"是宗族权力倒塌的宿命》

小说采用传统的叙事方法，讲述了一个紧张而又悬念的传奇故事。作者匠心独运，把中国传统文化中民间祭祀神灵这一统治千年的愚民手段描写得入木三分。神权与民众的现实生活往往是一对矛盾，运用神灵树立权威是统治者的现实需要，而百姓对幸福的渴望又往往寄托于神灵。人性对爱情的渴望却又常常与之对立，以至于让生命的代价碰撞出令人难解的人性光芒。象征宗族权力的无形枷锁，禁锢了象征爱情的人性光辉，人性遭到扼杀，但人类往往就是在这样的挣扎中走向进步，走向文明。

河神到底是个什么东西？这是吸引读者最好的象征性文化符号，而且也是小说描写中最为怪异和具有神秘感的物主。能让读者一口气读下去，而且产生意犹未尽、欲罢不能的艺术效果，这是需要匠心的。而作者最为高妙的是，能把读者最希望看到的"河神"这个象征性神灵虚拟化，让读者产生欲罢不能、意犹未尽的阅读快感并悟出其真实意图和思想主题，这是最为难能可贵的。同时，也增强了整部小说的艺术感染力。

陕西作家向俊颖《论封建礼教祠堂的倒掉》

小说以河神传说展开，极富神秘色彩的渲染，让比水患更令人不齿的人患大行其道，把河祭的故事推向高潮。

千丈沱水流湍急，擅长水性的猫子能躲过耳闻色变的河神精怪，本身就是一个传奇人物。他能深入千丈沱捕鱼捉虾，就是对祭祀河神的彻底否定，是对宗族权威的蔑视。他和桃花令人羡慕的爱情，既是对宗族势力祭祀权威的挑战，也是对美好人性光辉的渴望。

猫子在水淹到两河镇时还能骄傲地做一回拯救族人的英雄，这又是中国千年愚民的劣根性的体现。然而，在猫子被当作活祭的那一刻，桃花的爱情魔力又让他产生了生存的欲望，两河镇祠堂里的仁义道德，在爱情和人性的光辉下，瞬间被凶猛洪水冲击得七零八落，一座封建礼教祠堂的倒掉在所难免。作者对凌驾于制度和道德之上的宗族势力和权贵随意欺压、凌辱、剥夺生命的权力给予了极大的讽刺和批判。对猫子、桃花、丫头等弱势群体给予了无限同情，同时也揭示了中国千年封建祭祀文化中的劣根性。作品以一个宗族势力的倒塌，从侧面预示着大清王朝、北洋政府、民国政权等腐朽势力的灭亡。

四川作家蓝锡琦《碑志里的无限唏嘘》

小说依据县志五十五字的记载，演绎出二万五千字有声有色的中篇，其想象力和创造空间很是开阔。故事梗概令人唏嘘。两河镇罗家大祠堂立碑文："清同治十年，洪水泛滥，镇中进水二尺有五，久祭不退，乃以人祭之，水方退。"民国二十二年，族长罗五爷又一次面临巴陵河洪患，他玩弄权术兼亲手行凶，牺牲青年水手猫子和美少妇桃花的鲜活生命，祭河以求退水。可是，数千人围观时河堤坍塌，五十九人罹难，自然犹巨匠，人命似微粒，人算岂难胜过天算？残民愚民以维护权力道德，百年以降未曾稍改。宁容是理乎，宁忍是例乎？

小说中颇具功力的，还有随处可见的民俗俚语。比如两河镇上细娃儿追着吹鼓手的屁股唱："吹鼓手命穷，嘴巴里夹个吹火筒，好吃人家油大，屁眼儿胀得飞红。"又如当地民谣："有钱不嫁船拐子，冷锅冷灶冷锤子"。古人论文章，讲求"气"和"味"，即气氛积聚流动，跟品尝辨别滋味。今人文学作品追求生动有趣，斯之谓也。

四川评论家张季次《〈河祭〉之祭品者何》：

读过郭宪伟、郭怡然所著中篇小说《河祭》的读者大抵会诧异而鲜明地回答："猫子和桃花"这对苦恋人儿，不就是以族长罗五爷为代表的宗法专制权威恒定的"祭品"吗？

可是，我宁肯认为，"祭品"还另有所指！

小说《河祭》之所以引人入胜，震撼心灵，是因为其主题揭示深刻，构思运笔新颖，描写手法灵巧，故事情节离奇，人物塑造鲜活，语言表述俗雅，矛盾冲突尖锐，篇章结构严谨，文学通俗言情。

沉浸在此文意境的阅读间，我深感小说在"明示"与"暗寓"的双指意象中，曲折多变而行云流水地演绎着故事的传奇。自始至终，在极尽陈述、铺垫、烘托、渲染两河镇的地理环境，遭洪水肆虐的历史事件，尤其是祠堂权力象征、宗法专制体系牢固束缚、控制着全镇人心走向的矛盾冲突中，连续推出上辈子族人"河祭"的案例，乃至猫子被算计、桃花被打昏，双双被为"祭品"，先后被抛入千丈沱激浪中的悲情时刻，电光石火间，情节陡转，高潮突涌：洪水冲倒了黄葛树，淹没了爬上树看破热闹的人众，狂涛席卷了一镇数百户人家的房舍和那傲然的祠堂。

不待掩卷，自然明了：那群曾紧随族长们跪求过猫子"救救两河镇吧，救救我们妻儿老小"，继后却又高喊"打死"猫子与桃花的本族人——善良而自私，穷苦又愚昧的本族人与坍塌的祠堂权力象征，不也是这场天灾人祸的"祭品"和"陪葬品"吗？

无情的洪水不啻时代洪流，冲刷荡涤着世间的愚昧落后，凶残丑恶。

而小说结局未让封建宗法专制家族代表人物罗五爷"解恨"地消亡，这一细节，是郭氏作家俩不经意地"忽略"，还是有意识地"留笔"呢？这倒颇具意味，发人深思。

四川作家周晓霞《走向祭坛的猫子》

郭宪伟先生的中篇小说《河祭》，成功塑造了猫子这个悲剧的人物形象。父母早亡，靠双手养活自己，憨直大胆，水性过人心地善良的猫子，最终成了两河镇祭河的牺牲品。

猫子之死，反映了那个时代政权、神权、族权对人民的压迫和摧残。虽为民国时代，而劳动人民尤其是像两河镇这种山高皇帝远的底层劳动人民，始终无法摆脱愚昧无知，穷困潦倒，人如草芥的命运。只因猫子胆敢质疑千丈沱里有"河神"和"王八精"，敢对人们顶礼膜拜，谈之变色的"鳖精"口出狂言"老子不信这个邪，怕个锤子！""总有一天，老子要把它弄出来让你们开开眼界"，只因他看到了千丈沱里的商机，用炸药炸晕了鱼卖了三块半大大洋而触犯了神圣不可侵犯的神权。大难临头，罗五爷凭族长的威严以猫子炸鱼触怒河神为由，以其罗氏家族子孙理应有挽救全族灭顶之灾的责任向猫子施压，尤其在知道自己想方设法没能睡到的桃花，竟然成了猫子的女人时，猫子成为像猪牛羊一样的祭河物品便是理所当然的了。所以，作品反映出是政权、神权和族权将猫子推向了祭坛，也沉重地压得广大底层人民难以喘息。

此外，小说中的众人，他们本来与猫子一样，同属社会底层，他们可以享受猫子炸鱼的美味，可以"整整齐齐跪在猫子面前"齐声呼唤"猫子兄弟，救救两河镇""救救妻儿老小"……同时他们也可以在猫子被祭河时欢呼雀跃，会"如看猴戏一样争先恐后地簇拥""一张张面带菜色的脸竟有了初潮般的红晕，眼里放出惊喜和期盼的光彩，终日不辨黑白的瞳仁有了明确的生动……"这让人想起《药》里伸长脖子的看客与茶馆里的茶客，想起《祝福》里的柳妈和街坊，同一阶层的人，也间接成为刽子手，更加增强了人物的悲剧色彩，令人心酸——世间最不能直视的，一是太阳，一是人心。

所谓悲剧，就是把有价值的东西毁给人看。在整个两河镇，猫子是众多被压迫和摧残中的"这一个"，也是唯一胆敢挑战神权、族权且具有朦胧的经济意识的"这一个"，此种另类，必不见容于当时的社会，他成为"祭品"是历史的必然！猫子的悲剧不仅仅是他个人的，更是整个社会和时代的悲剧，这就使小说具有了更广泛和更深刻的社会意义，以引起"疗救的注意"，很有鲁迅小说的文学效应。

山西作家丁晓虹《〈河祭〉点评》

通读小说《河祭》，其文字优美生动，章节跌宕起伏，足见作家在叙述故事和刻画人物等方面的娴熟。作家借"河祭"这个古老的民俗仪式，毫无顾忌地表现出他对社会、对人生的看法，也更形象地展现出封闭、愚昧的旧时代两河镇人们对自然界的感知方式。小说带给我一种与众不同的精神状态，让我对作品印象更深、感动更久。

更值得一提的是，作家在语言运用上的优雅气质，尤为小说锦上添花，使小说读起来精致、有韵味。如开篇："震耳欲聋的锣声如锐利的长剑突然间划破了古老凋敝的两河镇的死寂，把冷蛇一般蜷缩的镇子从昏睡中震醒。"在此小说中，这样的比喻如泻万斛之珠，一簇簇、一串串，争先恐后，闪闪发光。充分表现出作家丰富的想象力、饱满丰饶的文采和独特的创作魅力。总之，小说《河祭》，有别具一格的审美元素、深邃的思想和浓郁的时代气息，具有较高的思想价值和艺术价值。

内蒙古作家李朝艳《"贼"喊捉"贼"》

小说里给我印象最深的是族长罗五爷、猫子和桃花三位主人公。纵观全文，说穿了族长罗五爷是个擅长玩弄权术，阳奉阴违，玩弄女人的色贼、烂"桃花"。猫子、桃花的死，是他亲手导演的一场卑劣的戏，他利用手中的权力，为自己的仕途扫平障碍，树立威望，暗地里却霸占民女，还和丫鬟勾勾搭搭。正如桃花说的："族规是管穷人的"。桃花、猫子心里很清楚他的龌龊勾当，却敢怒不敢言。

而正是这样一个不怀好意的政客，当看到猫子和桃花相爱时，却暴跳如雷，指责他们伤风败俗，乱了族规，最终施展阴谋伎俩，恶毒地让猫子和桃花一对真情相爱的人把年轻鲜活的生命献给了滔滔江水，成了他升官晋爵的政治牺牲品。

仔细想想，还真有些"贼喊捉贼"，"贼演捉贼"，"只许州官放火，不许百姓点灯"的滑稽又苦涩的味道。只是掩耳盗铃的当局者，迷得晕晕乎乎，神魂颠倒，而旁观者却心知肚明。

在罗五爷这等政治腕儿的操控下，可怜的猫子和桃花拼死也逃不出如来佛的毒掌，只能含恨而死。常言道："多行不义必自毙"，"人在做，天在看"。也许是上天悲悯这人世间的不公与呐喊，才在祭河的当天河堤决口，但愿那个恶贯满盈的罗五爷也被淹死。

陕西作家齐眉儿《〈河祭〉读后》：

《河祭》除了语言和情节的魅力之外，更吸引人的是小说的魔幻色彩。这让我想起了陈忠实先生的《白鹿原》，在现实的描写中掺杂大量的神话和魔幻元素。

猫子是船工，他不信千丈沱关于水怪的神秘又骇人的传说，并敢于挑战，干了一件炸沱捕鱼的大事。而对于族长罗五爷，则把水怪的传说和用女人祭河平息水患的往事，作为统治和镇压民众的依据，他气度不凡的威严和德高望重的背后，是他狡诈凶残和为所欲为的本性。

当河水泛滥成灾，罗五爷决定用活人祭河。猫子是违背他意志的反抗者，桃花是猫子的女人，也是他唾手而不可得的女人。因为罗五爷的统治和民众的愚从，当猫子和桃花被抛进河里时，岸边三百多年的神树轰然倒下，树上看热闹的几十个人也落入水中。

水怪又一次出现，震惊了所有的人。紧接着，全镇被水淹没，连同罗家大祠堂和罗五爷的权力和尊严。

在当时的社会，依靠个人力量是绝望的，魔幻的力量给了大众和读者希望，神秘色彩起到的是神奇的作用，是对生活美好幻想，也是对腐朽制度的反抗。

四川作家吴雪莉《不信其有，宁信其无》

每隔十多年，就要被洪水洗劫一番的两河镇，是天灾是人祸，还是真有不可侵犯、不可亵渎的神物，读完小说《河祭》，我的脑子有些纷乱，有些迷惘，进而又异常的清晰。桃花河与山溪河，河水之上，风云变幻，日月轮回。本应该是水色山光，烟波浩渺，舟楫往来；本应该是自然的，人文的风光，引人入胜；本应该是故土安宁，山河永寿。而事实是两河镇灾难频仍，民不聊生。几百年来，上演了无数惊心动魄，荒诞惨烈的故事。几百年来，这里的人们视玩弄生杀大权，视百姓如草芥的族长为最高首领，最高权威，从而忽略了自己的危境，屏蔽了自己的愚昧。偌大的两河镇，人人都胆小如鼠，畏畏缩缩。只有敢爱敢恨的猫子表现出不恭敬的怀疑，表现出惊人的壮举。江河暴涨，日月轮回，风云变幻，本是自然之规律，如果逆天而行，不遵守自然的法则，不采取积极的措施，受到自然的惩罚就难免于遭难。小说中那些所谓德高望重的人，没有一点治河的办法主张和措施。比如历史上的"分疏""改河""滞洪""以水排沙"，等等，历史上很多治水的思想，以及今天的加固加高堤岸从未触及过，而是置生民于水火不顾，劳民伤财，大搞排场祭天祭神，最终的结局是招致更加惨绝人寰的灭顶之灾。而猫子和桃花幸存下来，他们是两河中的清者勇者，他们敢于直面不可一世的族长族规，敢于怒视残暴的王八精独眼狼。他们最终交汇在一起，在遥远的地方以强大的生命力和旺盛力，延续新的河流新的风景。

安徽作家况永夫《祭人者，天必祭之》

非其所祭而祭之，名曰淫祀，淫祀无福。

是什么，可以让一类生命凌驾于另一类生命之上？

猫子，小说中的主人公，无羁无绊，放荡自由，他天生反骨，敢冒世俗之大不敬，往传统中有河神居住的千丈沱投掷炸药……河神怒了，洪水暴涨，田地被毁，家园倾覆，所有这些都要由一个人出来去偿还，去平息。这个人不能是权力的至高者罗五爷，也不能是卑如蝼蚁的村民，因为他们从不逾矩，只有他，猫子，一个在人群中逆向而行的反骨者。

祭，从来就是天时地利人和的迷信。于是一场以欺哄为手段，以权力为支点的海啸在两河镇被撬动——它以祭献为名，用生命做代价。

作者在祭河过程里狂欢式的视觉暴力，以及祭河之后超现实的描写，是对河祭村民自私愚昧、冷酷麻木的集体鞭挞。堤岸三百多年黄葛树拔根而起，也许是被作者神化的个人意志，也许是宿命有意安排。

无论如何，这都不是一场人神天地和谐共生的信仰欲念，包藏祸心而残忍的罗五爷，他代表不了正统的君权神授，他没有资格剥夺予取另一个生命，而生命的消逝在这里有一种面对宗教中圣神般的无力感，在这场河祭里，所有的村民，全都是帮凶。作者最后把两河镇毁在咆哮的洪水里，把五百九十一户人家，把权力，把尊严，统统算作陪葬。这是所谓"封建正统"与叛世离俗的较量？还是河祭的最终意义？还是上天对河祭的惩罚？

祭，从来就不是生命勇敢地视死如归，它是杀戮，是戕害，是一种被动的死亡；它是一类生命凌驾于另一类生命之上，踏歌而舞，踏着血的愚昧狂欢。

附二：剪辑人物的命运

——中篇小说《那年·那街·那事》创作简谈

郭宪伟

文学说到底是人学，写人物命运是小说文学本质的表现。好的小说无一不是以人的命运为主要表现内容的。如托翁的《复活》、马尔克斯的《百年孤独》、陈忠实的《白鹿原》、余华的《活着》，等等。尤为典型的是，雨果在圣母院的墙上发现用希腊文刻写的"命运"二字，突然灵感闪现，从而创作出了《巴黎圣母院》这一文学巨著。这些作家都是通过人物命运的演绎，来反映典型环境、时代变迁、道德情感、人性的真善美和假丑恶，从而达到作家所要宣泄的认知和情绪，让读者通过人物的命运触摸到生命的真谛。

我年少时住在县城一条街上，街很小却很干净，邻里关系和睦，大家守望相助，就像一个大家庭一样，和现在"鸡犬之声相闻，老死不相往来"的小区迥然不同。我印象很深的是每当夏夜乘凉时，总有一个人在拉二胡，旋律悠然凄凉。很多时候，我是在他的乐声中进入梦乡的。听母亲说，他是个右派，没结过婚，一个人就守着一把二胡过日子。我问，他为什么不结婚？母亲说，他喜欢的女人新中国成立前被民团团长占有了，生孩子时难产死了。从此他就不再和任何女人来往了。这人给我深刻印象，总是在想，他的女人为什么会被别人占有，这之中有什么命运悲惨的故事发生？几十年挥之不去，总想什么时候写一下。

　　二十世纪八九十年代既是一个波澜壮阔改革开放的时期，也是一个人们观念大改变的阶段，新生事物层出不穷，人们的物质和精神生活受到前所未有的激荡。然而，能在这种环境中保持一份清醒，以独立不迁的性格生活的人委实不多。小街上有一个风韵犹存的半老徐娘，没有男人，带着一个女儿生活。有一次，派出所突然通知她说，有一个香港来的商人想见她，让她去。不料这个女人却破口大骂：这一辈子都不想见那个龟儿子，龟儿子不是人！这在小街上引起了不小的震动。当时从港澳来的人就意味着财富和金钱，意味着高人一等。这么好的事，她为什么不见呢？后来我听邻居说，这个女人从前是小城一个商号老板的二房，港商是这家商号的伙计，有一次调戏二房，被老板发现了，伙计害怕，便卷了钱财连夜逃走，去杨森的部队当了兵，后来到了台湾，成了港商，这次是回来寻亲祭祖，投资建厂的。

　　想见二房，却遭断然拒绝，还说这龟儿子不是人。不是人是什么？是畜生吗？寻的又是什么亲？是什么造就这女人独立不迁，视金如土的人格力量？我断定这里面是有故事的，至少是和女人这一生命运相关联的故事，但怎么打听，女人守口如瓶，一直到死也不愿吐露半个字，我是从小街老人口中才东鳞西爪地略知一二的。

　　后来，我写《那年·那街·那事》，就将小街上的这些人和事，进行了大刀阔斧的剪辑，二胡男人和二房女人便成了小说中的主要人物，他们的命运便成了小说着力表现的主要内容。我把他们放在改革开放的大背景下来架构情节，刻画人物，本意是想展现特定时空下人物的命运，让读者从中去感悟人性矛盾交织中的真善美和假丑恶，去触摸生命存在的意义和真谛。

　　至于是否感悟到，触摸到，那是读者的事。我不过是写了篇以展现人物命运为主要内容的小说，仅此而已。

附三：世上亦有树缠藤

——浅评小小说《胖嫂的罗曼史》

杨国庆

有句话说，世上只有藤缠树。这也可以比喻爱情，男人追女人最终获得爱情。那么我们可不可以逆向思维一下，世上亦有树缠藤，女人追男人同样可以获得爱情。遗憾的是在现实中，令男人们念想的这样的事实乃凤毛麟角——太少了。然而在小说里，像这样"树缠藤"的事发生并最后终成正果，让男女主角皆大欢喜，也让读者喜笑颜开。作家郭宪伟的小小说《胖嫂的罗曼史》就很风趣很活泼地写了个"树缠藤"的故事，胖嫂几经周折终于抱得美男归，实现了她多年美好的夙愿。小说写得灵气飘逸，情节曲折，场面紧凑，人物鲜活，细节凸显，同时还启发读者的想象与思考，男女双方靠什么赢得爱情，这对于现实中的人们也是有着多方面启迪的。

小说标题乃《胖嫂》，女主角非"胖嫂"不让了。小说开篇抛砖引玉般地介绍了胖嫂的经历和现在所做的事情，从多侧面做了铺垫，然后顺水推舟引出男主角，一个蹬三轮车的车夫。小说用四川特有的摆龙门阵的方式简介了几个人物，如干黄鳝、麻大炮等，他们为映衬胖嫂与车夫的个性和形象作了鲜明又是诙谐的比照，也使得胖嫂与车夫的形象显得更加亲切、平和、丰满、高大。而且小说多用四川方言来写，显得非常接地气，又很能引起读者兴趣，也同时极大提高了读者的阅读趣味即接受美学的敏感性。

小说开始就将胖嫂的面容相貌与身姿着实美化了一番：胖嫂年方三十有五，长得胖嘟嘟白生生的，脸若满月，眉似远黛，一双大眼睛顾盼流离，尤其是两只乳房小山一般高耸，一动起来闪悠闪悠，颇有几分风韵，几分性感。像她这样徐娘半老，风韵犹存的模样，对于一些男人来说还是很有磁性的。这不，鳏夫唐福来外号又叫"干黄鳝"对她就心生向往，评价颇高："胖婶就是俄罗斯大婶，胖是胖，却胖得有味道，肥得巴适，不像厕所所长麻大炮，胖得过泡臊，像他妈个茶壶似的。"看来他是暗恋胖嫂，连她的"味道"也做了研究，还拿"麻大炮"与胖嫂对比，对两人作了褒贬之论。这可就得罪"麻大炮"了，想必她是个扫厕所的环卫工人，她岔"干黄鳝"是巷子里赶猪——直来直去："干黄鳝这是癞蛤蟆想吃天鹅肉了，舔肥勾子不嫌屁眼儿臭，也不屙泡尿照照自己是个啥模样，胖嫂还看得上他龟儿子这个虾耙，做梦吧！""麻大炮"是个刀子嘴，这言语就像子弹一样，颗颗都击中了"干黄鳝"的软肋，一是将他狠狠嘲笑了一番，二是将他实打实地骂了一通，三是她重重地出了口醋气。"干黄鳝"与"麻大炮"你来我往明讥暗讽的对骂如同演戏开始前的打闹台一般，一阵阵紧锣密鼓热闹喧天，将观众的热情和注意力都调动了起来，踮起脚尖看将要开始的演出。这两人的对骂也有这样的功效，让读者在胖嫂没出现之前就对她有了一个认识、了解，并从旁人对她的看法上从侧面加深了对她的认知，这种手法可以说是旁敲侧击，虽说是开玩笑样地漫不经心地写，却是写到点子上了，为胖嫂出场埋下了相当重要的注脚。

接下来胖嫂自然亮相。作家先将她的感情经历简述几句，虽说她漂亮动人，可惜红颜命薄，男人得了痨病三十岁就扔下她和一对双胞胎儿女归西了。她二十几岁就开始守寡，六七年来也想再组织家庭，但对此事她不随便凑合，捡到篮子里就是菜。她要选一个自己看得上的、中意的。几年来亲朋好友给她介绍对象络绎不绝，但不知根底都没看上。她要"找个大山样的，有阳刚气的男人"。而"麻大炮"又吃醋了，有些酸醋地讥笑："胖嫂那个找男人的标准啊，只怕是美国猛男史泰龙、施瓦辛格、泰森都不一定如她得意哩。"胖嫂听了直接点穴于她："麻大炮这是打熬不住了，在她眼里，只要是个公的就成，如果是这样配种站里倒有的是哟，不晓得她干不干。"

胖嫂不卑不亢的这番御身反击之语，可真够"麻大炮"喝一壶了。从"干黄鳝""麻大炮"与胖嫂三人的几次动机各异的话语中，三人各自性格、品性让读者看得清清楚楚，同时借他们的尖刻、讥诮之语鲜明地刻画了各自个性，实乃高明、高超之笔。

胖嫂一直很能干，以前是丝厂的一名缫丝能手，每次技能比赛都能拿一、二名，多次获厂里先进生产者称号，这也是她人生的光荣历史，是她美好个性的过往回望。说明她心灵手巧、吃苦、负重、能干。她后来为了照料患病的丈夫辞职，在附近开了家豆花饭馆，挣钱养活了一家人。她勤劳、任怨、苦干等品行也在辛劳打拼中始发、沉淀、积累并光大了出来。现在她的生意越做越好，"又仿照酒店榜样，提高了服务质量"，"生意就更显得火爆"。这是个很理想的文学地理空间，应该有故事发生的。果果不然，一个三轮车夫常来饭馆吃饭，他"四十岁左右，长得人高马大，相貌堂堂，一身精肉黝黑发亮，三轮车蹬得风车风转"。每次来进餐只要一斤毛干饭，两碗豆花，二两泡酒，"风扫残云一般扫荡一空，丢下十元钱又去蹬三轮车。天天如此。"这车夫就像个武士样的又像个绿林好汉，给人一种踏实、稳重、结实、爽朗、精干的印象。时间长了，胖嫂感到此人"厚道、笃实、体格壮硕，他长得精神"。这与她想找的男人比较吻合。于是她开始"树缠藤"了，先后走了三步棋，逐渐倒在了车夫的怀里。这可见她是个很有心计又很聪慧、机灵机智的有些像阿庆嫂样的女人。第一次她试探性地对车夫说，愿出每月六百元，请他每天接送儿女上学。当时机关公务员每月也是五百元。但他听了却冷眼盯着她说，莫有了几个钱烧得心里发慌，小娃儿让他们走路去上学，也好练练筋骨，长大了才经得起摔打。车夫一下就给胖嫂一个硬钉子。她气得半天才缓过劲来，骂她"臭车夫"。可冷静之后一想，又感到他说得有道理，眼光看得远，不由得对车夫生出几分敬意来。她这一试，试出了车夫的正直心肠，正当筋骨，正言直语的个性。为了进一步"树缠藤"，胖嫂又在饭食上做文章，再次试探他。一天她让厨师做了番茄蛋汤送他，说："这汤不要钱，是我怕你吃哽到了，送给你的。"车夫也对她感激一笑。吃了扔下十五元钱，说："无功不受禄。"他不软不硬的这句话让她产生了敬佩，感到"车夫不受嗟来之食，硬气"，觉得这人性格、品行很对自己的路子，就托人打听。这一下就弄清了车夫的性格历史：原来他是个退伍军人，在一家工厂当保卫人员，后工厂改制，他买断工龄下岗了，妻子离他而去。他就蹬三轮车养活自己和上初中的儿子。这时胖嫂的心也动了三分，她认为这是"上天的安排"。

经过这两次试探，她感到车夫是自己想要想爱的人，这也是她主动出击"缠"车夫。那么第三次是老天给她安排的"面试"。让她在危急、困境中看到了车夫的真本事，硬功夫和正义出击。由于她馆子服务好，饭菜好，有一些社会上的"散眼子、杂皮、二杆子、天棒槌之类的人渣来胡搅蛮缠，吃霸王餐"。胖嫂作为一个弱女子，每次她都"得让且让，得忍且忍"。这些人是"脱了裤儿打老虎——又不要脸又不要命"的家伙，她不愿为了几个小钱得罪他们。这天中午，车夫照例来吃饭，看到几个"散眼子"吃饭不给钱不说，还耍疯，在"胖嫂的丰乳上你摸一下，我抓一把"调戏她。车夫顿时火冒三丈，一下横在胖嫂与"散眼子"中间，好言相劝他们。可这几个家伙是给脸不要脸，叫车夫"爬开些"。他仍是忍住火气说，去大酒店请他们一桌。这时一个"杂皮"提起啤酒瓶"咣当"一声，重重砸在车夫头上，顿时鲜血直流。胖嫂惊叫起来。车夫说："这就不要怪哥子我不讲理了哟。"他一下抓住这小子的脖子，一手捞住裤裆，"嗨"的一声就将这"杂皮"抛到一丈多远的大街上，王八似的趴着动也不动。忽有一个"散眼子"怪叫起来："老子整死你个虾子！"从腰里抽出一把刀对着车夫的胸部刺来。而他一闪身，将刀子接到了自己手中，又飞起一脚，将这小子踢到了街当中，与第一个趴着的小子躺在了一起。其他"散眼子"吓得屁滚尿流一溜烟跑了。这突如其来的场面使胖嫂惊恐、惊悸，更是惊喜：这正是自己要找的人哇！车夫用该出手时就出手的正义举动征服了胖嫂寻夫已久的爱心。她"忘情地扑到汉子面前小心翼翼帮他擦头上的血"，她暗叹这车夫"就是一座山，……女人要靠的就是这样的山啊！"同时她又为车夫如此高强的武功感到惊奇，又去打听了一下，才知道他在部队是特种兵，格斗只是他"训练时的豆芽科目"。这让她内心充盈了满满的安全感和幸福感。

有什么样的因必然会有什么样的果。车夫靠优秀的人品和秉性使胖嫂如愿以偿地"树缠藤"，两人很快就梅开二度，携手再次走进婚姻的殿堂，组成了新家庭。但他并没有因胖嫂这棵摇钱树而享清福，仍是每天早出晚归蹬三轮车，风里来雨里去打拼生活，仍是一身本色，一身正气，继续用汗水与智慧谱写新的人生之歌。

小说用地道四川方言写出了令人欢乐又令人思考的曲折情节

与场景。在讥笑谑语中显出幽默、暗讽，在平常日子中显出人情曲奇，在一日三餐中显出刚正坚毅，在多次试探中显出可贵品行，在"树缠藤"中显出真挚爱情，在风雨打拼中显出挚贵性格，在嬉笑调侃中显出幽默、暗讽，在惩凶治恶中显出正义行动。在日常烟火中多侧面刻画了胖嫂的多情多义与聪慧心机，在挥洒汗水中多维度凸显了车夫刚直不阿行侠卫正的刚毅品性。小说行文鲜活、生动、灵逸、有趣、奇致而又草蛇灰线曲径通幽，最后电闪雷鸣而又光明毕现，正果终成。读来让人好奇、沉潜而又高兴、感动。多方位了解、感受了胖嫂追求爱情的善良爱心与婉约之美，多视角感悟、目睹了车夫负重生活，刚强惩恶的阳刚之美。

同时小说对男人们如何找媳妇，凭什么找个好媳妇也是颇有启示的。车夫给读者的印象是沉默少言、敦实、憨厚，甚至还有些木讷，可是他出语不凡，使得胖嫂几次棘手心烦，多有埋怨。然而正是他的正直言行征服了她的芳心。特别是车夫英雄救美，痛殴"杂皮"的正义表现，彻底让胖嫂一心一意"缠"上了他。他凭什么让胖嫂心悦诚服地爱上他呢？笔者认为，车夫凭的是他的可贵的人格，英勇的正义，高贵的人性和高尚的美德。他不愿意多要钱接送胖嫂的儿女上学，这说明他眼光远大；他不愿意白吃胖嫂送的番茄蛋汤，表明他自食其力不吃嗟来之食；他挥拳痛打"散眼子"，彰显了他维护正义的勇毅性格，并有力地维护了市场正常秩序。正是他的诸多美德高频闪现，使得胖嫂感情的天平爱慕已久地倾向于他。最后两人"鸳鸯交颈期千岁"是水到渠成的事。这也如古罗马哲学家西塞罗在《论至善和至恶》一书中说的："我们能力中最令人渴求的就是那些具有最高价值的，所以最渴求的优点就是我们最高贵部分的优点，其令人渴求的也是出于自身之故。结论就是，心灵的优点必高于身体的优点，心灵选择的美德必优于自发的优点；前者确实就是特别称谓的'美德'，之所以显得特别优秀，是因为它们源于理性这种人身上最神圣的因素。"正是因为车夫"之所以显得特别优秀"，"具有这种人身上最神圣的因素"的美德，才让胖嫂感动、爱慕、敬佩，并与他结秦晋之好。这也很形象很艺术很直观地启示小伙子们和想再婚的男人们，要找个理想心仪的好媳妇，首先打铁必须本身硬，要具有诸多美德，还要随时无意地表现出来。那么你就会像一朵吐出美好芬芳的鲜花一样——吸引采撷爱情蜂蜜的姑娘如小蜜蜂一般主动飞到你身边来。

后记：啰唆几句

    中短篇小说集《河祭》即将付梓，有必要在《后记》里啰唆几句。

    我学习文学创作是从诗歌开始的。那时，现代诗非常流行，什么朦胧诗、哲理诗、新现实主义、超现实主义等流派，争奇斗艳，充斥诗坛，令人眼花缭乱，仰慕心仪，于是为摘取文学王冠上的明珠，囫囵吞枣般地拼命学习。待到1993年出版了一本诗集《桃花灿烂》之后，便觉得诗歌过于冠冕，过于风雅，既不为大众所亲近，也有反映现实生活的局限，便毅然决然地放弃了，改写小说、散文。十多年之中，出版了《天下足迹》等五本散文集，小说仅仅出版了一本《市井俗人》，此次出版的《河祭》，是从事文学创作三十几年来的第二本小说集。

    之所以小说写的少，既有俗务烦冗，抽不出大把的时间来潜心创作的原因，亦因小说是比较艰难且痛苦的文学创作形式，需要作者以大智慧、大视野和时代意识，从现实生活里发掘题材，来反映生活的本质和生命的真谛。这种难度，让我常常心存忌惮，不敢轻易涉猎，不自信地延宕了许多写作时光。

    然而，小说对我来说又是最具吸引力的。

    窃以为，在所有的文体中，小说是最形象、最生动、最深刻、最厚重的文学形式。从某种意义上讲，一个民族的历史、精神、形象、情感，是由这个民族的小说家讲出来的。巴尔扎克就说了："小说是一个民族的秘史。"这方面的例证不胜枚举，如托翁的《战争与和平》、马尔克斯的《百年孤独》, 鲁迅的《阿Q正传》、陈忠实的《白鹿原》, 等等, 无不真实地描写出小说中那个时代, 波澜壮阔错综复杂的民族史。从小说的人物、情节、环境三大要素来看, 小说的主要价值就是提供故事情节, 一部经典的小说必然提供一系列的经典故事。这些故事是小说叙事的架构, 是人物的载体, 是思想的皮囊。没有故事的小说, 说得堂皇一点是这样流派那样主义, 含蓄一点是一堆文字碎片, 直白一点就是文字垃圾, 根本吸引不了读者。当今小说创作疲软, 实际上是故事的疲软, 功利和浮躁使小说如丢了魂一样支离破碎, 无病呻吟。文学理论反复强调"情节是人物性格的历史", 这当然是正确的。然而历史是情节架构的, 情节又是由故事串成的, 故事都没有, 哪来的人物, 更遑论性格了。即使是把人物置放于典型环境中, 也是苍白无力的。故而小说的故事情节有味道, 人物一定有味道, 故事情节引人入胜, 人物形象定然丰满。最近读了莫言的小说《晚熟的人》, 通篇都忘了, 只记住了"三婶杀狼"和"鳖咬手指"两个情节。为什么? 因为莫大作家这两个故事写得实在太精彩了, 令人过目不忘。这说明我读小说 (包括写小说) 受这种传统审美定势的影响极深, 看重的是小说的故事情节。

小说的本质是讲故事。

托尔斯泰曾直截了当地说:"活着就是为了讲故事"。故事是小说的基础, 生活有故事, 小说则有情节的魅力。对于一个小说作家来说, 最好的写作就是把故事讲好。讲好一个故事, 小说就成功了一大半。生活中到处都有故事, 人人都活在自己的故事里, 就看你有没有发现故事的眼睛和将故事变成小说的能力。

好的小说家一定是讲故事的高手。

然而, 我是一个较于纳言不太善于讲故事的人。怎么办?

于是我把重点放在了亲近生活, 观察人物, 从生活中去寻找故事上, 在自己所历、所见、所闻的事物中, 去发现小说创作的闪光点，然后让人物性格的发展来组织情节，编撰故事。构思成熟后，再用文字语言来演绎情节，叙述故事。本书中所有中短篇小说，都是在这种状态下写成的。也许这样写有些笨拙，憨涩，这些故事也讲得并不十分曲折精彩，但，大都还是生动有趣，人物鲜活的，对读者也是有一定的吸引力的。比如《河祭》《那年·那街·那事》《船拐子和他的漂亮女人》等中篇小说，在小说三大要素的展现上，不一定圭臬绳墨，但至少讲了一个起伏跌宕的传奇故事，塑造了几个性格鲜明的人物，让读者觉得好看了。又如中篇小说《小城其人其事》、短篇小说《金鸡罗二瘸子》《老豆腐杨二姐》《胖嫂的罗曼史》等，是在时代环境的大背景下，讲述了一系列人物命运的故事，令人唏嘘叹息。这就足够了。至于题材和主题的广度深度，写作技巧的高妙与笨拙，那是读者和评论家的事，我当缄默聆听则是。

本书中的中短篇小说，有一部分是以前在报纸杂志上发表过的，有一部分是最近新创作的。此次结集出版，无论是旧作还是新作，都由四川电影电视学院青年教师郭怡然进行了较大幅度的修改。郭怡然的专业是戏剧文学，对于文学作品中情节架构，人物塑造，矛盾冲突的展现等，有专业性的研究和独特见解，同时具备我所缺乏的现代创作元素的表现能力。她的大刀阔斧精心修改，使本书增色不少。可以说，本书也集中展现了她的智慧，凝聚了她的心血。

本书的出版，得到了中共四川省委宣传部相关领导的关心支持，理应表示诚挚的谢意。四川人民出版社黄立新社长为此书的出版倾心谋划安排，出版社责任编辑对此做了精心编辑，在此一并表示衷心感谢。

作　者

2022 年 10 月于成都